岩波文庫

37-706-2

ゼーノの意識

（下）

ズヴェーヴォ作
堤康徳訳

JN053638

岩波書店

Italo Svevo

LA COSCIENZA DI ZENO

1923

目次

上巻目次

6

妻と愛人（承前）

この私の手記を読むであろうS医師が、カルラもまた精神分析の興味深い対象だと考えるのではないか心配である。声楽の先生をやっかい払いする前に私に身を任せたことが、医師は性急すぎたと判断するだろう。私もまた、彼女が自らの愛情と引きかえに、私からあまりにも多くの譲歩を期待しているような気がしていた。この哀れな娘を充分に理解するのに、何ヶ月もかかった。彼女が私に身をゆだねたのは、おそらく、コプラーのわずらわしい監視から逃れたかったためである。したがって、彼女にとって重荷でしかなかったもの、すなわち歌の練習を続けるように要求されたとき、身を任せたことがむだだったと気づき、苦痛に満ちた驚きを感じたにちがいない。私の腕に抱かれながら、歌を続けねばならないことを察したのである。それゆえ、適切な言葉で言い表せない怒りと苦しみを彼女は味わった。こうして私たちはふたりとも、それぞれ異なる理由によって、奇妙きわまりない言葉を述べ合った。彼女が私を愛するようになったとき、打算によって損なわれていた、ありのままの自然な感情を彼女はすっかりとりもどした。ところが私ときたら、彼女にたいして、本心を見せたことはけっしてなかったのである。

家路を急ぎながら、「私がどれだけ妻を愛しているかカルラが知れば、彼女の態度は変わるだろう」と思った。実際に彼女がそれを知ったとき、その態度は一変したのだった。

屋外に出た私は自由な空気を胸に吸いこんだ。自由を危険にさらしたという悲哀は感じなかった。翌日までは時間があったので、私を脅かす障害にたいして何らかの対策を講じられるだろうと思った。帰りを急ぎながら、私は大胆にも、怒りの矛先を社会秩序に向けたくなった。まるで私の過ちがそのせいであるかのように。たまには(いつもではなく)なりゆきも考えずに、まったく愛していない女たちとも関係をもつことが許されるべきだと思われるほどであった。したがって、後悔とは、すでに犯した悪い行いを悔いることから生まれるのではなく、己の罪深い性向を認識することから生まれるのだと私は思う。上半身が体を折って下半身を見つめるとき、上半身がそれを奇怪だと判断して嫌悪を感じれば、それこそが後悔である。古代の悲劇においてもまた、犠牲者が生き返ることはなくても、後悔の念はしだいに消えてゆくのがつねである。それは、奇怪さが除去されれば、他者の悲しみなどまったく重要性をもたないことを意味する。大きな喜びと愛情を感じながら、正式な妻のもとにかけつけようとしている私のどこに、後悔など介在する余地があっただろうか？　私がこれほどすがすがしい思いをしたのは久しぶりのことだった。

昼食の席では、なんなく満ち足りた気分になり、アウグスタにもやさしくふるまえた。その日、私たちふたりのあいだにはなんのわだかまりもなかった。よけいなものは何もなかった。私は、誠実で安全な私の妻にたいしてしかるべくふるまった。以前は私の側に過剰な愛情が見られたが、それは私の心のなかでふたりの女性をめぐる葛藤があるときにかぎられていた。そのようなとき、過剰な愛情表現によって、色濃く影を落とす別の女の存在をアウグスタに隠すほうが、私にとっては楽だった。こうも言えるかもしれない。したがってアウグスタは、心の底から誠実な彼女の夫でないときの私のほうが好きだった、と。

私自身が、自らの落ち着きに少し驚いた。そしてその理由が、あの善意の封筒をなんとかカルラに受け取らせたことにあると考えた。もっとも、その金で彼女との関係を清算したと思ったわけではない。むしろ、償いの金を払い始めたような気がしていた。不幸なことに、カルラとの関係があった時期を通じて、私の最大の懸念はつねに金銭だった。ことあるごとに金を貯めては、私の本棚にこっそり隠しておいた。それは、私の恐れる愛人が何かを所望したときに対応するためだった。こうしてその金は、カルラと別れてからは、ほかのあらゆる負債の支払いに充てられたのだった。

私たちは夕方を義父の家で過ごさねばならなかった。家族だけが招かれた夕食は、二日後に予定されていた結婚式の前祝いとして伝統的に行われてきた晩餐に代わるものだった。グイードは、ジョヴァンニの健康が回復したのを機に結婚しようとしていた。彼は義父の小康状態が長く続くとは思っていなかったのだ。

私とアウグスタは、午後の早い時間に義父の家に行った。彼女が前日まで、その結婚をいまだに私が快く思っていないと信じていたことを、道すがらもう一度口にした。彼女は私を疑ったことを恥じ、私は自分の無実を強調した。なにしろ帰宅した私は、それが結婚式を控えた厳かな夜だったことすら覚えていなかったのだから!

招待客が家族だけだったとはいえ、マルフェンティ夫妻は、晩餐が厳かに準備されることを望んだ。アウグスタは、客間と食卓の用意を手伝うように頼まれた。アルベルタは手伝いどころではなかった。その少し前に、一幕物喜劇のコンクールに入賞した彼女は、国民演劇の改革に熱心に取り組んでいるところだったのだ。こうして食卓のまわりに残ったのは、私とアウグスタだけになった。ひとりの女中とルチアーノが私たちを手伝った。ルチアーノはジョヴァンニの事務所で働く若者で、事務所の整理だけでなく家事にも才能を発揮した。

私はテーブルに花を運び、それをきれいに並べる手伝いをした。

「見てごらん」私はアウグスタに軽口を言った。「ぼくがふたりの幸せな結婚に貢献しているところを。もし新婚のベッドを整えろと言われたら、同じく一点のくもりもない気持ちでそうするよ！」

しばらくして私たちは、公式の訪問から帰った婚約者のふたりに会った。彼らは客間のいちばん奥まった片隅にいた。私たちが部屋に入るまで、ふたりはきっとキスを交わしていたにちがいない。新婦は外出着のままだったが、暑さに顔を上気させて、とても美しかった。

私が思うに、ふたりの婚約者は、キスを交わしていた気配を消し去るために、科学について議論していたかのように見せかけたのだ。それは愚かな行為であり、おそらく、不適切でもあった。彼らはいちゃついていたいがために私たちを遠ざけるつもりだったのか、それとも、彼らの接吻が誰かを傷つけるとでも思っていたのだろうか？　しかし、それで私が機嫌を損ねることはなかった。グイードは私にこんな話をした。スズメバチの一部には、自分たちよりも強いほかの昆虫を刺して麻痺させる力があり、子孫の食料としてそれを生きたまま新鮮な状態で保存する。だがアーダにいくら言っても信じてもらえない。私は、自然界にはまこと奇怪なことが起こるものだとあらためて思ったが、そのときはグイードに満足感を与えたくなかった。

「そんなことをわざわざぼくに言うのは、ぼくがスズメバチだとでも思ってるのかい？」笑いながら私は言った。

私たちは彼らの幸せな時間をじゃましないように、ふたりをその場に残して退室した。だが私は、午後の長い時間をもてあまし始め、できれば自宅に戻り、自分の書斎で夕食までの時間を待ちたいくらいだった。

私たちは、義父の寝室から出て来るパオリ先生と玄関で出くわした。医師としてはまだ若いが、すでによい患者がついていた。鮮やかな金髪で、赤みを帯びた白い顔は、まるで体ばかり大きな少年のようだった。頑丈な体つきだが、まじめで威厳のある人格を表していたのは何よりもその目つきだった。眼鏡が彼をさらに大きく見せ、その視線は、なでるように対象にへばりついた。彼とS医師――例の精神分析の医師――をふたりともよく知る今、S医師のさぐるような目つきが意図的なのにたいし、パオリ医師の同様の目つきは、飽くことのない彼の好奇心ゆえだと私には思われる。パオリ医師は彼の患者を正確に診ると同時に、患者の妻とその椅子をも見ているのだ。はたしてどちらの医師がより患者の健康を損ねているかは神のみぞ知る！　義父が病気のあいだ、私はしばしばパオリ医師のもとを訪れたが、それは家族が恐れる最期のときが迫っていることを家族には気づかれないように配慮してもらうためだった。思い出すのは、ある日こちらがばつが悪くなるくらいに私をまじまじと見てから彼が笑顔で言った言葉だ。

「あなたは奥さまを敬愛しておられる！」

彼の観察眼は鋭かった。たしかに私はあの当時、妻を敬愛していた。父の病気のせいで苦しみ、日ごと私が裏切っていた妻を。

ジョヴァンニが前日よりもよくなったと彼は私たちに言った。気候がよくなったので、これ以上の心配はいらない。だから新郎新婦は安心して旅行に出かけてよい、と。「もちろん」と慎重につけ加えた。「予想に反して悪化することもありえます」彼の診断は的中した。病状は予想に反して悪化したからである。

帰りぎわに、彼は私たちの共通の知人であるコプラーのことを口にした。医師はちょうどその同じ日に、病床にあるコプラーの往診に呼ばれたのだった。彼は腎臓麻痺におそわれていた。激しい歯痛とともに麻痺が始まった、とのことだった。そのため医師は、重病の診断を下したが、いつもどおり留保をつけるのを忘れなかった。

「明日までもちこたえれば、寿命はもっと延びるかもしれませんね」

アウグスタは目に涙をためて同情し、気の毒な友人のもとにかけつけるように私に頼んだ。私はややためらったのち、喜んで彼女の願いを受け入れた。というのは、私の心が突然カルラで満たされたからである。この哀れな娘にたいして、いかに私はつらくあたっていたことか？　コプラーがいなくなれば、彼女はあの踊り場にひとりとり残されることになる。私の世界との連絡がいっさい途切れ、彼女はまったく危険ではない。彼女のもとにかけつけて、午前中の私の冷たい態度によって彼女がいだいたにちがいない悪印象を消し去らねばならない。

しかし慎重を期すために、まず先にコプラーのもとを訪れることにした。アウグスタに、彼を見舞って来たと言う必要もあったからである。

コプラーの住むスターディオン大通り一帯はすでに知っていた。質素だが、快適で清潔な一角だった。年金生活者のある老人が、自分の所有する五部屋のうち三つを彼に譲渡したのだった。私を迎えたのは、この老人だった。赤い目の大柄な男で、息を切らしながら、暗く短い廊下をせわしなく行き来した。主治医がコプラーは危篤だと診断し、立ち去ったばかりだと老人は言った。老人は、瀕死の病人の平安を乱すことを恐れるかのように、小声でしゃべった。私も声を抑えた。それは、私たち人間が必要だと感じる敬意の表れであるが、もしかすると、死にかけている人のほうは、生命を想起するような明るく大きな声を聞きながら、末期を過ごしたいのかもしれない。

老人は、ひとりの修道女がコプラーに付き添っていると言った。敬虔な気持ちで胸がいっぱいになった私は、しばらく寝室の扉の前にたたずんだ。室内では、哀れなコプラーが荒い呼吸で規則的なリズムを刻みながら、最期のときを測っていた。その荒い息づかいは、二種類の音で構成されていた。彼が吸いこむ空気の生み出す音は、ためらいがちに聞こえた。吐き出す空気から生まれる音は急激だった。死に急いでいるのだろうか？　ふたつの音のあとに中断があり、これが長くなれば、彼の第二の命が始まるのだろうと私は思った。

老人は私に寝室に入るように言ったが、私はそれを望まなかった。すでにあまりにも多くの死者が、私を責めるような目で見てあの世に行ったからだった。

呼吸の中断が長引く前に、私はカルラの家に急いだ。鍵のかかった練習室の扉をノックしたが、誰も返事をしなかった。いらだった私は扉を蹴った。すると背後の部屋のドアが開き、カルラの母親の声が尋ねた。

「どなたですか？」老母がおそるおそる顔を出した。台所から黄色い光が射して、私の顔を照らし出した。私は彼女の顔が深紅に染まり、白髪との対照がいっそう鮮やかになったことに気づいた。カルラが不在だったため、母親は私を練習室に通すために、自ら鍵を取りに行こうとした。私を招き入れるのに値するのは、練習室だけだと考えているようだった。だが私はそれには及ばないと言って台所に入り、遠慮なく木の椅子に腰かけた。鍋のかけられた暖炉には、わずかばかりの石炭がくべられていた。私のために料理を中断しないでほしいと言うと、心配には及ばないと彼女が言った。いんげん豆を調理していたが、なかなか煮えなかった。もはや家計を支えるのが私ひとりしかいない家で、母がみすぼらしい食事のしたくをするのを見て、私の態度はやわらぎ、すぐに愛人に会えなくて募ったいらだちが静まった。

母親は、坐るように何度も私が促したにもかかわらず、立ったままだった。そこでいきなり私は、カルラお嬢さんにとって悪い知らせをもってきたと告げた。コプラーが危篤である、と。

老母は、両腕を投げ出してがっくりと椅子に崩れ落ちた。

「なんてことでしょう！」とつぶやいた。「私たちこれからどうすればいいのかしら？」

それから、コプラーの身に降りかかった不幸が、彼女のそれよりも大きいことに気づき、同情の言葉を述べた。

「お気の毒に！　あんなにいい方なのに！」

もうすでに頰は涙で濡れていた。明らかに彼女は知らなかった。その哀れな男がすぐに死なずとも、いずれは追い出される運命にあることを。この事実も私を安心させた。私の立場はいたって安全だったのだ！

私は彼女をなぐさめたくて、コプラーが今まで彼女たち親子にしてきたことは私が継続する、と言った。これにたいし彼女は、自分のために泣いているのではないと異を唱えた。自分たちは多くの善良な人たちに支えられていることを知っている。ただ、大切な恩人の運命が悲しいのだ、と。

母親は、コプラーがどんな病気で死ぬのかを知りたがった。彼がどのように危篤に陥ったかを彼女に語りながら、私が思い出したのは、かつて彼と交わした、苦痛の有益性についての議論だった。彼の場合は、歯の神経が痛み出して緊急事態を告げたのだが、その原因は、歯と一メートルの距離にある腎臓が機能を停止したことにあったのである。私は、つい今しがた友人のあえぎ声を耳にしたのに、その命運にはまるで無関心で、彼の考えのほうにばかり気をとられて、あてどない空想にふけった。もしまだ彼に意識があるなら、私はこう言いたいところだった。気で病む者は、一キロ離れたところで発症した病気が原因で、自らの神経がうずくことも大いにありうるだろう、と。

老母と私にはほとんど話題がなかったので、私は練習室に移動し、そこでカルラを待つことに同意した。ガルシアの教則本を手にとり、ページをぱらぱらとめくった。だが、声楽にはほとんど興味がわかなかった。

母親がまた現れた。カルラがなかなか帰ってこないので不安になったのだ。緊急の必要が生じて、娘は皿を買いに行ったのだという。

私のがまんもそろそろ限界だった。いらだちをおぼえながら尋ねた。

「皿を割ったのですね？　少し注意が足りないのでは？」

こうして私は老母から解放され、彼女はぶつぶつ言いながら立ち去った。

「二枚だけなのに……私が割ったのは……」

それを聞いて私は急に愉快になった。家にある皿が全部割れたこと、割ったのが母親ではなくてカルラ本人であることを、私は知っていたからだ。さらにわかったのは、カルラが母にたいしてまったく従順ではなく、そのために母は、娘のことを保護者たちに話すのを極端に恐れていたことである。一度うっかりと母は、歌の練習を娘がいやがっていることをコプラーに話してしまったらしい。コプラーはカルラに激怒し、彼女は母親に怒りをぶちまけたのだった。

こういうわけで、私のかわいい愛人がようやく帰ってくると、私は荒々しく熱烈に彼女を愛した。彼女はうっとりとつぶやいた。

「あなたの愛情を疑っていたのよ！　一日じゅう自殺したい衝動に悩まされたわ、だって身を任せた人から、すぐにあんなひどい仕打ちを受けたんですもの！」

私はこう釈明した。しばしば私はひどい頭痛におそわれることがある。どうにもがまんができないときはアウグスタのもとにかけつけ、頭痛のことを話すと気が静まるのだ、と。私は言い逃れが上達していた。そのうち、私たちはいっしょになって哀れなコプラーへの同情の言葉を口にした。まさにいっしょになって！

もとよりカルラは、彼女の恩人の過酷な運命にたいして無関心ではなかった。話すうちに顔が青ざめてきた。

「私は自分のことがよくわかっている！」と彼女は言った。「私ひとりになって、これから先がこわいわ。あの方が生きているときから、とてもこわい思いはさせられたけれど！」

そして彼女は初めて、ひと晩じゅうともに過ごせないかと、おずおずと私に頼んだ。私にとってそれは思いもよらぬことであり、その部屋の滞在を三十分だけ延ばすこともできない相談だった。このような気持ちに誰よりも苦しんだのは私自身だったのだが、哀れな娘に私の本心をさとられないように用心しながら、その家には彼女の母親がいるので、そのようなことはできないと言って、彼女の頼みをしりぞけた。

彼女は心から軽蔑したように、唇をとがらせた。

「ではここにベッドを運びましょうよ。お母さんは私のこと、のぞいたりはしないわ」

そこで、自宅で私を待ち受ける結婚式の祝宴のことを話したが、彼女とひと晩でも過ごすことはしょせん無理なのだと告げねばならないと感じた。親切に接しようと決意したばかりで、感情が高ぶらないように抑えられたため、口調そのものは優しかった。しかしこれ以上彼女に譲歩したり、望みをもたせたりするだけでも、私がどうしても避けたいアウグスタへの新たな裏切りに等しいと思われた。

そのとき、私とカルラの最も強いきずなが何かを理解した。まず私自身の愛情、それそれからアウグスタとの関係にかんする私の嘘。それは時間の経過とともに少しずつ軽減し、できれば解消すべきものだった。そこでさっそく私は、その夜からこの作業を始めた。もちろん、十分すぎるほど慎重に。なぜなら、私の嘘によってどんな結果が生じたかを思い出すのはいとも簡単だったから。私が妻にたいしてどれだけ大きな恩義を感じているかを、カルラに話して聞かせた。いかに私の妻が、もっと大切にされるべき、尊敬に値する女性であるかを。それだけに、私の裏切りをどうしても知られるわけにはいかないのだ、と。

カルラは私を抱きしめた。

「そういうあなたが好きなのよ。お人よしでやさしくて。初めて会ったときからそう感じていたわ。かわいそうな奥さまに、つらい思いをさせたりはしない」

彼女がアウグスタを「かわいそう」と言ったことが不愉快だったが、かわいそうなカルラの優しさには感謝した。彼女が私の妻を憎んでいないのは幸いだった。感謝の気持ちを伝えたくて、愛情のしるしとなるものがないかどうか、私の身の回りをさがしてみた。するとそれが見つかった。彼女にも彼女の洗濯室をプレゼントすればよい。つまり、歌の先生をやっかい払いする許可を与えたのである。

カルラは愛情を爆発させた。私はそれがわずらわしかったが、男らしく耐えた。それから彼女は言った。歌をやめることはけっしてない、毎日でも歌う、ただし自分なりのやり方で。そしてすぐに彼女は、私に一曲聞かせようとした。しかし私にそんなつもりは毛頭なく、いささか失礼ではあったが急いで退散した。したがって、彼女はその夜もまた自殺を考えたかもしれないが、それを口に出す余裕すら私は与えなかった。

私はコプラーのもとに戻った。最新の病状をアウグスタに伝え、彼とずっといっしょにいたと彼女に信じてもらえるように。コプラーはおよそ二時間前に死去していた。私が立ち去ってからすぐだ。年金生活者の老人は、あいかわらず短い廊下を自らの歩幅で測るように歩いたが、私は彼に付き添われて遺体の安置された部屋に入った。すでに着替えを終えた遺体が、ベッドの裸のマットに横たわっていた。キリストの礫刑像を手にしていた。必要な手続きはすべて完了し、故人の姪が遺体のそばでひと晩を過ごすために来るだろう、と老人が小声で言った。

こうして、哀れな友人にたいしてできるわずかのこともすべて終わったことを知り、私はその場を辞することもできたが、数分のあいだそこにとどまって彼を見ていた。病と闘って最後は病と折り合いをつけようとしたかわいそうな友人の死を心の底から悼む涙が、私の目からあふれ出ればよいと思った。「なんと痛ましい！」と私は言った。多くの治療薬があったにもかかわらず、病は彼の命を奪った。まるで、あざ笑うかのように。それでも、私は涙が出なかった。コプラーのやつれた顔が、厳粛な死を迎えたときほど力強さをたたえたことはかつてなかった。色つきの大理石にのみで彫られたようだった。まもなく腐敗が始まるとは誰にも想像できなかっただろう。しかしながら、死に顔に現れていたのは、まさしく生命力だった。おそらくは、気で病む私のことを軽蔑し、非難していたのだ。きっと、歌おうとしないカルラのことも。死者がまたあえぎ始めたように思われて、私は一瞬身の毛がよだった。すぐに冷静な判断力をとりもどし、あえぎ声のように聞こえたものは、感情が高ぶった老人の荒い息であることに気づいた。

老人は私を戸口まで見送り、あれと同じような部屋を借りたがっている人を知っていたら教えてほしいと頼んだ。

「見てのとおり、こんな状況でも、私は自らの義務を果たしました。もっと、これ以上のこともできますとも！」

彼は初めて大きな声をあげた。そこには明らかに、なんの予告もなく部屋を空けた哀れなコプラーへの恨みがこもっていた。私はできるだけ彼の希望にそうように約束して立ち去った。

義父の家ではもう、一同が席についていた。コプラーの病状を訊かれた私は、めでたい祝宴の雰囲気をこわさないよう、彼がまだ生きていて、いくらか望みはあると答えた。その会合がとても悲しげなものに私には思われた。なぜそのような印象をもったかといえば、おそらく、スープとミルク一杯だけの義父のまわりで、ほかのみんながたいへんなごちそうを前にしていたからだった。義父は時間をもてあましていたので、ほかの者たちの口元を眺めることにそれをすべて費やした。フランチェスコ氏が前菜をもりもりと食べるのを見てささやいた。

「私より二歳も年上なのに！」

さらに、フランチェスコ氏が三杯目の白ワインを飲むにあたって、小声でぶつぶつと言った。

「三杯目だ！　ワインが苦い胆汁に変わればいいのに！」

義父のそのような呪いを聞いても私はなんとも思わなかっただろう。もし私もまたその食卓で飲み食いしていなければ。また、私の口を通過するワインも同じ変質を被ることが期待されていなければ。そのため私は、こっそりと飲み食いをした。義父がときどき大きな鼻をミルクのカップに突っこんだり、何か質問に答えたりするタイミングを見はからっては料理を口に詰めこみ、ワインのなみなみとつがれたコップを飲み干した。アルベルタが一同を笑わせるためだけに、私が飲みすぎているとアウグスタに伝えた。私の妻は半ば冗談で、人差し指を立て、私をいましめるようなしぐさをした。それ自体は悪いことではなかったが、困ったことに、隠れて食べる意味がなくなった。それまでは私のことなど気にもとめていなかったジョヴァンニが、憎しみに満ちた目で眼鏡ごしに私をにらみながら言った。

「私は、飲みすぎたり食べすぎたりしたことは一度もないぞ。暴飲暴食のやからは、一人前の男ではなく、ただの……」最後の言葉を何度も繰り返したが、それはもちろん、ほめ言葉ではなかった。

ワインを飲んだせいで、周囲の笑いを誘ったその侮辱的な言葉にたいして、無性に復讐したくなってきた。私は義父の最大の弱点を攻撃した。彼の病がそれである。一人前の男といえないのは、暴食の徒ではなく、医者の言いなりになってその指示に従っている者だと私は大声で言った。私が彼の立場なら、自分の娘の結婚式に――ほかでもない娘への愛情ゆえに――、飲み食いするなとはけっして言わせない、と。

ジョヴァンニはいらだちをあらわに反論した。

「私の身にもなってくれ！」

「私の身になってもらえれば充分では？　いつ私が煙草をやめました？」

私は生まれて初めて、己の弱さを誇ることができた。そこで、すぐに自らの言葉を強調するために、煙草に火をつけた。みんなが笑い、私がこれまでに何度も最後の煙草を吸っているとフランチェスコ氏に話した。しかし、今回は最後の煙草ではなかった。私は自分が強い戦士になったように感じていた。だが、ジョヴァンニの水の入った大きなコップにワインをついだとき、私はすぐにほかの者たちの支持を失った。彼らはジョヴァンニが酒を飲むことに不安をおぼえていたので、彼に飲ませないよう口々に叫び、ついにはマルフェンティ夫人がコップをつかんで遠ざけた。

「私を殺すつもりなのかい？」ジョヴァンニは、ふしぎそうに私を見ながら穏やかな口調で言った。「きみは酒癖が悪いようだな！」彼は私がついだワインを口にするそぶりはいっさい見せなかった。

私はひどく落胆し、うちのめされた。義父にひれ伏して、許しを請いたいところだった。しかしそのようなふるまいも、酔っているせいだと思い、ふみとどまった。許しを請えば、自らの罪を認めるようなものだった。祝宴はまだまだ続くだろうから、最初の冗談の失敗を挽回する機会があるにちがいない。何事にもタイミングというものがある。酔っ払いがすべて、ワインの絶大な力のとりこになるとはかぎらない。私が飲みすぎたときは、しらふのときと同じように自己の衝動を分析し、たいてい同じ結果が得られる。義父の健康を害するような悪意ある考えをどうしていだくにいたったのか。それを理解するために私は自分を見つめなおした。私は疲れていることに、死ぬほど疲れていることに気づいた。私がどのような一日を過ごしてきたかを知れば、誰もが許してくれるだろう。私はひとりの女を二度も奪い、二度ともあっさり見捨てた。そして、妻のもとに二度もどり、二度とも彼女を裏切った。しかし幸いにもそのとき、記憶をたどりながら、泣きたくても涙の出なかった遺体のことをふと思い出したため、ふたりの女のことはすっかり忘れてしまった。さもなければ、カルラのことを話してしまったかもしれない。酒の力で気が大きくなっていなくても、私にはつねに告白の衝動がなかっただろうか？ついに私はコプラーのことを話題にした。その日、私が親友を失ったことをみんなに知ってほしかったのだ。きっと誰もが、私の態度を許してくれるだろう。

私は叫んだ。コプラーが死んだ、ほんとうに死んだんだ、それまで黙っていたのは、みんなを悲しませないためだ。するとどうだろう！　ついに私の目に涙があふれそうになった。私は目をそらして涙を隠さねばならなくなった。

誰も信じようとせず、一同がいっせいに笑った。そのとき、まさにワインのてきめんの効果が表れ、私はかたくなになった。私は死者のようすを描写したのである。

「まるでそのこわばった顔は、永久に変わらない大理石に刻まれた、ミケランジェロの彫刻さながら」

一同が沈黙した。沈黙を破って大声をあげたのは、グイードだった。

「今なら、私たちを悲しませてもきみは平気なんだね?」

彼の指摘はもっともだった。せっかく誓いを立てたのに、私はそれにそむいたのだった! その場をとりつくろう手立てはなかっただろうか? 私はげらげらと笑い出した。

「みんなひっかかった! 彼は生きている、快方に向かってますよ」

状況がのみこめずに一同が私を見た。

「よくなってます」とまじめな顔でつけ加えた。「私だとわかって、笑顔まで見せてくれました」

みんな私を信じたが、誰もが怒っていた。ジョヴァンニは、体にさわる心配がなければ、力いっぱい私の頭めがけて皿を投げつけてやると言い放った。たしかに、私がそのような知らせをでっち上げてめでたい席をだいなしにしたのは、許しがたいことだった。もしそれが真実だったならば、非難されることもなかっただろう。もう一度、彼らに真実を言うべきだったただろうか？　コプラーは死んだ。私はひとりになってから思う存分に泣き、その死を悼むつもりだった、と。言葉をさがしあぐねていると、マルフェンティ夫人が、貴婦人に特有のあの重々しい態度で私をさえぎった。

「お気の毒な病人のことはしばし忘れましょう。明日考えることにしましょう！」

私はすぐにそれに従った。それどころか、死者のことはもう二度と考えまいと思った。

『さようなら！　ぼくを待っていてくれ！　すぐにきみのところに行くから！』

乾杯のときが来た。ジョヴァンニはそのときだけ、シャンパン一杯をすする許可を医者からもらっていた。ワインが注がれるのを注意深く見守り、満杯になるまでけっして口をつけようとしなかった。アーダとグイードに、飾りけのない厳粛な祝いの言葉を述べると、最後の一滴までグラスを飲み干した。それから私をにらみつけながら、最後の一口は、ほかでもない私の健康を祈ったと言った。どうせそれが、幸運をもたらすものではないことは知っていたから、私はテーブルクロスの下で、両手で厄払いをした。

これ以外に、その夜のことはあまりはっきりおぼえていない。このあとすぐにアウグスタが音頭をとり、一同がこぞって、私のことを模範的な夫だとほめそやしたことは知っている。私は皆に許され、義父までが態度を変えて優しくなった。しかし義父は、アーダの夫が私のように善良で、同時により有能な商人にもなってほしい、とくに、人間として……とつけ加え、その先の言葉をさがした。だがそれが見つからず、まわりの人たちも誰ひとり口をはさまなかった。その日の朝はじめて会ったばかりで、私のことをよく知るはずのないフランチェスコ氏も黙っていた。私が気分を害すことはなかった。自分には償うべき数々の大きな過ちがあるという感情は、どれだけ人の心を穏やかにするものだろう！　私は広い心で無礼の数々を受け入れた。私にはふさわしくない愛情がそこに感じられるかぎりは。疲れとワインのせいで頭はぼうっとしていたが、澄みきった心で私は、自らが不貞をはたらいても損なわれることがないような良き夫のイメージを大切にした。どこまでも善良でなければならなかった。ほかはどうでもよいのである。私がアウグスタに投げキスをすると、彼女はほほ笑みでそれに答えた。

それから、私が酔っているのを笑いの種にしようという者が会食者のなかに現れ、私は乾杯の挨拶を言わされた。私が拒まなかったのは、そのとき、みんなの前でこのようなかたちで私の善意を示すことがとても大切に思われたからである。私に自信がなかったわけではない。なぜなら実際に、義父に言われたとおりの人間だと感じていたからだが、善意を表せばもっとよくなれるはずだった。まわりの多くの人たちが、ある意味で、それを公認してくれるだろうから。

こうして私は乾杯のとき、私とアウグスタのことしか話さなかった。一日に二度、私は自分の結婚のことを話したことになる。カルラにたいしては、私の妻への愛情について黙っていたので、真実を偽った。この祝宴の場では、別の真実を隠した。私の結婚までの経緯において、きわめて重要なふたりの人物、つまりアーダとアルベルタのことは黙っていたからである。私が結婚に躊躇し、それによって長い幸福の時間が奪われたがために、悔やんでも悔やみきれないと語った。それから、うやうやしい態度で、アウグスタにもためらいがあったと言った。しかし彼女は快活に笑いながら、それを否定した。

　私は苦労のすえに話の糸口を見つけた。私たちがどのように新婚旅行までこぎつけ、イタリアじゅうの美術館でいかに愛し合ったかを語った。私は嘘にどっぷりとつかり、なんの役にも立たないこのような細部まで盛りこんだのだった。ワインのなかに真実がある（人は飲むと本音を吐く）という諺にもかかわらず。

　アウグスタがここで再び口をはさみ、私がいると傑作に危害が及びかねないので美術館巡りは回避せざるをえなかったのだと言った。彼女は、これを語ることで明らかになるのが、そのような細部にかんする私の嘘だけではないことに気づいていなかった。食卓に観察眼の鋭い人がいれば、きっと見抜いたであろう。愛の発展しえなかった場所において、私の思い描く愛がいかなるたぐいのものだったかを。

　私は長く退屈な話を再開した。わが家に住み始めてから、ふたりはともにあれこれと改良を加え始め、そのひとつが洗濯室の増築である、などと。

なおも笑いながら、アウグスタがまた話をさえぎった。

「これは私たちのためのパーティーではなくて、アーダとグイードのためのものよ！　彼らふたりのことを話したら！」

みんなが大きな声で口々に同意した。私のおかげで誰もが、そのような場にふさわしく、心から幸せに、にぎやかになったことに気づき、私も笑みがこぼれた。だが、言うべきことが何も見つからなかった。何時間も話したような気がした。ワインのグラスを次から次へと飲み干した。

「アーダに乾杯！」私はとっさに立ち上がり、彼女がテーブルクロスの下で厄払いをしなかったかどうか見た。

「グイードに乾杯！」グラスを一気に空にしてから、つけ加えた。

「心をこめて！」最初の乾杯のときにこう言うのを忘れていた。

「ふたりの最初の子供に乾杯！」

制止されることがなければ、私はふたりの子供のために何杯でも杯を重ねたことだろう。彼らの哀れな嬰児《みどりご》たちのために、私は食卓にあったすべてのワインを飲んでいたかもしれない。

それから、さらに頭が混乱してきた。はっきりとおぼえているのは、たったひとつしかない。酔っ払っているのを気づかれないよう、最大の注意を払っていたことだ。まっすぐに立って、あまり話さないようにした。私自身が信用できなかったので、言葉を発する前に、それをいちいち吟味する必要を感じた。皆の話が進むなか、私はその輪に加わるのを控えねばならなかった。ぼやけた思考を明確にするだけの時間がなかったからである。そこで自分から新たな話題を切り出したいと思い、義父に話しかけた。

「エクステリウール株が二ポイント下落したのを知ってますか?」

株式市場で聞いた、私とはなんの関係もないことを口にしたのだった。私は仕事のこと以外は話題にしたくなかった。酔っ払いが思いつきそうもない、まじめな話が望ましいと思ったからである。義父はその話題に関心があったらしく、おまえは不吉な前兆を告げるカラスだと言って私を責めた。義父にたいしては、やることなすことすべてが裏目に出た。

そこで私は、となりに坐っていたアルベルタに話しかけた。恋の話題になった。彼女の関心はその理論に向けられ、私もさしあたり実践面にはまったく関心がなかった。だからこそ、もってこいの話題だった。彼女が恋についてどう思うか私に尋ねたとき、その日の私の経験にかんがみて明白だと思われた考えをひとつすぐに導き出した。女性とは市場のどんな株価よりも変動の激しい商品である、というものだ。アルベルタはそれを誤解して、誰でも知っていることを私が言ったにすぎないと思った。つまり、女性は年齢によって異なる価値をもつ、と。私はこう説明を補足した。午前中のある時間帯に高値をつけた女性が、正午には無価値になりうる。午後は午前の二倍に跳ね上がり、結局、夕方にはマイナスの値になるかもしれない。マイナスの値の概念についてはこう説明した。男が、女と手を切って完全にやっかい払いするにはどれだけの金額を支払えばいいのか見積もるときに、女はそのような値をもつことになる、と。

しかしながら、かわいそうな女性戯曲作家は私の発見の正当性を認めなかった。一方の私はまさにその日、カルラとアウグスタが被った値動きを思い出し、自説に確信をもった。さらに詳しく説明しようとしたとき、ワインがじゃまをし、話が完全に逸れてしまった。

「いいかい」と私は彼女にささやいた。「もしきみがXの値をもつとしよう、そして今、ぼくの足できみの小っちゃな足を触らせてくれたら、すぐさまきみの値には、少なくとももうひとつXの値が加わることになる」

すぐに私は、言葉を行動に移した。

まっ赤になって彼女は足をひっこめたが、機転がきくところを見せようとして言った。

「でもこれは実践であって、理論ではないわ。アウグスタに言いつけますからね」

断っておくが、私とて、その小っちゃな足が無味乾燥な理論とは夢にも思っていなかった。とはいえ、世界一の無邪気な顔を装って叫んだ。

「純粋な、きわめて純粋な理論だよ。きみがそう思わないとしたら、よくないことだね」

ワインによる妄想こそ、真実のできごとにほかならない。

長いこと私とアルベルタは、私が自らの嗜好のためだと断って彼女の体の一部を触ったことを忘れなかった。言葉が行動を呼びさまし、行動が言葉を喚起した。彼女は結婚するまで、私に会えばほほ笑み、顔を赤らめた。だがその後は、怒りと赤面だけだった。女とはこういうものである。日によって、女たちは過去の解釈を変えるのだ。その人生は、さぞ変化に富むにちがいない。ところが私のなかでは、その行為の解釈はつねに変わることはなかった。それは、刺激的な味のする小さな品物の窃盗を意味した。しばらくのあいだ、その行為を私が思い出させたとしたら、それはアルベルタのせいだった。あとから私は、それが完全に忘れ去られるように、いくらかの代償を払うことになるのである。

義父の家を辞する前に、より重大なことが起きたことも私はおぼえている。ほんのつかのまだが、私はアーダとふたりっきりになった。ジョヴァンニはすでに床に就き、ほかの者たちは、グイードにつきそわれてホテルに向かうフランチェスコ氏を見送っていた。私はアーダをじっと見つめた。白いレースのドレスをまとい、肩と腕をあらわにしていた。私は何か言葉をかけねばと思いながら、ずっと黙っていた。しかしどんな言葉が頭に浮かぼうと、吟味したのち、口には出さなかった。こんなことを言ってもよいものかどうか、検討したことをおぼえている。『ようやくあなたが、ぼくの大切な友人グイードと結婚してぼくはうれしいよ。これでもう、ぼくたちの仲もすっかり終わりだね』私は嘘をつきたかったのだ。私たちふたりの仲が何ヶ月も前にとっくに終わっていたことは、誰もが知っていたからである。だが私にとって、その嘘がすばらしいお世辞のように思われたし、そのような服を着た女性がお世辞を要求し、お世辞をいわれて喜ぶのも確かなことである。しかし私は、熟考ののち、何も言わなかった。そのような言葉を口に出さなかったのは、私が溺れかけていたワインの海のなかで、一枚の板切れを見つけて救われたからである。私のことを好きでもないアーダに気に入られるために、アウグスタの愛情を危険にさらすのはまちがっていると考えたのだ。しばし私の頭を混乱させた疑いをいだいたときも、またそのあとに、あのような言葉からかろうじて離れたときも、私はアーダをいわくありげに見つめていたのだった。そのためアーダは立ち上がり、私のほうを驚いて振り向いてから、今にも走り出さんばかりの勢いで部屋を出て行った。

自らの一瞥が、ひとつの言葉と同じくらい、あるいはそれ以上に記憶に残ることがある。それが言葉よりも重要なのは、どんな辞書にも、女を裸にできる言葉が見当たらないからである。今の私は、あのときの一瞥が、私の考えた言葉を単純化し、それを裏切ったことを知っている。アーダの目には、私の視線が、彼女の衣服だけではなく皮膚をも貫通したように映った。それが意味するのは、まちがいなく、『これからぼくと寝ないか?』である。ワインが危険なのは、真実を明るみに出さないからにほかならない。明るみに出されるのは、真実とはまったくの別物である。それはとりわけ、個人の忘れ去られた過去の歴史であり、現在の意志ではない。さほど昔ではない時期に、気晴らしのために思い浮かべたあとで忘れてしまった妄想のたぐいもすべて明るみに出すのだ。それは消去したことを無視し、私たちの心のなかで知覚できることすべてを判読する。周知のように、それを根元から完全に消し去る手段はない。誤って流通した手形のようなものである。私たちの歴史はすべて判読可能であり、ワインがそれを大声で言いふらし、人生があとからつけ加えることは無視するのである。

帰宅するときに、アウグスタと私は馬車に乗った。暗がりのなかで、妻を抱き寄せてキスすることが義務のように思われた。というのは、このような状況においてそうするのが私のつねだったし、もし妻にキスしなければ、夫婦のあいだに何かの変化があったと彼女が考えかねない。私はそれがこわかったのである。私たちふたりのあいだに変わったことは何もなかった。ワインもそう叫んでいた！　彼女は、ずっとかわらずにそばにいるゼーノ・コジーニと結婚した。たとえ私がその日、ほかの女たちをわがものにしたとしても、またワインが私をもっと幸せにするために女の数を増やしたとしても、それが重要だろうか？　そのなかにいたのが、アーダなのかアルベルタなのか、もはや定かではないが。

眠りに落ちるまでのほんの一瞬、死の床にあるコプラーの大理石のような顔が、再び思い浮かんだことを私はおぼえている。彼は正義を求めているようだった。正義とは、私が彼に約束していた涙である。しかしそのときも私は涙が出なかった。睡魔に屈してしまったからである。だがその前に、私は亡霊に謝った。『もうちょっと待ってくれ。すぐにきみのところに行くから！』しかし私は、二度と彼のもとに行くことはなかった。彼の葬式にさえ参列しなかったからである。私たち夫婦には山ほど家の用事があり、私は外でも忙しかったので、彼のための時間などなかったのだ。ときどき彼のことが話題になったが、それもただ、酔った私のせいで何度も彼が死んだり生き返ったりしたことを思い出して笑い合うためだった。むしろ彼の名は、わが家の決まり文句になったといえる。新聞は、誰かの死を報じたり、否定したりの繰り返しだが、そんなとき私たちは、「まるでかわいそうなコプラーさんみたい」と言うのがつねだった。

翌朝、起きたときに少し頭痛がした。わき腹も少し痛み出した。おそらく酔いが回っているあいだは何も感じず、慢性的な痛みをすっかり忘れていたのだ。しかしじつのところ、悲しくはなかった。私が心穏やかでいられたのは、アウグスタが、あの結婚の晩餐に私が来てくれてよかったと言ったからだった。私が到着する前は、まるでお葬式に参列しているようだったという。したがって、私は自らのふるまいにたいする後悔はなかった。だがあとになって、ひとつだけ許されていないことがあると感じた。アーダへのいやらしい目つきだった！

その日の午後に会ったとき、アーダがおそるおそる私に手を差し出したので、私も不安がつのった。だがきっと彼女の心には、あの無礼きわまりない逃亡が重くのしかかっていたのだろう。しかし、あのときの私の目つきも、きわめて下品であった。私は自分の目の動きを正確に思い出した。その視線によって傷つけられた者はそのことを忘れるはずがないと思った。慎重に、兄のようにふるまって、罪滅ぼしをせねばならなかった。

よくいわれることだが、飲みすぎて気分が悪いとき、迎え酒以上の対処法はない。その日の朝、私は元気をとりもどすためにカルラのところに行った。私はもっと濃密な生き方をしたいと望んで彼女の家に向かったのだ。アルコールへの誘惑は、まさにそのような願望とともに生まれる。ところが道すがら、前日とはまったく違う濃密な生を彼女に提供してほしいと願うようになった。いささか不明瞭だが、どれも正直ないくつかの決意に私は支えられていた。彼女とすぐには別れられないのはわかっていても、徐々に、道徳的な決断に近づければよい。そのあいだに、私は妻のことをカルラにこれまでどおり話すことにしよう。いずれ彼女はさほど驚くことなく、私がいかに妻を愛しているかを知ることになるだろう。私はいかなる場合にもそなえて、金を入れた別の封筒をふところに隠していた。

カルラの家に着き、十五分ほど経ってから彼女は私をなじった。その言葉があまりにも的確だったがために、私の耳にいつまでも残ることになった。「あなた、ずいぶんと乱暴ね、愛し方が!」そのときにことさら乱暴だったという自覚が私にはない。私は妻のことを話し始めたのだが、カルラの耳には、アウグスタへの賛辞が彼女への非難のように響いたにちがいない。

今度はカルラが私を中傷する番だった。私が暇つぶしに、祝宴がいかに退屈だったかを語ったときだった。とりわけ、私の言った乾杯の挨拶がどれだけ場違いだったかについて。するとカルラが言った。

「もしあなたが奥さまを愛しているなら、お父さんのいる席で乾杯の挨拶をまちがえたりしないわよ」

そして、私が妻をあまり愛していないことのご褒美に、カルラはキスまでしてくれたのだった。

私をカルラのもとに導いたのは、私の人生を濃密なものにしたいという欲望だったが、この同じ欲望が、すぐに私をアウグスタのもとに連れ戻してもおかしくなかった。私の愛情を吐露できるのは彼女しかいなかったのである。薬のつもりで飲んだワインは、すでに適量を超えていた。あるいは、まったく別のワインを私はもはや望んでいたのかもしれない。しかしその日、カルラとの関係は上品で、親愛の情で結ばれたものでなければならなかった。あとで私が学んだように、それがこの哀れな若い女にふさわしい態度だった。彼女はこれまでに何度も、私に一曲歌って聞かせようとした。私の評価が気になったからだ。しかし私には、そんな歌などどうでもよかった。それがどんなに純真であろうとも。声楽の勉強をやめるのだから歌ったところでなんの意味もない、と私は彼女に言った。

私の言葉は侮辱以外のなにものでもなく、彼女を深く傷つけた。私のとなりに坐っていた彼女は涙を見せまいとして、手を組んで膝のうえにのせ、それをじっと見つめていた。彼女は同じ非難を繰り返した。

「私にたいしてこうなのだから、愛していない人には誰でも、あなたきっと乱暴なのね！」

私は生来が穏和な性格だから、その涙にほだされ、この狭い部屋でどうか私の鼓膜が破けるほどの大声で歌ってほしいと頼んだ。すると今度は身がまえて歌おうとしないので、私の希望がかなわないならここから出てゆくと脅かした。たとえ一時的であれ、自由をとりもどすための口実を見つけたようにも一瞬思われたことを、私は認めなければならないが、私の卑しいしもべは脅迫に屈し、目を伏せてピアノの前に坐った。ほんの一瞬、精神を集中させると、あらゆる疑念を振り払うように片手で顔をなでた。驚くほどのすばやさで動いた手が顔からどけられると、そこには、先ほどまでの苦渋の表情がいっさい消えていたのだった。

のっけから私は大いに驚かされた。カルラはささやくように、語りかけるように歌い、けっして大きな声を出さなかった。彼女があとで言ったことだが、以前の叫ぶような歌唱は、声楽の教師から押しつけられたものだったのだ。そして、そのような歌い方とは、教師ともども決別したのである。それはトリエステの流行歌だった。

私が恋しているのは、ほんとうよ。
いけないことかしら?
十六歳の私にあなた何がお望み?
おばかさんみたいに私がじっとしてると思う?

それは、物語か告白のようなものだった。カルラの目はいたずらっぽく光り、歌詞よりも雄弁に感情を表していた。鼓膜が破れる心配はなかったので、私はあっけにとられ、魅せられたように彼女に近づいた。彼女のとなりに坐ると、彼女は私に向かって話しかけるように流行歌を歌った。目を半ば閉じ、このうえなく軽やかに、そして清らかに、十六歳の娘は自由と愛を望んでいると私に訴えた。

私がカルラの小さな顔を見たのは、そのときが初めてだった。みごとな卵形の顔で、深くえぐられた弓なりの目のくぼみと、華奢な頬骨がきわだっていた。光を背にした私のほうに向けられた顔は、まったく影が射しておらず、その雪のような白さのために、よけい輪郭がととのって見えた。透きとおるような肌は、おそらく、繊細すぎて表には現れてこない血液と血管をみごとに隠し、美しい顔の形は、愛情と保護を求めているようだった。

すぐにでも私は、愛情と保護を無条件に彼女に与える用意があった。それは、そろそろアウグスタのもとに帰ろうかと思ったときでさえ変わらなかった。なぜなら、そのときのカルラは、父親のごとき愛情しか求めておらず、それならば妻を裏切らなくても与えられたからである。なんと満ち足りた気分だっただろう！　私はカルラの家に残り、その卵形の小さな顔が求めるものを与えるとともに、アウグスタからも離れずにすんだのだ！　こうして、カルラへの私の愛情は洗練されたのである。そのときから、私が正直で潔白でありたいと感じたときも、彼女と別れる必要はなくなった。彼女のもとにとどまって、話題を変えればよかったのである。

この新しい優しさは、そのときに私が発見した卵形の小さな顔によるものだったのか、それとも、彼女の音楽の才能によるものだったのだろうか？　才能は否定しがたかった！　風変わりなトリエステの流行歌は、若い娘本人が年老いて落ちぶれ、もはや死ぬ以外の自由を必要としていないと訴える一節で終わる。カルラは、このうすっぺらな詩のなかで、悪意と幸福を歌い続けていた。彼女は若いのに老いを装って、新しい視点から自らの権利をはっきりと訴えていたのだ。

彼女は歌い終わって、私がすっかり感嘆しているのがわかると、初めて私に愛情だけではなく好意をいだいた。彼女の先生が教える歌曲よりも流行歌のほうが、私は好きらしいと気づいていた。

「残念ね」と彼女は寂しそうに言った。「ミュージックホールにでも行かないかぎり、生活費が稼げないなんて」

それは違うと言って、私はなんなく彼女を納得させた。世の中には、歌うのではなく、語りかける偉大な歌手がたくさんいる、と。

カルラはそのような歌手たちの名前を教えてほしいと言った。彼女は自分の歌に価値が認められてうれしそうだった。

「私は知っているわ」と無邪気につけ加えた。「ただ声をかぎりに叫べばいいような歌よりも、この種の歌はずっとむずかしい」

私はほほ笑んだだけで、議論はしなかった。彼女の芸もまた、むずかしいのは確かであった。それが彼女にわかったのは、彼女が知る唯一の技芸だったからである。彼女はそれをおぼえるのに、とても長い練習を要したはずだ。歌詞と音符をひとつひとつ調整しながら、何度も歌ったにちがいない。今は別の曲を練習していたが、歌いこなすには、まだ数週間が必要だった。完全に習得するまでは、聞かせたがらなかった。

これまでは獣じみた情景しか繰り広げられなかったその部屋に、甘美な時間が訪れた。

カルラに出世の道までが開かれることとなったのだ。彼女の出世によって、私は彼女から解放されることになるだろう。それは、コプラーが彼女のために夢想した経歴ときわめて似通っていた。私は、歌の先生をさがそうかと彼女に申し出た。その言葉に初め彼女は怖気づいたものの、ためしに教わってから、もし退屈で無益だと感じれば、やめてもらえばよいと私が言うと、彼女はすぐに納得した。

その日はアウグスタとの関係もいたって良好だった。まるで、カルラの家からではなく、散歩から帰ったかのように爽快な気分だった。哀れなコプラーも、カルラの家をあとにするときに何も怒るべき理由が見つからなかったときは、同じ気持ちになったことだろう。私はオアシスにたどり着いたかのようにくつろいだ。カルラとの長きにわたる関係が、たえず波乱に富むものであったなら、私自身にも私の健康にも、きわめて深刻な影響を及ぼしていただろう。その日から、歌のすばらしさによるものなのか、より穏やかな日常が営まれることになった。カルラへの愛とアウグスタへの愛を燃え立たせるために必要な、短い中断がときにはあったにせよ。カルラのもとを訪れるたびに、私はアウグスタを裏切っていたわけだが、健康と善意にどっぷりとつかっていたために、ほどなくしてそんなことはすっかり忘れてしまった。善意は、カルラにもう二度と会わないという宣告が喉から出かかっていたときに比べれば、はげしくもなく、また刺激的でもなかった。それは、父親の優しさに通じるものだった。そこでまた、私は彼女の経歴について考えた。毎日のように女に別れを告げ、翌日にはまたそのあとを追いかけるという生活は、私の哀れな心臓に耐えがたい負担となっただろう。ところがカルラはつねに私の掌中にあり、彼女の進むべき方向を私が自由に変更できたのである。

長期間にわたって、カルラの歌の先生をさがすために街じゅうかけまわるほど、私の善意は強くなかった。私は善意とたわむれながら、腰かけたまま動こうとしなかった。ある日アウグスタが、子供ができたようだと私に打ち明けた。すると私の善意は大きくなり、カルラの先生が見つかったのだった。

私はずいぶんとためらった。というのはカルラが、たとえ先生などいなくても、彼女の新しい音楽を目指して真剣な練習に邁進するのは明らかだったからである。毎週、新しい流行歌をおぼえ、歌詞と身振りを入念に検討したうえで、私に歌って聞かせた。ところどころ、もう少しなめらかに歌うほうがよいと思われたが、きっとそのうち自然に洗練されてゆくかもしれない。私が思うに、カルラが本物の歌い手だという決定的な証拠は、彼女がたちどころに自分のものとした最良の特質を放棄することなく、次々と流行歌に磨きをかけていた点にあった。私はしばしば、彼女に初期の歌をうたってもらったが、そこにはいつも何かしら、新たに加わった効果的な調子が聞きとれた。彼女は無知ではあったが、すばらしいことに、強い表現を見出そうとたゆまぬ努力をしながら、けっして歌のなかに偽りや誇張をまぎれこませなかった。本物の歌い手らしく、彼女が毎日、小さな建物に小石をひとつ加える以外、建物に変化はなかった。紋切り型なのは歌ではなく、むしろ、歌にこめられた感情のほうだった。カルラは歌う前に、つねに顔に手をやり、その手の奥で一瞬の精神統一をはかり、ただちに自らが築き上げるべきコメディーの世界に没入できた。つねに子供じみたコメディーとはかぎらない。

「ロジーナ、あんたは掘っ立て小屋の生まれ」

の皮肉なモラリストは、人を脅すような響きがあったが、それも深刻すぎるほどではなかった。歌い手は、それが日常茶飯事だとわきまえていると警告しているようだった。カルラの思いは別のところにあったが、結局たどり着くところは同じだった。

「私はロジーナに共感している。そうでなければ、こんな歌わざわざ歌うまでもないでしょう」と彼女は言うのだった。

ときどきカルラは、アウグスタへの私の愛情と後悔の念を無意識に燃え上がらせることがあった。それは実際には、私の妻が占めるゆるぎない地位に、カルラが攻撃を加えるたびに起きた。私といっしょにひと晩を過ごしたいと彼女はいまだに強く願っていた。添い寝をしたことがない私たちはまださほど親密ではないように思う、と彼女が本心を打ち明けた。彼女とはなるべくことをかまえたくない私は、その望みをきっぱりと断れなかったが、そのようなことはまずむりだろうと考えざるをえなかった。窓際でひと晩じゅう私の帰りを待ったアウグスタと朝、顔を合わせる覚悟が私にあれば話は別であるが。しかしこれも、また新たな妻への裏切りになるのではないだろうか？　ときおり、つまり欲望をみなぎらせてカルラのもとにかけつけるときなど、彼女の望みをかなえてやりたくなるのだが、すぐにそれが不可能であり、また不都合であることに気づいた。こうして、その可能性を完全に排除することもなければ、実現させることもない日々が長く続くことになった。表向きは、いずれいっしょにひと晩を過ごすことで合意していた。そうこうするうちに、実際にその可能性が高まった。というのは私がかねてよりジェルコ母娘に、彼女たちの家をふたつに分断している住人を立ち退かせるよう勧めていたため、ようやくカルラが自分だけの寝室をもつことになったからである。

グイードが結婚してからまもなく、義父は死の危機に瀕したが、わたしはついうっかり、妻が義父の病床にひと晩つき添って義母を休ませねばならないと、カルラに話してしまった。これで私はもはや言い逃れができなくなった。カルラは、ちょうどその夜に私が彼女とひと晩過ごすことを要求してきた。私の妻にとっては非常につらい夜となるというのに。私はそのように気まぐれな要望をつっぱねる勇気がなく、しぶしぶ了承した。

私は苦難のときにそなえた。午前中はカルラのもとに行かず、夕方になってから、欲望を抑えきれずにかけつけた。そのさい、アウグスタが別の理由で苦しんでいるときに彼女を裏切るのはより重大な裏切りだという思いこみ自体が子供じみていると自分に言い聞かせた。したがって、アウグスタが私を引き止めて、夕食時や深夜に必要なものをそろえるにはどうすればよいか、翌朝のコーヒーのことまで説明を始めたとき、私はいらだちすらおぼえたのだった。

カルラは練習室で私を出迎えた。まもなく、彼女の母親でもあり、女中でもあるジェルコ夫人が、おいしい夕食を用意してくれた。私は持参したデザートをそえた。老母が後片づけに戻ると、私は正直なところすぐにでも横になりたかったが、まだあまりにも時間が早かったので、カルラは私に歌を聞いてほしいと言った。彼女は持ち歌をすべて披露し、私はまちがいなく最良のひとときを過ごした。というのも、私がカルラを待つあいだに感じた不安が、彼女の歌がつねに与えてくれた喜びをさらに大きくしたからである。

「きみはきっと観客から、花束と拍手の嵐を浴びるだろう」しばらくして私は彼女にそう断言したが、観客がひとり残らず、そのときの私と同じ気持ちになるはずもないことは忘れていた。

ついに私たちは、まったく飾りっ気のない狭い部屋で同じベッドに横たわった。壁で仕切られた廊下のような部屋だった。まだ私は眠くなかったが、たとえ眠くなっても、部屋の空気が十分ではないために寝つかれないのではないかと思うと気分が暗くなった。

母親がびくびくした声でカルラを呼んだ。カルラは戸口まで行き、扉を半開きにして、返答した。彼女は興奮した声で、母親に用件を尋ねた。母はおずおずと何かを言ったが、私には聞きとれなかった。するとカルラが大声を出して、母親の目の前でドアをぴしゃりと閉めた。

「ほっといて！　今夜はここに寝ると言ったじゃない！」

この言葉からわかったのは、カルラが暗闇をこわがり夜ひとりでは不安だったため、いつも母親と同じ古い寝室で寝ており、私たちが添い寝をしようとしていたベッドはふだん使われていなかったという事実だ。アウグスタにたいするむごい仕打ちを私にさせたのも、彼女がいだくこの不安のせいだったにちがいない。カルラは、母といるよりも私といるほうが安心できると、抜け目なく快活に打ち明けたが、私はそれに共感できなかった。離れの狭い練習室のとなりにあったこのベッドについて、私はあれこれ考えた。それを目にするのは初めてだった。私は嫉妬していた！　まもなく、哀れな母親にたいする彼女のふるまいにも軽蔑を感じてきた。両親に付き添うために私といることを断念したアウグスタとは、たいへんな違いである。私は、哀れな私の父がぐずぐず言っても、諦めて耐えてきただけに、自分の親への敬意を欠くふるまいにはとくに敏感なのである。

カルラは、私の嫉妬にも軽蔑にも気づくことはなかった。誰かが私の愛人を連れ去ることを期待しながら私は一日の大半を過ごしていたのだから、もともと嫉妬する資格などないことを思い出し、嫉妬心を押し殺した。私の軽蔑もまた、この哀れな娘に示す必要はなかった。彼女ときっぱり別れたいという願望をもはやどうすることもできなかったのだから。たとえ、つい今しがた私の嫉妬をかきたてた理由によって、私の怒りが大きくなっていたにしてもである。さしあたり必要なのは、一立方メートルの空気もなく、しかも暑苦しくてたまらないこの狭い部屋から、さっさと出てゆくことだった。

どんな口実をもち出してすぐに出てゆこうとしたのか、私はよくおぼえていない。あわてて服を着た。鍵を妻に渡すのを忘れたので、妻に必要が生じて帰宅しても、家に入れないだろうと言った。私が見せた鍵は、いつもポケットに入れている鍵にほかならなかったが、私の主張を証明する動かしがたい証拠として提示されたのだった。カルラは私を引き止めることもなく、服を着ると、灯りをともして私と階段を下りた。薄暗い階段で彼女は、尋問するような目つきで私をうかがっている気がして、私はどぎまぎした。私の本心をうすうす感じていただろうか？ 私はじつに巧妙に嘘を隠せたので、見破るのはたやすくなかったはずだ。私を解放してくれた彼女への感謝の気持ちから、ときどき唇を彼女の頬に押しつけ、そこにやって来たときと同じ情熱があるようなふりをした。この私の見せかけが功を奏したことに疑いの余地はなかった。すぐさま彼女が、恋心にかられたようにこう言ったからである。私の両親がつけたゼーノという醜い名前はまったく私にはふさわしくない、私がダリオならよかったのに。そして彼女は暗がりで、実際に私をそう呼んで別れの挨拶をした。それから、天気が崩れそうだと察し、傘を取ってこようかと私に言った。だが私には彼女がもうどうにも耐えがたかったので、その場を走り去った。鍵はまだ握ったままだったが、妻にそれを渡すという嘘が私にも真実のように思われてきた。

漆黒の闇に、ときおり目がくらむような稲妻が走った。雷鳴は聞こえたが、距離はありそうだった。大気はまだ静かで、カルラの部屋のように息苦しかった。大粒の雨がぱらぱらと降ってきたが、それも生温かった。上空は、今にも雷雨となりそうな気配だった。私は走り出した。幸いにも、スターディオン大通りにまだ開いている明るい表門を見つけ、なかに逃げこんであやうく難を逃れた。

その直後に、雨粒が路面を叩き始めた。土砂降りの雨は、強烈な突風によって中断した。と同時に、突風に招き寄せられたのか、いきなり雷がすぐ近くで鳴った。私は体が震えた！　そんな時間にスターディオン大通りで雷に打たれて命を落とすことになれば、私の評判は地に落ちることになるだろう！　幸い、私が風変りな趣味をもつ男で、真夜中にそんなところまで出かけたとしてもおかしくないということは、妻も知っていた。どんなことでもつねに言い訳は見つかるものである。

私は一時間以上も表門の奥にとどまらざるをえなかった。天気がよくなりかけると、すぐにまた別のかたちで空が荒れた。今度は雹《ひょう》が降り出した。

門番が私の話し相手になった。門を閉める時間を遅らせてもらうように、私は彼に小銭を渡さねばならなかった。それから、白い服を着たずぶ濡れの紳士が門のなかに入って来た。やせこけた老人だった。その後二度と会うことはなかったが、彼の黒い目の光と、全身から発する活力が今でも忘れられない。彼はびしょ濡れになったことを、いつまでも呪っていた。

私は見知らぬ人と言葉を交わすのが嫌いではない。彼らといると、自分が無病息災だと感じるのだ。それは憩いのひとときでさえある。足を引きずることがないよう用心せねばならない。そうすれば、私は安全である。

天気がようやく回復すると、すぐに私は自宅ではなく義父の家に向かった。こんなときこそ点呼にかけつけて、自分の出席を誇示すべきだと思った。

義父は眠っていた。アウグスタは修道女に付き添われて、なんとか私のところまで来た。妻は私が来てくれてよかったと言うと、泣きながら私の胸に飛びこんできた。病床に呻吟する父親が、見るに忍びなかったのだという。

妻は全身ずぶ濡れの私に気づいた。私を長椅子に寝かせ、毛布をかけてくれた。それからしばらくは、私のとなりにいた。私はとても疲れていたので、妻がそばにいた短いあいだも睡魔と戦っていた。私は自らが潔白そのものだと感じた。私がひと晩じゅう私たち夫婦の家を空けていれば妻を裏切ることになったが、そうではなかったからである。潔白であることのすばらしさに気づいた私は、もっと強くそれを感じたくて、懺悔にも似た言葉をささやき始めた。己の弱さと罪深さを感じると妻に言うと、彼女は私を見つめて説明を求めた。すぐに私は身がまえて、自らの哲学を披瀝しながら、何かを考えるたびに、また息をするたびに私には罪の意識が芽生える、と説明した。

「宗教家と同じ考え方だわ」とアウグスタは言った。「私たちがこんなふうに罰を受けるのは、自分の罪を知らないせいなのかしらね!」

その言葉は、妻がいまだに流し続けている涙にふさわしいものだった。私と宗教家の、考え方の違いを彼女は理解していないようだったが、私は議論を避けたかった。いつのまにか強まった風の単調な音を聞いているうちに、衝動的な懺悔によって心が落ちついたせいもあって、安らかな深い眠りに落ちた。

☆　☆　☆

歌の教師の件にかんしては、わずか数時間で解決した。私はだいぶ前から誰を選ぶか決めていたのだ。正直に言うと、その名前を言わなかったのは、何よりもまずトリエステでいちばん安い教師だったからである。私が体面を汚さないように、カルラ本人が彼と話しに行った。私は一度も会ったことがないが、今や彼について多くのことを知っている。この世で最も尊敬する人物のひとりだと言うべきだろう。お人よしで健全であることはまちがいない。それは、このヴィットーリオ・ラーリのように、自らの芸術で生計を立てる芸術家には珍しいことだった。才能があって健康なのだから、要するに、うらやむべき男なのである。

そのうちまもなく、カルラの声がより柔らかくしなやかになり、安定感が増したことに私は気づいた。私たちが恐れていたのは、この先生が、コプラーが選んだ教師のように、カルラにむりを強いないかということだった。だがどうやら彼は、カルラの希望に合わせたらしく、実際に、彼女の好きなジャンルしか歌わせなかった。何ヶ月も経ってから、自分の歌が、その枠から少しだけ外に踏み出し、より洗練されたことに彼女はようやく気づいた。もはや、トリエステやナポリの流行歌を歌うことはなかった。イタリアの古い歌曲、モーツァルトやシューベルトの歌曲に移行したのだった。とくに思い出されるのは、モーツァルト作とされる『子守歌』である。この『子守歌』は、人生の悲しみがひときわ身に染みる日々や、うら若い乙女をわがものにしながら愛さなかったことを後悔するときなど、叱責のように私の耳でこだました。母親のようなカルラが今も目に浮かぶ。わが子を寝かしつけるために、胸の奥から甘い旋律をつむぎ出すその姿が。しかしながら、忘れがたい愛人だった彼女は、よい母親であるはずもなかった。むしろ、悪い娘だったのだから。ともあれ、その母親のような歌い方が、明らかにほかのいかなる特徴よりもきわだっていた。

私はカルラから先生の経歴を聞いた。彼はウィーンの音楽院で何年か学んだのち、トリエステに来ることになった。ここで幸いにも、同時代の失明した大作曲家のために働く機会を得た。この作曲家の曲を口述筆記するのが先生の役目だったが、信頼もされていた。それは、盲人から寄せられる全幅の信頼だった。こうして彼は、大作曲家の意図するところを学び、成熟の境地といつまでも若々しい夢を知った。彼はあらゆる音楽を吸収した。そのなかには、カルラが必要とする音楽も含まれていた。彼女は彼の外見にも触れた。若く金髪で、どちらかといえばがっしりとした体格だが、服装には無頓着で、身につけるのはよれよれのうす汚れたシャツ。色あせた黒のネクタイをだらしなく結び、つばが異様に大きいソフト帽をかぶるという。彼女が言うには、彼は口数が少なく――彼女の言葉は信じるにたると思われる。数ヶ月後に彼がよくしゃべるようになると、すぐに私にそのことを伝えたからだ――、与えられた仕事に懸命だった。

まもなく、私の日常は複雑になった。午前中は、カルラに愛情だけでなく苦い嫉妬を感じたが、午後になると、嫉妬心がだいぶうすれてくるのだった。その若者が、おとなしい絶好の獲物をみすみす逃したりはしまいと私には思われた。カルラは、よくもそんなことが考えられるものだと言って驚いたが、私はむしろ、驚いている彼女にびっくりした。私と彼女のあいだに何が起きたか、彼女はおぼえていなかったのだろうか?

ある日、嫉妬に狂って私が彼女のもとにかけつけたところ、驚いた彼女は、先生にすぐにでもやめてもらおうかと言った。私の支えを失うことだけを彼女が恐れていたとは思えない。なぜなら、あの時期の私にたいするカルラの愛情の発露は疑いようがなく、私も幸せに浸っていたのだから。だがそんな気分になれないときは、かえってそれがわずらわしく、アウグスタへの敵対心の表れとも思われた。そのうえ、私までいやおうなく、そのようなカルラのふるまいに加担させられたのである。彼女の申し出は私を困惑させた。私が恋に夢中のときであれ、後悔しているときであれ、彼女の犠牲を受け入れたくはなかった。このふたつの感情には何か関連性もあったはずであり、一方から他方へ移行するわずかの自由を、これ以上は制限したくなかったのだ。だから私は、そのような彼女の申し出を受け入れることはできなかった。むしろ私はこの申し出を聞いてよけいに慎重になり、嫉妬にさいなまれていたときでさえ、それを隠しとおせたほどである。私は自らの恋愛にいらだちを感じ始め、カルラを欲しているときも欲していないときも、彼女が劣った存在であるように思われてきた。彼女が私を裏切っていようとなかろうと、どうでもよかったのだ。彼女に憎しみを感じないときは、彼女がいることさえ忘れていた。私はアウグスタが統治する健康的で品行方正な王国に属していたのであり、カルラから解放されるやいなや、私の心も体もそこに帰還したのである。

カルラはこのうえなく誠実だったので、彼女がとても長いあいだ私だけのものだったことをよく知っているし、当時の私が繰り返しとらわれた嫉妬は、秘められた正義感の表れとしか考えられない。やがて当然の報いが私を待っていた。まず先生が恋に落ちたのだ。彼の恋心の最初の兆候は、カルラが私の称賛に値するような最初の大きな芸術的成功をおさめたとき、勝ち誇ったようにそれを私に伝えるいくつかの言葉のなかにあったのだと思う。彼女の話では、教師の仕事が彼はすっかり気に入り、もし彼女が授業料を払えないなら、無償でレッスンを続けてもよいと言ったらしい。私は彼女に平手打ちを浴びせたいところだったが、まぎれもない彼女の成功を喜ばない道理はないという気持ちに切り替わった。初めは苦虫をかみつぶしたようだった私の顔のことは忘れ、言うのが遅れた私の称賛を快く受け入れた。彼は個人的なこともすべて彼女に打ち明けていた。もっともそれは、音楽、貧困、家族をめぐる問題に限られてはいたが。彼に大きな迷惑をかけた姉がいた。彼は、カルラの知らないその女への大きな反感を、彼女にもいだかせることに成功した。そのような嫌悪が私にはとても危険に思われた。彼が作った歌をふたりでいっしょに歌うまでになったというが、どうも私には、彼女を愛していたときも重荷に感じていたときも、たいした曲には聞こえなかった。いずれにせよ、私はその後二度と聞いていないが、よい曲でないともかぎらない。のちに彼はアメリカ合衆国でオーケストラを指揮した。きっとその地で、彼の歌も歌われていることだろう。

しかしある日のこと、彼女は彼に結婚を申しこまれ、それを断ったと私に言ってきた。私は最悪の半時を過ごした。最初の十五分は頭に血がのぼり、先生が来たら蹴とばして叩き出してやろうと思った。次の十五分で私は気づいた。この結婚によって私の不倫を続けることはもはや不可能となるが、この結婚はつまるところ、倫理的ですばらしいことであり、しかも彼女の思惑どおり、私の支援のもとで経歴を切り開くよりも、私の立場をずっと安全で楽なものにするだろう、と。

それにしてもなぜ、あのおめでたい教師は、短期間であそこまでのぼせてしまったのだろう？　私とカルラの関係はすでに一年が過ぎると、すべてにおいて情熱がうすれ、彼女と別れる頃にはいらだちも感じなくなっていた。良心の呵責にもなんなく耐えられた。カルラはあいかわらず私の愛し方が乱暴だと言ってはいたが、彼女もそれに慣れてしまったようだった。きっと彼女にとって、慣れるのはたやすいことだったにちがいない。私たちの関係が始まった頃に比べれば、私はさほど乱暴ではなかったし、当初の過剰さを耐え忍んだ彼女にとって、その後の私のふるまいは穏やかそのものに感じられたにちがいない。

したがって、カルラの存在が私にとってさほど重要ではなくなっても、翌日に彼女に会いに行ってそれがかなわなければ失望するだろうことは、たやすく想像できた。もちろん、そういうときこそ、カルラと幕間喜劇を演じることなくアウグスタのもとに帰ればいちばんよいに決まっている。そのときは、それができるというゆるぎない自信があったのだが、まずは試してみようと思った。そのときの私の決意はおよそ次のとおりだったにちがいない。『明日になったらカルラに先生の求婚を受け入れるように頼もう。でも今日のところは、そうはさせない』私は四苦八苦しながらも、愛人としてふるまい続けた。いま私の情事のなりゆきをすべて検討したあとで振り返れば、私は己の愛人を別の男と結婚させておいて、愛人との関係は続けるつもりだったように見えるかもしれない。それは、私と同じように堕落してはいるが、より賢明で、より良識のある男の戦略であろう。しかし、事実はそうでなかった。彼女が先生と結婚することになっても、それを決心するのは翌日になってからだった。したがってそのとき初めて、私がかたくなに無実だと信じていた状況が終わるのだ。一日の短時間だけ彼女を崇め、その後は一日じゅう憎み続けることなど、もはやできなかった。毎朝、前日と同じような一日を始めるにあたり、赤ん坊のようにそ知らぬ顔で起き、私の頭にすっかり刻まれているはずの彼女との情事に驚きを感じることも、もはやできなくなった。それはもう不可能だった。彼女から解放されたいという願望を抑えないかぎり、私の愛人を永久に失いかねないことは目に見えていた。そこで私はすぐにそれを抑えた。

こうして私は、カルラのことをもはや気にかける必要がなくなったその日、彼女に愛の言葉をささやいた。この場面は、本心を偽り激情を装った点において、酒に酔った私が馬車のなかでアウグスタにたいして演じたあの夜の場面と似ていたが、ただし今回は酔っておらず、自分の言葉の響きにほんとうに感動したのだった。私は次のように彼女に告げた。私は彼女を愛しており、これから彼女なしでどう暮らしていけばいいかわからない。だが一方で、彼女に人生を犠牲にするよう要求しているような気がする。ラーリ氏が彼女に与えうるものに比べれば、私が彼女にできることは無に等しいから、と。

これはまさに、大きな愛の営みにこれまで長い時間を注いできた私たちの関係の、新しい局面だった。彼女はうれしそうに私の言葉を聞いていた。だいぶたってから彼女は、ラーリが恋しているからといって心配には及ばないと、私に打ち明けた。彼女はまったくその気がなかったのである！

私はまたもやも情熱的に彼女に感謝したが、その情熱も今度は私を感動させるにはいたらなかった。私は胃が重いように感じた。私は明らかに、かつてないほどの危険を冒していた。私のうわべの情熱は小さくなるどころか、かえって大きくなって、哀れなラーリへの賛辞を述べるまでになった。私は彼を見捨てたくはなく、彼を救いたかったのだ。あくまでも翌日のことだが。

先生を雇い続けるか解雇するかの決断は、まもなく合意に達した。結婚だけではなく、彼女の出世も妨げることは、私としては避けたかった。彼女もまた、教師としての彼を評価していた。レッスンのたびに、彼の助言の必要を感じると言った。そのうえで彼女は、愛しているのはほかの誰でもなく私ひとりだけだから、安心して自分のことを信頼してほしいと明言した。

明らかに、私の裏切りは大きく広がった。私は愛人にたいして、新しい絆で結ばれた新しい愛情をいだいてしがみついた。この愛情は、それまでは正当な愛情に限定されていた領域をも侵犯していた。しかしいったん帰宅してみれば、そのような愛情はもはや存在せず、アウグスタへの愛情がそれを吸収してかえって大きくなった。カルラにたいしては、根深い不信感しかなかった。求婚にかんしても、どこまでが真実かわかったものではない！　ある日いきなり、あの男と結婚することなく、すばらしい音楽的な才能に恵まれた息子を連れて来ても、私は驚かないだろう。彼女と別れねばならないという固い決意がよみがえり、カルラの家ではつねに心の片隅にあった。彼女といっしょのときは忘れていても、いとまを告げる前からまた強く意識し始めた。しかしそれも、まったくなんの結果も生み出さなかった。

この件にかんして、新たな展開はなかった。夏が過ぎ、義父がこの世を去った。私はグイードの新しい会社で大いに働いた。大学の学部を転々とした頃も含めて、私がこれほど懸命に仕事をしたことはかつてなかった。私の活動については、あとで述べることにしよう。冬も過ぎて、わが家の小さな庭に新緑が芽吹き、前年に比べれば私は元気になった。私の娘、アントーニアが生まれた。カルラの先生の進退を私たちはあいかわらず決めかねていたが、カルラはまるで関心がなく、さしあたりは、私もまたしかりだった。

一方、私とカルラとの関係においては、重大な展開があった。それは実を言えば、とても重要とは思えなかったできごとが原因だった。それらのできごとをほとんど意識することはなかったが、残された結果によって逆に浮かび上がったのだ。

その年の春の初め、私はカルラと公共庭園を散歩することになった。とても危険な行為だとは思ったが、カルラがどうしても日中に私と腕を組んで散歩したいと言うので、断り切れなかった。どんなに短いあいだでも、夫婦のようにふるまってはならなかったのである。結局これが悪い結果をもたらした。

日はまださほど高く昇っていなかったが、いつのまにかあたりは暖かく新鮮な空気に包まれたので、私たちはベンチに坐った。平日の朝、公共庭園は人影がなく、そこにじっとしていれば人に見られる危険は少ないのではないかと思われた。ところが、松葉杖をつきながら、ゆっくりとではあるが大股で、トゥッリオが私たちのほうに近づいてきたのだ。例の五十四の筋肉の男である。彼はこちらを見ることなく、私たちのとなりに腰を下ろした。それから頭を上げると、私と目が合って、彼が挨拶した。

「これは久しぶり！　元気かい？　ようやく少しひまになったの？」

ちょうど私の横に腰かけたため、私は不意をつかれ、カルラが見えないように、姿勢を変えて彼の視線をさえぎった。だが彼は、握手をしてから私に尋ねた。

「きみの奥さま？」

彼は紹介されるのを待っていた。

私は彼の意向に従った。

「こちらは、カルラ・ジェルコ嬢、私の妻の友人なんだ」

さらに私は嘘を重ねた。この二番目の嘘で、すべて事情が明らかになったことを、トゥッツリオ自身から私は聞かされることになる。作り笑いを浮かべて私は言った。

「ジェルコ嬢も、私に気づくことなく、たまたま私のとなりに坐ったんだよ」

嘘つきは心得ておかねばならない。嘘を信じてもらうには、必要な嘘以外を言ってはならないのだ。その後また私たちが顔を合わせたとき、トゥッリオは抜け目なく勘を働かせて私に言った。

「きみの説明はよけいだった。だからぼくは、きみが嘘をついていることを見抜き、あのきれいなお嬢さんがきみの愛人だと察したのさ」

そのときはもう私はカルラを失っていたので、まさに図星だと、心から満足げに認めたが、彼女に捨てられたことも、悲しそうな顔でつけ加えた。彼は信じなかったが、私はそれがかえってうれしかった。彼の不信が、いい兆候のように思われたからである。

あの日カルラは、私がそれまで見たことがないほど不機嫌になった。今だからわかるが、あのときから彼女の反抗が始まったのだ。私はすぐにそれに気づかなかった。というのは、トゥッリオが自らの病気と、とりくんでいる治療について説明を始め、私はその話を聞くために、彼女には背を向けていたからである。あとになって学んだことだが、女とは、例外的な状況を除けば、もっと失礼な扱いに耐え忍ぶことはあっても、公然と自らの存在を否定されることだけは許さないものなのである。彼女は私よりもこの哀れな男に怒りの矛先を向け、彼に言葉をかけられても返事をしなかった。私もまた、そのときはトゥッリオの治療などに関心がなかったので、その話に耳を傾けていなかった。私は彼の小さな目を見つめ、私たちの出会いについてどう思っているかをうかがった。彼が年金生活者で、一日じゅう暇をもてあましているため、この噂話が当時のわがトリエステの小さな社会にすぐに広まるだろうと察しがついた。

それからカルラは長いこと考えあぐねていたが、ついに立ち上がると、私たちに別れを告げた。

「さようなら」と彼女はつぶやいて、立ち去ろうとした。

彼女が私に腹を立てているのはわかったが、トゥッリオがいることも考慮して、なんとか彼女をなだめるのに必要な時間をかせごうとした。同じ方角に向かうのだから送らせてほしいと彼女に頼んだ。彼女のそっけない会釈は、絶縁を示唆するものともとれた。私は初めて心の底から不安になった。容赦ない脅しに、私は息がつまった。

しかしカルラ自身も、しっかりとした足どりで歩き出したものの、まだどこに向かうつもりなのかわかっていなかった。いっときの怒りは、はけ口が見つかれば、じきに静まるにちがいない。

彼女は私を待ってから、何もしゃべらずに、私と肩を並べて歩き始めた。私たちが家に着くと、彼女は急に泣き出したが、私の胸に身を投げたので、その涙に私があわてることはなかった。私はトゥッリオがどのような男であるかを話した。また、彼のおしゃべりによってどれだけの迷惑を私が被るかも。しかし、なおも彼女が私の腕のなかで泣き続けているので、私はあえてきっぱりと、そんなに私を窮地に追いこみたいのかと言った。私の妻であり、私の娘の母親でもある、あの哀れな女を苦しませないように、細心の注意を払おうと話し合ったばかりではないか。

彼女は悔い改めたようだったが、ひとりになって静かに考えたいと言った。私は大喜びで立ち去った。

　彼女がたえず私の妻として公の場に姿を現すことを望むようになったのは、この一件がきっかけだったにちがいない。彼女は先生と結婚するつもりはなく、彼には与えなかった役割の大半を私に担わせるつもりだったらしい。彼女は劇場の席を二枚とるように要求して、私を長いこと困らせた。別々のところから来たふたりが、偶然となりあわせになったように坐ろうと言うのだ。しかし私にできたのはせいぜい、公共庭園で何度か落ち合うことだけだった。反対方向から私がやって来るこの場所こそ、私の火遊びの境界だった。だが、それより深入りすることはけっしてなかった！　したがって、私の愛人は、しまいには私そっくりになった。彼女はいつもなんの理由もなく、いきなり腹を立てて私にあたりちらした。すぐに彼女は後悔するのだが、私はその怒りを前に、すっかりおとなしく従順になった。彼女がさめざめと泣いているところにしばしば出くわしたが、悲しみの原因が何か、彼女から説明を受けたためしがない。おそらく、説明を強く求めなかった私のせいだったのだろう。彼女の心がわかりかけたとき、つまり私が彼女に捨てられたとき、それ以上の説明は不要となった。彼女は必要に迫られて、私との情事に身をゆだねたのだが、私は彼女にはまったくふさわしくなかった。彼女は私の腕のなかで女になった。しかも、これは私のかってな思いこみかもしれないが、正直な女になったのである。当然それは私の功績に帰すべきではない。むしろ私は、彼女の不幸の元凶だったのだ。

カルラの新たな気まぐれに、初めは私も驚いたが、すぐに、いとおしさで胸がいっぱいになった。私の妻を見たい、というのである。けっして妻に近づかないし、妻に見られないように行動すると誓った。妻の外出時間がはっきりわかったら、カルラに知らせることを私は約束した。私の自宅付近は、人気がなく目立つので、町なかの人通りの多い路上で妻を見せることになった。

ちょうどその時期、義母は目を患い、眼帯をはずせない日が続いた。義母はそれをひどくいやがり、しっかりと治療させるために、娘たちが交代で付き添うことになった。私の妻が午前中、アーダがぴったり午後四時まで。私はとっさに、妻は毎日義母の家を四時ぴったりに出るとカルラに言ってしまった。私がなぜカルラに、アーダを私の妻だと紹介したのか、今もはっきりとはわからない。たしかなことは、歌の先生の彼女への求婚のあと、私が彼女をもっと自分のほうに振り向かせる必要を感じたことだ。彼女が私の妻を美しいと思えば思うほど、彼女のために(言ってみれば)そのような美人を犠牲にする男を尊敬するだろうと、考えたのかもしれない。アウグスタは当時、すこぶる健康な良き乳母にすぎなかった。私が慎重だったことも、この判断に影響を与えたかもしれない。私にはカルラの気質を恐れるだけの理由があったが、感情の高ぶった彼女がアーダに軽率なふるまいをすることがあっても、大事にはならないはずだと踏んでいた。アーダが妻の前で私の名誉を傷つけないことは、すでに証明されていたからである。もしカルラがアーダに私の立場を危うくするようなことを言ったら、私はすべてをアーダに打ち明けようと思った。そのとき、はっきり言えば、多少の満足を感じるにちがいない。

ところが私の戦略は、まったく予想外の結果を招いた。私はいくらか不安をおぼえて、翌朝ふだんよりも早くカルラの家に行った。彼女は前日とはすっかりようすが違っていた。気品のある卵形の顔は、まじめそのものだった。私はキスをしようとしたが、彼女はそれを拒み、私の唇を自分の頬に触れさせた。それも、おとなしく彼女の話を聞くように私を促すために。私はテーブルの反対側に、彼女と向かい合わせに坐った。彼女は、私が来るまで紙に何かを書いていたが、その紙を手に取り、テーブルに置いてあった楽譜のなかにしまった。私はその紙片に注意を払わなかったが、あとになってから、それがラーリへの手紙だと知った。

ともかく、カルラの心がそのときもまだ、疑念にさいなまれていたことを今の私は知っている。彼女の真剣な目が、さぐるように私を見た。それから、ひとり集中して自らの心の内を見極めるように、まなざしを窓明りに向けた。ことによって、もし私がすぐに彼女の心の葛藤を見抜いていたらどうなっていただろう？　いまだに私はこのかわいらしい愛人を自分の手元に置いていられたかもしれない。

彼女はアーダとの出会いを私に話した。カルラは、義母の家の前でアーダを待ち、やって来た彼女を見て、すぐに誰かわかったという。

「まちがえようがないわ。あらかじめ、あなたは主な特徴を私に話してくれたでしょう。あなたの言うとおりだったわ！」

口からあふれ出そうな興奮を抑えるため、一瞬、彼女はだまった。それから話を続けた。

「あなたがたふたりのあいだにどんな問題があるか私は知らないけれど、あんなにきれいで寂しそうな人を私は裏切りたくない！　今日にでも歌の先生に手紙を書いて、結婚してもいいと伝えるわ！」

「寂しそうだって！」私は驚いて叫んだ。「それはちがう！　もしかして、そのとき靴がきつすぎて痛かったのかも」

アーダが寂しそうとは！　いつもほほ笑みをたやさないというのに。あの日の朝、私の家でちらっと彼女を見かけたときもそうだった。しかし、カルラは私よりもよく観察していた。

「靴がきつかったですって！　まるで雲のうえを歩く女神のような足どりだったわ！」

アーダに言葉をかけられたとき――ああ、なんて優しい言葉でしょう！――、カルラは感極まったという。アーダがハンカチを落とし、彼女はそれを拾い上げて渡したのだった。アーダの短い感謝の言葉が、彼女を涙ぐませるほど感動させた。ふたりの女のあいだにあったのは、それだけではなかった。アーダはカルラが泣いていることに気づき、連帯の目くばせを送ってきたとカルラは言い張った。カルラにとっては、すべてが明らかだった。私の妻は、私に裏切られていることを知り、悩んでいたのだ！　それでカルラは、私にはもう会うまいとして、ラーリとの結婚を心に誓ったのである。

私はどう弁解していいかわからなかった！　アーダのことなら反感をこめて話すのはたやすかったが、私の妻はそうはいかなかった。妻は、私の本心などまったく知らず、ただ一心に家事にとりくむ健全な乳母だったのだから。そこで私はカルラに尋ねた。ひょっとして、アーダの目つきが険しいことに気づいたのではないか、声は低く、甘美さのひとかけらもないようなかすれ声ではなかったか、と。カルラの愛をとりもどすためには、妻のほかの欠点をさんざんあげつらうことができればよかったが、それはむりだった。一年ほど前から、カルラの前で私は、妻のことを天使のようにほめそやしてきたのだから。

思わぬ方法で、私は窮地を脱することができた。私自身が大きく心を揺さぶられ、涙があふれたのである。私には自らを憐れむだけの正当な理由があると思われた。私は自ら望むことなく隘路に身を投じ、不幸のどん底にいるような気がしていた。アーダとアウグスタの混同ががまんならなかった。ほんとうは、私の妻はさほど美しくない。そして、私にたいへん失礼なことをしたのは、アーダ(カルラがあそこまで同情していたのは彼女のほうだった)だった。だからこそ、カルラの私にたいする評価はまさしく不当だったのだ。

私の涙がカルラの心をやわらげた。

「親愛なるダリオ! あなたの涙にほだされる! あなたがた夫婦のあいだにきっと誤解があったのでしょう。今こそ誤解をとくべきだわ。私はもうあなたをきつく責めたりしないけれど、私はあの人をもう裏切りたくないし、わたしのせいで泣かせたりしたくないの。そう誓ったのよ!」

その誓いにもかかわらず、カルラは結局、これが最後だと断って、また裏切りを働いた。カルラは最後の接吻を交わして、私と永久に別れるつもりだったのだろうが、私のほうは、接吻だけで終わらせたくはなかった。さもなければ、恨みをもったまま別れることになっただろう。彼女が結局は諦めた。そして、ふたりでこうささいた。

「これが最後ね!」

それは、めくるめくようなひとときだった。ふたりで立てた誓いは、罪をすべて洗い流すような効果があった。私たちは無実で、しかも幸せだった! 優しい運命が、私に至福のときを用意してくれたのだ。

私はとても幸せだったので、別れるときまで喜劇を続けた。私たちは二度と会うことはないだろう。私がいつもポケットに入れてもち歩いていた封筒を彼女は拒んだ。私の思い出のひとつも望まなかったのだ。私たちの新しい人生から、過去の過ちの痕跡をすべて消す必要があった。最初の彼女の望みを快く受け入れて、私はその額に父親のようなキスをした。

ところが階段で、私はためらった。あまりにも私たちが真剣すぎたからである。もし翌日も彼女が私の思いどおりになるとわかれば、将来への不安がこれほど早く到来することもなかっただろう。階段を降りる私を踊り場から見送る彼女に、笑顔を作りながら私は叫んだ。

「またあした!」

彼女は驚き、恐れおののいたようにあとずさりし、こう言いながら遠ざかった。

「もう二度と会わない！」

しかし私は、自分が望めばもう一度、最後の抱擁をさせてくれそうな言葉をあえて言ったことで、気持ちが軽くなった。欲望からも束縛からも解き放された私は、まず妻とともに、それからグイードの事務所で、すばらしい一日を過ごした。束縛がなくなったことで、私は妻と娘により近づいたと言わねばならない。妻と娘にとって、私はいつもより多少は頼りがいがあった。親切だっただけではなく、自分の家のことを真剣に考え、落ち着き払ってすべてをとりしきる真の父親だったのだ。寝るときに私は、覚悟を決めたように自らに言い聞かせた。

「毎日が、今日と同じようでなければならない」

アウグスタは眠りに落ちる前に、重大な秘密を私に隠さず話しておくべきだと感じた。それは、この同じ日に母親から聞いたことだった。数日前のこと、アーダは、女中のひとりと抱き合っているグイードを見てしまったのだ。アーダは誇り高くふるまおうとしたが、女中の態度が横柄だったので、ただちに解雇した。翌日、懸念されたのは、グイードがこのことをどうとらえたかだった。彼が不平をこぼしたら、アーダは彼と別れるつもりだった。ところがグイードは笑いながら、アーダのかん違いだと抗議した。そのうえで、たとえ無実ではあっても、あの女中を心から嫌っていたので、家から追い出したことに異論はないとつけ加えた。もはやこの問題は、一件落着したように思われた。

私が知りたかったのは、アーダがそのような状況下の夫を目撃したとき、見まちがえることがあったのかどうかである。まだ疑いの余地があっただろうか？　というのは、ふたりの男女が抱き合うとき、女が男の靴を磨いているときとは、まったく別の姿勢になるからである。私は最高の気分だった。私は自分が公正に、そして冷静にグイードを判定できるところを見せたいとさえ思った。きっとアーダは嫉妬深い性格だから、ふたりの距離を実際よりも短く見積もったり、位置をとり違えていたかもしれない。

アウグスタが悲しげな声で、アーダにははっきり見えたはずだが、愛情が強すぎて判断を誤っているのだと私に言ってから、こうつけ加えた。

「姉さんはきっと、あなたと結婚したほうがよかったのよ！」

私はますます自らの無実を強く感じ、こう答えた。

「きみではなく、彼女と結婚したとしても、ぼくのためになったかどうかはわからないぞ！」

寝入りばなに私はつぶやいた。

「なんて卑劣なやつだろう！　自分の家を汚すなんて！」

この点にかんしては彼とは違い、私自身は潔白だったので、そのような行動をとった彼を非難する資格が充分にあると思っていた。

　翌朝起きたとき、せめてこの日だけは前日とまったく同じであってほしいと痛切に願った。前日に立てた喜ばしい誓いに、カルラは私ほど左右されないかもしれない。私はすっかり誓いから解放されたように感じた。誓いはどれも、実行に移すにはすばらしすぎた。もちろん、カルラがそれをどう思っているか早く知りたくてしかたなかった。私はどうやら、彼女に、私にはもう抱かれないというもうひとつの誓いを守る心づもりがあるか確かめたかったらしい。人生はまたたくまに過ぎ去ってゆくことだろう。楽しみも少なくないが、自分をよくするための努力がそれを上まわるはずだ。私の日々も、大半が逸楽のために費やされ、後悔のための時間はごくわずかにちがいない。不安はあった。なぜなら、一年を通じて私はさまざまな決意をしたが、彼女の場合はひとつだけだったからである。私を愛しているところを示す、というのがそれだ。彼女はそれを守ったが、古い誓いを破って新しい誓いを立てるのが彼女にとって容易なのかどうか判断しがたいところだった。

　カルラは不在だった。大きな失望をおぼえた。私は悔しくて唇をかんだ。母親が私を台所に通し、カルラは夕暮れ前には戻るはずだと言った。娘が食事は外ですませると言って出かけたため、ふだんは種火がついている暖炉は消えていた。

「あなたはご存知ないのですか？」彼女は驚きのために目を大きく見開いて尋ねた。

私は憂いに沈み、うわのそらでつぶやいた。

「きのう聞きました。でも、それが今日なのかどうか確かではありませんでした」

私は丁寧に挨拶して立ち去った。私は歯ぎしりして悔しがった、ただしこっそりと。公然と怒りをあらわにするには、まだ時間が必要だった。公共庭園に入り、状況をはっきりとつかむために、三十分ほど散歩に時間をかけた。事態があまりにも明白で、私はわけがわからなかった。いきなり私は、非情にも、彼女と同じような決心をせざるをえなくなったのだ。私は気分が悪くなった。文字どおり具合が悪かった。足を引きずり、息切れと格闘した。私には例の息切れの持病がある。なんなく息はできるが、呼吸のたびにそれを数える。ひとつひとつ意識しなければ、息を吐けないからだ。注意していないと、窒息するような感覚なのである。

その時間にはもう、私の事務所に行かなければならなかった。私のというより、グイードの事務所に。しかしこれでは、その場を動くこともできない。ではどうすればよかっただろう？　前日とはえらい違いだった！　私から授業料をもらっておきながら、私の愛人まで奪った、あのいまいましい歌の教師の住所をせめて聞いておくべきだった。

結局、また母親のもとに舞い戻った。私と会ってくれるようにカルラへの伝言を頼むつもりだった。ただちに連れ戻すのはむりでも、あとはなんとかなりそうだった。

老母は台所の窓際に坐り、靴下を繕っていた。眼鏡をはずして、おそるおそる、さぐるような目つきで私を見た。私はためらった！　だがついに尋ねた。

「カルラがラーリ氏と結婚することに決めたのをご存知ですか？」

私自身、初めて聞く知らせのような気がした。カルラは二度も私にそう語ったのだが、前日の私はぼんやりとしか聞いていなかった。カルラの言葉は私の耳に刻まれ、思い出せるほどしっかりと残っていたが、心まで深く届かずに消え去ってしまった。ようやく今、その言葉が内臓に達し、苦痛で身がよじれるほどだった。

老母もためらいがちに私を見た。軽はずみなことを言って、叱責されるのを恐れていたにちがいない。やがて喜びをあらわにして、息せき切って話した。

「カルラがそうあなたに言ったんですね？　それならば、きっとそうにちがいありません！　いいことだと思いますよ！　あなたはどう思われますか？」

いまいましい老母は、私とカルラとの関係をずっと知っていたにちがいない。今や会心の笑みさえ浮かべていた。なぐってやりたいところだったが、私なら先生が出世するまで待つだろうと言うにとどめた。つまり私には、ことが性急すぎるように思われたのだ。

喜びのあまり、夫人は初めて私にたいして雄弁になったが、私の意見には同意しなかった。若いときに結婚する人は、結婚してから出世するものである。どうして結婚する前に出世する必要があるのか？　もともとカルラにはあまり金がかからないが、これで先生が夫になれば、歌の勉強も安上がりだろう、というのである。

この発言には、私がけちくさいことを非難する意図があったかもしれないが、この言葉のおかげで私には名案が浮かび、とりあえずは気が晴れた。胸ポケットに入れていつももち歩いている封筒には、すでに相当な金額がたまっているはずだった。私はそれをポケットから取り出し、封をしてから夫人にもたせ、カルラに渡してほしいと言った。私にはおそらく、最後に気前よく愛人に金を渡したいという願望もあったが、再会して彼女をとりもどしたいという願望のほうが強かった。カルラが私にその金を返す場合だけでなく、手元に置いておこうと思う場合も、礼を述べるために私に会うことになるだろう。私はひと息ついた。まだすべてが永久に終わったわけではないのだ！

封筒には、哀れなコプラーの友人たちから預かっていた、残りのわずかの金が入っていると私は夫人に言った。それから、カルラへの伝言を穏やかな顔で頼んだ。これからも私が生涯ずっと最良の友であることに変わりなく、援助の必要があればいつでも遠慮せずに連絡してほしい、と、こうして、グイードの事務所を私の連絡先として渡したのだった。

私は来たときよりもはるかに軽やかな足どりでその家を立ち去った。

しかしその日、私はアウグスタと激しい口論をした。きっかけは、とるにたらないことだった。スープが塩辛すぎると私が言うと、そんなことはないと彼女が言い張った。妻があざ笑っているように見えたので激怒した私は、テーブルクロスを思い切り引っ張った。食器がすべてテーブルから床にころげ落ちた。子守に抱かれていた幼い娘が泣き叫び始めた。その小さな口が私を責めているように思われたため、私の怒りがさらに大きくなった。ただでさえ白いアウグスタの顔が蒼白になり、子供を抱きかかえると部屋を出て行った。彼女のふるまいも、私には行き過ぎに思われた。私をひとり残して、犬のように食べさせるつもりだったのか？　だがすぐに彼女は子供を置いてひとり戻り、テーブルにまた皿を並べた。そして自分の皿の前に坐り、あたかも食事を再開する合図であるかのように、皿のなかでスプーンを動かした。

私は心のなかで悪態をついたが、自らが、自然のなみはずれた力にもてあそばれる玩具であることをすでに知っていた。そのような力を労せずして蓄える自然は、いともたやすくそれを解き放つ。私の呪いはカルラに向けられた。まるで、私の妻が不利にならないことだけを願って行動しているようではないか。彼女のせいで妻からこんな仕打ちを受けたのに！

アウグスタにはこれまで忠実に守ってきた原則があり、そのような状況の私を見ても、抗議することもなければ泣くこともなく、議論もしないのである。おとなしくなった私が許しを請うと、彼女はひとつだけはっきりさせようとした。彼女は私をあざ笑ったのではなく、私のお気に入りのほほ笑みを、何度も私が称賛してきたあのほほ笑みを、返しただけなのだという。

私は深く恥じ入った。すぐに娘を連れてくるように頼んだ。娘を抱きしめて、長いあいだいっしょに遊んだ。私の頭のうえに坐らせ、顔を覆う子供服の下で、アウグスタが流さなかった涙でぬれた目を私はぬぐった。私が子供とたわむれたのは、こうしていれば、卑屈になって謝らなくてもアウグスタとの距離が埋まることを知っていたからである。実際に、彼女の頬にはもう、いつもの色つやが戻っていた。

こうして、その日も結局は好転し、前日と同じような午後となった。午前中にいつもの場所でカルラと会ったときと、何も変わらなかった。慰めにもことかかなかった。私の気まぐれな言動にたいして、アウグスタにまた母親のようにほほ笑んでもらうために、何度も繰り返し許しを求めた。もし彼女が私の前で、むりに平静を装わねばならなかったとすれば、あるいは、彼女がその優しいほほ笑みを少しでも抑えねばならなかったとすれば災難だった。彼女のほほ笑みこそ、私にたいする最も的確で好意的な審判のように思われたからである。

夜になって私たちは再びグイードのことを話し合った。アーダとはすっかり仲直りしたようだった。アウグスタは姉の人のよさに驚いていた。だが今度は私がほほ笑む番だった。なぜなら、妻は自分こそが相当なお人よしであることを忘れていたからである。私は彼女に訊いた。

「もしぼくが、家であんなことをしでかしたら、許してくれるかい?」

彼女はややためらってから、「私たちには娘がいるわ」と大きな声で言った。「アーダには子供がいないから、あの人にしばられることはないのに」

彼女はグイードが好きではなかった。私はときどき考えることがある。妻が彼を恨んでいたのは、彼が私を苦しめたからではないかと。

その数ヶ月後、アーダはグイードに双子を授けた。グイードには、私がなぜあれほど熱烈に祝福したか、とうてい理解できなかった。子供ができたことによって、アウグスタの考え方からしても、彼は女中たちになんなく手を出すこともできたわけである。ところが翌朝、事務所の私の机の上にカルラからの私宛の封筒を発見して、ほっとため息をついた。まだ何ひとつ終わってはおらず、必要な要素がすべてそろった暮らしが続けられたのだ。カルラは、自宅に面した公共庭園の入り口で、朝十一時に待ち合わせないかと手短かに書いていた。彼女の部屋ではなく、そのすぐそばで会おうというのだ。

私は待ちきれずに、十五分も早く待ち合わせ場所に着いた。カルラが指定した場所に来なければ、まっすぐに彼女の家に向かうつもりだった。そのほうがよっぽど都合がよかった。

その日も早春にふさわしく、明るくうららかな日和だった。騒々しいスターディオン大通りをあとにして公園に入ると、田園の静けさに包まれた。そよ風に揺れる草木の、かすかなざわめきがたえず聞こえたが、それも沈黙を破るほどではなかった。

公園を出ようと足早に歩き始めたところ、カルラと出くわした。彼女は私の封筒を手にもち、笑顔で会釈することもなく、青白い顔に固い決意を浮かべていた。青い縦縞の入った質素な麻の服がとてもよく似合った。彼女もまた公園の一部のようだった。のちに彼女のことが嫌いになってから、彼女がこんな装いだったのは、私を拒もうとしていたときでさえ、気に入られようとしていたからではないかと考えた。だが彼女がその服を着たのは、春の最初の日だったからにすぎない。正直に言えば、私の長く性急な恋愛に、愛人の服飾などが入りこむ余地はほとんどなかったのである。私は練習室にまっすぐに行くのがつねだったし、つつましい女たちは、家にいるときはきわめて質素な身なりをしているものだから。

彼女が差し出した手を握りながら、私は言った。

「来てくれてありがとう!」

そのときの会話全体を通じてずっと私の態度がこれほど穏やかだったならば、さぞ品格があったことだろう!

カルラは興奮しているように見えた。話すときに、唇がひきつったように震えた。ときどき歌うときにも、唇の震えが音程を狂わせることがあった。彼女は私に言った。

「あなたの望みどおりに、このお金を受け取りたいけれど、それはできない、絶対にできない。お願いだから、もって帰ってちょうだい」

今にも泣きだしそうなカルラを見て、私はすぐに彼女の意向を汲み、封筒を受け取った。その場を立ち去ったあともしばらく、封筒はずっと手のなかにあった。

「ほんとうに、ぼくと縁を切りたいの?」

すでに前日、彼女がこの問いに答えていたことも忘れて、私は同じ質問を繰り返した。私に気に入られるようなかっこうに見えるのに、私を拒むことなどありえたであろうか?

「ゼーノ!」彼女は優しい声で言った。「私たち、もう二度と会わないって約束しなかったかしら？　この私たちの約束のあと、あなたが私と知り合う前に誓いを立てたように、私はある人と誓いを交わしたのよ。それはあなたの誓いと同じく神聖です。今ごろきっと、奥さまはあなたが身も心も自分のものだとお気づきのはず」

　つまりカルラの頭は、依然としてアーダの美しさで頭がいっぱいだったのだ。カルラとの決別の原因がアーダにあると確信できれば、対策を講じることもできたのだが。つまり、アーダが私の妻ではないことを教え、斜視で、健康的な乳母のごときアウグスタに引き合わせるのである。しかし、カルラの立てた誓いのほうは、どうでもいいのだろうか？　そのことについて話し合わねばならない。

　落ち着いて話そうと努めたが、私の唇も震えが止まらなかった。しかし、それは欲望のせいだった。私は彼女に言い聞かせた。彼女が私のものであり、自由に身を処す権利が彼女にないことをまだわかっていないのだ、と。私の言わんとしたことの科学的な証明として、アラブの牝馬にかんするダーウィンのあの有名な実験が頭に浮かんだが（正しくはダーウィンが『種の起原』で紹介した事例のこと。アフリカ南部にかつて生息した馬の亜種クアッガと交配したアラブの牝馬が、次に純血のアラブ馬と交配したとき、クアッガの特徴をもつ仔馬が生まれたとされる。カルラにとって最初の男であるゼーノが、ラーリとの結婚に痕跡を残す可能性を示唆）、幸いにも、どうやら口には出さなかったらしい。一方で、動物がいかに身体的に忠実であるかを、支離滅裂なひとりごとのようにつぶやいていたらしい。私も彼女もこのような状況下ではとても理解できないような難解な議論はやめて、私は言った。

「きみはどんな誓いを交わしたというのだ？　一年以上も前から私たちを結ぶ絆よりも大切なものなんかあるのか？」

私は彼女の手を乱暴につかんだ。補足する言葉が見つからず、力強く行動する必要を感じてのことだった。

彼女は私の手を勢いよく振り払った。そのようなふるまいを私に許したおぼえはけっしてない、と言わんばかりに。

「初めてよ！」彼女は誓約するときのように言った。「私がこんな神聖な誓いを立てたのは！　私はある人に誓い、彼もまた私に同じことを誓った」

疑いの余地はなかった！　彼女の頬がみるみる赤みを帯びたが、それは明らかに、彼女になんの誓いもしなかった男への恨みによるものだったのだ。彼女はさらに詳しい説明を加えた。

「きのう私たちは腕を組んで町なかを散歩したわ、彼のお母さまといっしょにね」

私の女が走り去り、私からますます遠く離れてゆこうとしていたのは明らかだった。

私はそのあとを狂ったように追いかけた。まるで、おいしい肉をひと切れ奪われた犬が飛び跳ねながら、ついてゆくように。

私はまた彼女の手を強く握った。

「いいだろう」私は彼女に提案した。「こんなふうに手をつないで歩こうじゃないか。町を通り抜けるんだ。めったに見られないようなかっこうで、われわれが目立つように。スターディオン大通りを抜け、キオッツァの回廊をくぐる。それから、目抜き通り《コルソ》を横断して聖アンドレーア《サンタンドレーア》の散歩道まで行こう。それから今度は、反対側を通ってわれわれの部屋まで戻るとしよう。町じゅうがわれわれの姿を見るように」

アウグスタと別れようと思ったのはこれが初めてだった！　私は自由になったように感じた。私からカルラを遠ざけていたのは、アウグスタだったのだから。

カルラは再び私の手を振り払い、うんざりしたように言った。

「きのう私たちが歩いた道とほぼ同じじゃないの！」

私はなおも追いすがった。

「それで、彼は知っているのか、すべて知っているのか？　きのうまできみがぼくのものだったことも？」

「ええもちろん」と彼女は誇らしげに答えた。「彼は知っているわ、何もかも」

私はわれを見失い、怒りにかられた。まるで、待ち望んだごちそうにありつけず、それを取り上げた人の服をかむ犬のように。私は言った。

「このきみの花婿とやらは、鉄の胃袋をおもちのようだ。今日はぼくを飲みこみ、明日は、きみの望むものすべてをたいらげるとは」

私には自分の言葉の正確な音声もわかっていなかった。それが悲痛な叫びであることはわかっていた。一方の彼女は、憤懣やるかたない表情だった。カモシカのように柔和な褐色の目にそのような感情が宿るとは、私にはとても想像できなかった。

「なぜ私に言うの？　彼に言う勇気がないからかしら？」

彼女は背を向けて、公園の出口に早足に向かった。私は自分が口にした言葉を早くも後悔していた。だがその後悔も、カルラをもはや手荒には扱えないことの驚きにかき消された。私は驚きのあまり、その場に釘づけになった。白地に青の縦縞の服を着た小さな姿が、小走りに出口までたどり着いたとき、私はようやく彼女を急いで追いかけようと思った。なんと言えばよいかわからなかったが、このまま別れることはとてもできなかった。

彼女の家の表門で私は彼女を呼び止め、そのときの痛切な思いだけを心をこめて伝えた。

「こんなふうに別れてしまうのかい、あんなに愛し合ったあとで」

彼女が返事をせずに門の奥に入ろうとしたので、私は階段まで追いかけた。それから、敵意のある目つきで私をにらんだ。

「私の婚約者にお会いになりたいなら、ついていらして。聞こえませんこと？　ピアノを弾いているのは彼ですわ」

ちょうどそのとき、リストの編曲したシューベルトの『別れ』のリズミカルな旋律が聞こえてきた。

子供の頃からサーベルもこん棒も扱ったことがないとはいえ、私はこわがりではない。そのときまで私をつき動かしていた大きな欲望は急に消えてなくなった。私のなかに残ったのは、男の闘争心だけだった。私は横柄に、すべきではない要求をしてしまったのだった。自らの過ちを小さくするために、戦う必要があった。なぜなら、もし戦わなければ、私を婚約者にこらしめさせる魂胆のその女の思い出が、たえがたいものになってしまうだろうから。

「いいだろう！」と私は言った。「きみがよければ、ついて行こう」

心臓がどきどきした。恐怖心のせいではない。礼儀正しくふるまえるかどうか不安だったのである。

私は彼女と並んで階段をさらに上った。しかしいきなり彼女が立ち止まり、壁に寄りかかると無言で泣き始めた。上の階からはなおも、私が購入したピアノによる、『別れ』

の旋律のシンコペーションが聞こえてきた。カルラの涙は、その音色をひときわ感動的にした。

「ぼくはきみの望みどおりにしよう！　帰ってほしいのかい？」と私は訊いた。

「ええ」彼女は短い返事をなんとか口からしぼり出した。

「さようなら！」私は彼女に言った。「それが望みのようだから、永久にさようなら！」

私もシューベルトの『別れ』を口笛で吹きながら、ゆっくりと階段を下りた。空耳だったのかもしれないが、彼女が私を呼んだような気がした。

「ゼーノ！」

そのとき、彼女が愛称だとみなすあの奇妙な名前、ダリオと私を呼ぶこともできたはずだが、そう呼ばれても私は足を止めなかっただろう。その場を立ち去って、もう一度けがれのない心で、アウグスタのもとに帰りたくてしかたがなかった。女に足蹴にされて追い払われた犬さながらに、今や心をすっかり入れ替えて、走り去るところだったのだ。

翌日、また公共庭園に行きたくなったとき、私は自分がたんなる卑怯者にすぎないような気がした。愛称ではないにしろ、彼女が私の名を呼んだとき、私は返事をしなかったのだから！　それが、長きにわたる耐えがたい悲痛の日々の始りだった。なぜあのようにに立ち去ったのか私は理解できず、あの男がこわかったから、あるいは醜聞を恐れたからだと考えた。またあらためて私は、いかなる危険も受け入れる気になった。長い散歩をして町を横切ろうと彼女に提案したときのように。私は絶好の機会を失ったのだった。女によっては、一度しかチャンスがないことを私はよくよく承知していた。そのたった一回で、私には充分だったであろうに。

すぐにカルラに手紙を書くことに決めた。彼女に再び近づくための試みを何もせずに過ごすのは、一日たりともがまんならなかった。いったん書いた手紙をまた書き直した。短い文面に、私の知りうるかぎりの技巧を凝らした。私が何度も書き直したのは、手紙を書くことが大きな慰めであり、私にとって必要な感情の吐け口だったからである。彼女に怒りをぶちまけたことにまず許しを請うた。そして、大きく燃え上がった愛情が静まるまでに時間が必要だったと釈明した。さらにこうつけ加えた。『日一日と、私は少しずつ落ち着きをとりもどしているところです』歯をくいしばりながらこの文を何度も書いた。あんな言葉を言ってしまった自分が許せないから、謝罪する機会を与えてほしい、とも。それから、ラーリ氏が与えようとしていたものを、彼女は受け取る資格が充分にあるが、あいにく私はそれを付与できないと伝えた。

この手紙に大きな効果があるだろうと私は予想した。ラーリはすべてを承知しているのだから、カルラは彼に手紙を見せるだろう。彼にとっては、私のような階層の友人をもつことが有利にはたらくにちがいない。三人で甘美な生活を始めることまで私は夢想した。なぜなら、カルラの機嫌をとることが許されるだけでも、私のつらい境遇が当分は和らぐように思えるほど、私の愛は深かったからである。

それから三日目に彼女からの短い伝言を受け取った。そのなかで私はゼーノともダリオとも呼ばれていなかった。ただこう書かれていた。『ありがとう！　あなたもどうかお幸せに、幸せになる資格が充分におありの奥さまとごいっしょに！』もちろん、奥さまとはアーダのことだった。

絶好の機会は長続きしなかった。女たちの三つ編みをつかんで引き寄せないかぎり、それは継続しないものである。私の欲望は、燃えるような怒りへと変質した。アウグスタへの怒りではない！　私の頭はカルラのことでいっぱいだったので、良心がうずき、アウグスタには、気の抜けたような、感情の伴わない笑顔しか見せられなかったが、彼女はその笑顔が嘘偽りとは思っていなかった。

しかし私は何かしなくてはならなかった。毎日こんなふうに苦しみながら待つことはとてもできなかった！　手紙はもう書きたくなかった。女たちに書く手紙ほど、あてにならないものはない。もっといい方法を見つけねばならなかった。

私ははっきりとした目的もなく、公共庭園に急ぎ足で向かった。それから今度はいたってゆっくりとした足どりで、カルラの家に行った。いつもの踊り場に着くと、台所の扉をノックした。できることならば、ラーリと会うのは避けたいところだったが、鉢合わせするのならそれも悪くなかった。それは、避けて通れない危機かもしれないから。

老母はいつものように、ふたつの炎が燃え上がる暖炉の前に坐っていた。私を見て驚いたようすだったが、いつもながらの邪気のない善良そうな笑顔で言った。

「お会いできてうれしいわ！　毎日のようにここにいらしていたのですから、急に習慣を絶つのはきっとむずかしいでしょうね」

彼女にしゃべらせるのはたやすかった。カルラとヴィットーリオは、深い愛情で結ばれていると語った。その日は、彼と母親が夕食に来ることになっていた。笑いながらこうつけ加えた。

「いずれ、彼が毎日受けもつたくさんの歌のレッスンにも、娘は付き添うことになるでしょう。ふたりはちょっとでも離れているのがつらいらしいから」

母親らしく、幸せそうなほほ笑みを絶やさず、二、三週間もすればふたりは結婚することになると私に告げた。

私は苦々しい思いを抱き、すぐに扉から出てゆこうとした。だが思いとどまった。もしかすると老婦人のおしゃべりが、なんらかの名案や、いくばくかの希望を授けてくれるかもしれなかった。カルラにたいして私が犯した最後の過ちはまさに、私がもちうるあらゆる可能性を検討することなく、彼女の前からさっさと姿を消してしまったことである。

そのときふと、私なりのいい考えを思いついた。私は母親に、死ぬまで娘の召使いをするつもりなのかと尋ねた。カルラが母にたいしてあまり従順ではないことも、私は知っていると伝えた。

彼女は炉端で家事の手を休めることはなかったが、私の話は聞いていた。私が恥ずかしくなるほど、母親は純真だった。彼女はカルラがささいなことでいらだつことを嘆いた。それからこう釈明した。

「たしかに私は日に日に老いて、なんでも忘れてしまいます。でもそれは私のせいではありませんよ！」

しかし母親は、結婚を機に事態が好転することを願っていた。幸せになればカルラは、機嫌を直すだろうから。それに、ヴィットーリオは初めて会ったときから、彼女に心の底から敬意を払ってくれたから。練り粉と果物を混ぜ合わせて懸命に何かの形を作りながら、最後にこうつけ加えた。

「娘といっしょにいるのは私の義務です。しかたありません」

私はいくらか不安をおぼえながらも、彼女の説得を試みた。彼女が娘の奴隷のような身分から抜け出すことは充分に可能だと私は言った。私がいなくなるとお思いなのか？これまでカルラに渡していた月々の生活費をこれからはあなたに渡しましょうと私は答えた。私は誰かを養いたかったのだ！　娘の一部のように思われた母親を、私のそばに置いておきたかったのである。

老母は、私に感謝した。私の思いやりに賛辞を表したものの、娘と別れてはどうかという私の提案は一笑に付した。それは母親にすれば、とうてい考えられないことだった。

厳しい言葉を浴びて、私はうなだれた。カルラのいない耐えがたい孤独へと私は逆戻りしたのだった。彼女と会える見こみすら立たなかった。何か手段があるはずだと自分に言い聞かせ、最後のあがきを試みたのを今もおぼえている。しばらくしたら、あなたの気持ちも変わるかもしれません、そのときは私のことを思い出してくださいと老母に言い残して、私は立ち去ったのだった。

その家を出るとき、怒りと恨みの感情がふつふつと湧いてきた。よい行いをしているのに、ひどい仕打ちを受けたように感じたのである。老母はげらげらと笑って、私の感情をさかなでした。その笑いがしばらく耳の奥で鳴り続けた。私の最後の提案をまさに愚弄したのだった。

このような気持ちでアウグスタのもとに帰りたくなかった。この先どうなるか、私には見当がついた。このまま帰れば、必ずや彼女につらくあたることになる。彼女はその仕返しに、顔をまっさおにして私を苦しめることだろう。そこで私は、リズムよく町なかを歩くことにした。そうすれば、私の気持ちも少し落ち着くだろうから。そして実際にそのとおりになった！　私は自分の運命を嘆くのをやめ、目の前の舗道に、大きな光を全身に浴びて輝く自らの姿を見たような気がした。私はカルラを追い求めてはいなかった。彼女の抱擁を、できれば最後の抱擁を望んでいたのだ。ばかげたことだった！愚かな己の姿に悲しみを投影するために、つまり多少の真剣さを与えるために、私は唇をかんだ。私は自分自身をよく知っていたから、乳離れの絶好の機会が与えられたのに、そんなに苦しむことが許せなかった。カルラはもういなかった。まさに私がそれまでに何度も望んだとおりになったのである。

心がすっきりした私は、それからまもなく、あてもなく歩いて町はずれの一角に出た。通り道で、ひとりの厚化粧の女に会釈をされると、私は迷わず彼女のもとに駆けつけた。昼食にはだいぶ遅れて着いたが、私はアウグスタに優しく接したので彼女もすぐに笑顔になった。だがさすがに、娘にはキスをする気になれなかったし、何時間も食欲がわかなかった。自分の体がうす汚れているような気がしたのだ！　自分の悪事を隠し、後悔を減らすために、私はそれまで何度も病気のふりをしてきたが、このときは違った。将来に向けての決意になんの慰めも見出せないように思われて、初めて何も誓いを立てなかった。うす暗い現在から輝かしい未来へと私を導くいつものリズムをとりもどすには、長い時間が必要だったのである。

アウグスタは、私のようすがいつもと違うことに気づいた。彼女は笑いながら言った。

「あなたと暮らして飽きることがないわ。日ごとあなたは別人になるから」

たしかにそうだ！　あの郊外の女は、ほかの誰とも似ていなかった。彼女が私のなかに入りこんだせいなのだ。

私は午後も夜もアウグスタと過ごした。妻はとても忙しそうだったが、私は彼女のそばで何もせずじっとしていた。こうしてぼんやりしていると、澄んだ水の流れに身を任せているような気がした。その清流こそ、わが家のきちんとした生活なのである。流れに身を任せ、水に運ばれるがままではあったが、身が清められることはなかった。それどころか、汚らわしさがむしろきわだった！

長い夜が待っていた。私は当然のごとく、誓いを立てた。最初の誓いが最も固かった。

例の女のいる一角に私が足を向けようものならすぐに、武器を手に入れてわが身を撃つ、というのがそれだ。そう心に誓ったことがよい効果を及ぼし、私の心は静まった。

私はベッドで呻き声を上げなかった。というよりも、安らかな寝息を立てて寝ているふりをしたのだ。妻に告白をして身を清めるという、かつての考えがよみがえった。ちょうど、カルラとの不倫によって妻を裏切ろうとしていたときと同じだった。しかしもはや、告白はかなり困難だった。私の過ちが重大だったからではなく、それを生み出した背景が複雑だったからである。私の妻のごとき裁判官を前にして、私がすべきことは、情状酌量を申し立てることであろう。だがそれは、カルラと私の関係をこわした想定外の暴力について言及しなければ、成立しないだろう。しかしその場合、昔の裏切りまで告白せねばならなくなる。それは今回の裏切りに比べれば純粋だが、(はたしてどうであろう?)私の妻にとってはより侮辱的だったにちがいない。

自己を分析した結果、はるかに理にかなった決意にたどり着いた。同じ過ちを繰り返さないためにも、急いで別の関係を築こうと考えたのだ。破局したばかりではあるが、私にそれが必要なのは明らかだったのだから。しかし新しい愛人もまた、私を震え上がらせた。私と家族は、無数の危険に巻きこまれることだろうから。この世にカルラはひとりしかいなかった。苦い涙を流しながら、彼女を失ったことを嘆いた。優しくて善良な彼女は、私が愛していた女まで愛そうとしたのだった。だがそれがかなわなかったのは、私がカルラに、私のまったく愛していない別の女（アーダのこと）を引き合わせたからにすぎないのである！

7　ある商事会社の物語

自らの新しい商事会社に私が加入することを望んだのは、ほかでもないグイードだった。私はそうしたくてしかたがなかったのだが、そのような願望を彼にけっして悟られないように努めた。もちろん、友人と共同で仕事をするという提案が私の心をくすぐったのは、生来の怠け癖ゆえである。だがそれだけではなかった。私はまだ有能な商人になるという希望を捨てておらず、成長するには、オリーヴィに教わるよりもグイードに教えるほうが早道だと思われたのだ。世の中の多くの人々は、自分の考えだけに耳を傾けて学んでゆく。言い換えれば、他人の意見を聞くことによって学べない人が多い。

私が彼の会社に入ろうとした理由はほかにもある。私はグイードの役に立ちたかったのである！　それは何よりもまず、彼のことが好きだったからだ。そして、彼は自分を強く見せかけ、いかにも自信ありげではあるが、私には、誰かの保護がなければ何もできない男に見えた。だから私は、喜んで彼の支えになりたかったのだ。それにこれは、たんにアウグスタの目が気になったからではなく、私の良心のせいでもあった。グイードとの関係が深まれば深まるほど、アーダへの私の無関心が明確になるだろうと私には思われたからである。

つまり私は、協力を要請する彼の明確な言葉をひたすら待ったのだが、いっこうに彼からのはっきりとした意思表示はなかった。それはひとえに、私がそれほど商売熱心のはずがないと彼が考えたからだった。なにしろ私ときたら、私自身の会社で果たすべき仕事にさえ無関心だったのだから。

ある日、彼は私にこう言った。

「ぼくは商業高等学校を卒業したのだけれど、ちょっと心配になってきた。会社の健全な経営に不可欠な、こまごまとしたことを全部ぼくがひとりでしかるべく処理すべきなのかどうか。たしかに、経営者が何もかも熟知している必要はない。貸借対照表が必要なら簿記係を、法律の相談なら弁護士を呼べばいい。帳簿のことなら、会計士に任せればいいのだからね。だけど最初からいきなり、見ず知らずの人に自分の帳簿を預けなければならないとしたら、前途多難じゃないか！」

これが、私への最初の明確な協力要請だった。もっとも私には、オリーヴィの代わりに帳簿を預かった、あのわずか数ヶ月間しか経理の経験がなかったが、グイードにとって、他人ではない会計士が私以外にいないこともたしかだった。

私たちの会社がどのようなものになるのか、初めて話し合ったのは、彼が事務所用の家具を選びに行ったときだった。彼は役員室に入れる机を二台ためらわずに注文した。私は顔を赤らめながら訊いた。

「どうして二台も?」

彼は答えた。

「ひとつはきみ用さ」

私は感謝のあまり彼を抱きしめたくなった。

家具店を出るときにグイードは、ちょっと言いにくそうに、彼の会社における私の地位がどうなるか、まだ決められる段階にないと告げた。役員室に私の居場所を確保するのは、ただたんに、私が気が向いたときにいつでも、彼の話し相手となってほしいからだった。それによって私はいっさいの拘束を受けず、彼もまたなんの責任も負わずにすむのだ。事業がうまく軌道に乗れば、私になんらかの役職を用意するという。

仕事の話になると、グイードの整った褐色の顔が真剣になった。もうすでに、これから携わるすべての業務について考えを巡らせているようだった。彼は私の頭ごしに遠くを見つめていた。このように真剣に考えているようすに私はすっかり安心し、彼が見すえているもの、つまり、彼に幸運をもたらすはずの業務を、私も見つめようとした。彼には、大きな成功をおさめた私たちの義父の歩んできた道をたどるつもりもなければ、控え目で安全第一のオリーヴィのやり方を踏襲するつもりもなかった。グイードに言わせれば、彼らはふたりとも古いタイプの商人なのだった。まったく別の道を進むべきだという。彼が自ら進んで私と手を組もうとしたのは、私がまだ老人たちに毒されていないと見こんでのことだった。

まさにそのとおりだと私は思った。初めて商業的な成功を味わった私は、うれしさのあまり、またもや顔を紅潮させた。こうして彼が示してくれた敬意に報いたいという一念から、私は彼のもとで彼のために、時期によって多少の差はあれど、二年間も働くことになったのである。しかも報酬は、役員室の席という名誉だけだった。私がひとつの仕事にこれほど長く携わったのは、後にも先にもこのときだけだった。それをあまり自慢できないのは、このような私の活動が、自分にもグイードにもなんの利益も生まなかったということに尽きる。誰もが知っているように、商売では結果がすべてなのだ。

この会社を設立するために必要だったおよそ三ヶ月間、私は自分が大事業に携わっているという確信があった。私が担うことになるのは、通信文や会計のもろもろの作業だけではなく、取引全体の監視でもあることを知った。しかしながらグイードは、私が破滅してもおかしくないほど大きな影響力を及ぼした。そのような事態を避けられたのは私が幸運だったからにすぎない。彼は合図ひとつで、私を呼びつけた。わが生涯の大半に考えを巡らせながらこれを書いている今もなお、当時を思い出すと驚かざるをえない。

この二年間のことをさらに書くことにする。というのは、このときの彼への執心ぶりが、私の病の明らかな兆候のように思われるからである。大きな事業を学ぶために彼にくっついている理由があっただろうか？　そして、そのまま彼のそばに残って、小さな商売を彼に教えなくてはならない理由が？　あのような境遇に満足する、いかなる理由があっただろうか？　グイードへの篤い友情が、アーダへの心からの無関心を意味するように思われたからという理由のほかに？　こんなことを私に強要する者など誰かいただろうか？　互いの無関心を証明するのに、私たちがせっせと世に送りだしている子供たちの存在だけでは不十分だったのだろうか？　私はグイードがけっして嫌いではなかったが、自分の意志で選んだ友人でないことも確かであった。彼の欠点をいつもはっきりと見てきたせいで、しばしば彼の考え方にいらだつことがあった。彼の弱さに心が動かされれば別だが。長いこと私は、自らの自由を犠牲にして、彼を補佐するためだけに、ひどくみじめな立場を甘んじて受け入れてきた！　まさしく病の兆候か、そうでなければ無償の善意であるが、両者は、互いにきわめて親密な関係にあるのだ。

とはいえ、毎日顔を会わせるまっとうな人間どうしなら必ず起こることだが、ときが経つにつれて、私たちのあいだには大きな友情が芽生えたのだった。私の友情はかぎりなく大きかった！　グイードがいなくなってから、私は長いあいだ、彼の不在をさびしく感じていた。というよりも、残りの私の人生すべてが空虚に感じられたのである。いかに私の人生が彼と彼の仕事に支配されていたかがわかる。

私たちの最初の仕事となった家具の購入で、さっそく失敗を犯したことを思い出すと今もおかしくてならない。私たちは、いわば契約の条項をひとつまちがえたのだ。私たちは家具を購入したものの、依然として事務所をどこに置くか決めかねていた。事務所の選定をめぐり、私とグイードの意見が合わなかったことが、遅れの原因だった。義父もオリーヴィも、倉庫の管理を優先して、事務所を倉庫に隣接させていた。グイードは不快そうに顔をしかめた。

「トリエステのあの事務所ときたら、干鱈《ひだら》となめし革の匂いがくさくてたまらん！」

彼は、事務所と離れていても倉庫の管理はできると確約したが、そうは言いつつやはりためらっていた。そんなある日、家具の販売業者が、家具を引き取りに来なければ、道ばたに放り出すと通告してきた。そこで彼はあわてて事務所をかまえることになったのだが、それは最後に提示された物件で、近くに倉庫はなかったものの、町のまんなかに位置していた。こうして、私たちが倉庫をもつことはついになかった。

事務所には、明るくて広い部屋がふたつと、窓のない小部屋がひとつあった。居住できないこの小部屋の扉に、貼り紙があり、大文字で「会計課」と書かれていた。さらに、ほかのふたつの扉のうち、ひとつには「出納窓口」、もうひとつのほうには英語で「プライヴェート」と書かれた貼り紙があった。グイードもイギリスで経営を学んだことがあり、有益な手法を取り入れていた。出納窓口には、当然のごとく、鉄製の立派な金庫と伝統的な鉄格子がそなわっていた。私たちのプライヴェートルームには、贅が尽くされた調度品がそろった。ビロードのような暗い色調の絨毯、二台の机、ソファが一脚と、坐りごこちのよいさまざまな肘かけ椅子。

さらに、帳簿ともろもろの事務用品を購入した。ここにいたり、私の役員としての地位は議論の余地がなくなった。私が発注すれば、どんどん商品が届いた。私はここまで性急にことを運びたくはなかったが、事務所に必要なものをすべてリストアップするのが私の役目だった。どうやらこのとき、私とグイードの大きな違いに気づいたのだ。私の知るかぎり、私の役目は言うこと、彼の役目はそれを行動に移すことだった。だが私が必要なことを彼に伝えても、彼はもはや何も買わなくなった。たしかに彼はときどき、取引においてかたくなに行動を起こさないことがあった。つまり、まったく売り買いをしないのだ。だがこのようなふるまいは、私からすれば、すべてに精通していると思いこんでいる人のやり方である。私は不信感をつのらせ、やる気をなくしかけた。

購入のさい、私は慎重を期した。オリーヴィのところにかけつけ、書簡控え帳や出納簿の寸法を測った。すると、オリーヴィの息子が、帳簿のつけ方を教えてくれた。複式簿記の説明をしてもらったこともあった。べつにむずかしくはないが、すぐに忘れてしまうのだった。決算の時期になったら、その説明もしてくれるとのことだった。

この事務所で何をしたらいいのか、私たちはまだ理解していなかったが(今思えば、グイードもわかっていなかった)、会社の組織全般について議論を重ねた。ほかの従業員が必要になったとき、彼らをどこに配置すればいいか何日も話し合った。グイードは、できるだけ出納窓口に入れようと提案した。だが、私たちの唯一の従業員である年若いルチアーノは、そこには金庫があるので、金庫の担当者以外は誰も入れないと主張した。使い走りに教えられるとは、まったくなさけなかった。私は名案がひらめいた。

「イギリスでは、たしか支払いはすべて小切手だと記憶しているんだがね」

これは、トリエステで誰かに聞いた話の受け売りだった。

「よくぞ思いついた!」とグイードが言った。「ぼくも今思い出したぞ。忘れていたのがふしぎなくらいだ!」

そこでルチアーノに、多額の現金を扱う習慣がなくなったことを、くわしく説明した。どんな金額でも、今や小切手がいたるところで流通しているのだと。私たちはみごとな勝利をおさめ、ルチアーノは沈黙した。

ルチアーノは、グイードから学んだことを大きな糧とした。私たちの使い走りだった少年は今や、トリエステで一目置かれる商人になっている。彼は私に会うと、ほほ笑みながらも、いまだにへりくだった挨拶をする。グイードはつねに一日の一部を私たちの指導に費やしていた。まずルチアーノ、それから私、そして最後に女性事務員。グイードは、自分の金を危険にさらすことのないように、委託売買をするという計画をずっと温めていた。この種の商売の要点を私に説明するやいなや、私がたちまちそれを理解したのを見て、今度はルチアーノに説明し始めた。まだ髭の生えていない顔の大きな目を輝かせながら、彼はきわめて注意深く耳を傾けていた。グイードが時間をむだにしたとはいえない。なぜなら、私たちのなかでルチアーノだけが、その種の商売で成功したからである。「学問が成功のもと」などとよく言えるものだ!

そのあいだに、ブエノスアイレスからペソが送金されてきた。これがやっかいな仕事となった。はじめ私は簡単にすむだろうと思っていたが、トリエステの市場は、珍しい外国の通貨に慣れていなかった。私たちはまたもや、若いオリーヴィの手を借り、小切手の換金の方法を教わった。だがしばらくして、仕事が軌道に乗ったと判断したオリーヴィは、私たちにあとを任せた。するとグイードは、数日間もポケットにクローネをいっぱいつめこんだままにしていたが、ようやく銀行に行き、小切手帳を作ってもらって、すぐに使い方を習い、重荷をおろせたのだった。

グイードは、私たちの会社の設立を容易にしたオリーヴィに、感謝を伝えようとしてこう言った。

「友人の会社とはけっして競合しないとあなたに誓いましょう！」

ところが、商売にかんして別の考えをもつ若いオリーヴィは次のように答えた。

「私たちの扱う商品において、仲介業者の数がもっと増えれば、それにこしたことはありませんよ！」

グイードは唖然としていた。そして、いつものことながら、それをすっかり真に受けて、その理論をいたるところで吹聴したのだった。

グイードは、商業高等学校を出たにもかかわらず、借方と貸方の概念を正確に理解していなかった。私が資本勘定を設け、諸経費を記入するのを、彼は驚いたようすで眺めていた。のちに彼は会計に詳しくなり、何かの取引をもちかけられるとき、まず何よりも会計の観点からそれを分析するほどだった。会計の知識は、世界に新たな視点を与えるとさえ考えていた。ふたりの人物がなぐり合ったり、抱き合ったりしているときも、いたるところで債務者と債権者の関係が生まれていると見なしていた。

彼は最大限の慎重さで武装して、経営にあたったともいえよう。かなりの数の商談を断ったが、なかでも最初の六ヶ月間は、商売に精通する人のような、落ち着きはらった態度で、すべて断った。

「だめだ！」と彼は言った。そのひと言は、彼がまだ見たこともない商品を扱うときでさえ、正確な計算に裏づけられているかのようだった。しかしこのような熟慮は、取引、すなわち、そこから生じる損得が、帳簿にどのように記載されることになるか見きわめるためだけに費やされた。彼が最後に学んだのが会計だったので、彼のあらゆる考えがそれに支配されることになったのだ。

私の哀れな友人の悪口を言うのは心苦しいのだが、私自身をもっとよく知るうえでも、真実を語らねばなるまい。思い出されるのは、彼がさんざん頭を使ったあげくに思いつく現実味の乏しいアイデアで、私たちの小さな事務所は身動きがとれず、健全な業務のじゃまになったことだ。しばらくして私たちは、委託売買を始めるために、広告用チラシを千枚ほど郵送した。グイードは次のような考えにとらわれた。

「どれだけ切手代の節約になるだろう、顧客となりうる人にだけこのチラシを送ることができれば！」

言葉だけなら何も問題はなかったのだろうが、彼はその考えにこだわった。そこで、チラシの入った封筒を空中に投げ始め、落ちたときに、宛名を書く側が表ならば、発送することにした。私も以前、同じような実験を試みたことがあるにはあったが、実行に移すまでにはいたらなかった。もちろん私は、彼が排除したチラシを集めて郵送することはなかった。もしかすると、ほんとうに真剣な思考の結果、そのような選別が行われたのかもしれず、したがって、彼が支払うことになる切手代を私がむだにしてはならなかったのである。

私は幸いにも、グイードのせいで破滅する事態は避けられたが、彼の事業にあまり積極的にかかわらずにすんだのも、これまた幸運だったと言うほかはない。トリエステでまちがったことを言う人がいるので、声を大にして言っておきたい。私が彼といっしょに仕事をしていた時期、ドライフルーツのときのような熱心さで、口を出したことは断じてない。彼に取引を勧めたこともなければ、それをやめるように言ったこともない。私は監視役にすぎなかったのだ！　しっかり働くように、またときには慎重になるように忠告していただけだった。彼の金を賭博台に投げ出すようなまねはしたくなかった。

彼のそばにいた私は無気力になった。彼を正しい道に導こうとはしたが、おそらく私があまりにも怠惰だったがために、うまくいかなかった。そもそも、ふたりで仕事をするとき、どちらがドン・キホーテ役で、どちらがサンチョ・パンサ役かを自分たちで決められるとはかぎらない。彼が取引を行い、私は忠実なサンチョ・パンサとして、しかるべく精査し、批判してから、私の帳簿のなかでのろのろと彼のあとに従うだけだった。

委託売買は完全な失敗に終わったが、私たちに損害が出たわけではなかった。私たちに商品を送ってきたのは、ウィーンの文具店だけだった。この文房具の一部を売ったルチアーノは、私たちが手にする手数料がいくらかをしだいに知るにいたり、それをほぼ全部グイードから譲り受けた。グイードが同意することになったのは、それがたいした額ではなかったからである。それに、このようなかたちで清算された最初の取引は、幸運をもたらすはずだった。この最初の取引によって、支払いと保管を強いられた大量の文房具で物置部屋があふれた。これらをすべて消費するには、私たちよりもずっと忙しい会社でさえ、何年も要するほどだった。

中心街にあって、明るくて小さなこの事務所が、二、三ヶ月のあいだ、私たちの絶好のたまり場となった。ほとんど仕事をせず(全部で取引は、梱包用の中古の空箱二件だけだったと思う。ちょうど同じ日に売りと買いがあり、わずかのもうけが出た)、おしゃべりばかりしていた。無邪気なルチアーノも含め、仲のよい友人どうしのように。ルチアーノは、仕事の話になると、同年代の若者が女のことを話題にするときのように興奮した。

当時の私は、まだカルラと別れておらず、無邪気な連中と無邪気に楽しむことができた。あの時期、一日じゅう楽しかったことしか思い浮かばない。夜は自宅でアウグスタに話すべきことがたくさんあり、事務所であったことは何もかも例外なく彼女に言えたし、彼女を欺くために作り話をすることもなかった。

アウグスタが不安げに、「それでいつからお金をもうけるおつもり?」と叫んだときも私はいっこうに平気だった。

金もうけ? そんなことはまだわれわれの眼中にない。まず必要なことは、立ち止まってよく見ること、商品と情勢、市況を見きわめることだとわかっているから。商社とは、そんなに簡単に作れるものじゃない! 私の説明を聞いて、アウグスタも納得したようだった。

しばらくして、私たちの事務所に、うるさくてしかたのない客が迎え入れられた。ところかまわず走りまわる、生後まもない猟犬だった。グイードがたいへんかわいがり、ミルクと肉の餌を定期的に与えていた。することも考えることもないときなど、私も子犬が事務所を飛びまわるのを見るのが好きだった。私たちがその意図を解釈できる子犬の行動は、四つか五つだけだが、いずれも愛らしかった。だが私には、事務所が、こんなに騒々しくてうす汚れた犬にふさわしい場所だとはとうてい思えなかった! 私からすれば、事務所内の犬の存在こそ、グイードが会社経営に向いていないことの最初の証拠だった。それは、真剣さがまったく欠如していることを証明するものだったのだ。犬がいても私たちの仕事のためにはならないと、私は説明しようとしたが、強く主張する勇気はなかった。結局あれこれと言い訳をして、彼は私を黙らせた。

したがって、わが同僚の教育は私が担当すべきだと思いあたり、グイードがいないときに、こっぴどく蹴とばしてやった。子犬はキャンキャンと鳴いたが、わざとではなく何かの拍子に私がぶつかってしまったのだろうと思い、また私のもとに戻ってきた。しかし二発目の蹴りによって、それが故意であることはもはや疑いようがなくなり、子犬は部屋の片隅にまるまり、グイードが事務所に帰ってくるまでおびえていた。罪のない動物に暴力をふるったことを私は悔やんだが、あとのまつりだった。いくら子犬をやさしくなでても、もはや私を信用せず、グイードのいる前で私にあからさまな敵意を示した。

「ふしぎだ!」とグイードが言った。「幸いぼくはきみを知っているからいいが、さもなければきみを信用しないかもしれない。たいてい犬が敵意をむきだしにするのは、それなりの理由があるから」

グイードの疑いを晴らすために、どういうわけで私が犬の反感をかうようになったか、もう少しで打ち明けそうになった。

　それからまもなく、じつをいえば私にとってはさほど大切ではない問題で、グイードと口論になったことがあった。とても熱心に会計にとりくんでいた彼は、家計費を会社の経費のなかに繰り入れようと考えた。私はオリーヴィに相談したうえで反対し、「毎度」の老人（グイードの父親）の利益を守ったのだった。グイードやアーダの出費をすべて会社の経費に入れるだけでもとうていむりだったが、双子が生まれてからは、さらに出費がかさんだ。それらはグイードが個人的に支払うべき出費であり、会社が負担すべきではない。そのかわりに私は、グイードに、ブエノスアイレスに手紙を書き、給料をもらうよう進言した。父親はそれを拒んだ。グイードがすでに利益の七十五パーセントを受け取っており、父親の取り分はその残りでしかない、というのが理由だった。私には正当な返答だと思われたが、グイードは、彼のいうところの大局的な観点から問題を議論するために、長い手紙を何通も出した。ブエノスアイレスははるかかなただったので、手紙のやりとりは、私たちの会社がなくなるまで続いた。だが私の言い分が通った点もある！　会社の経費はしかるべく処理され、グイード個人の経費が含まれることはなかったのだ。資本金は、会社の倒産によってまったく残らなかった。まさしく一銭も。

　私たちの事務所に入って来た五番目の人物が（子犬のアルゴを数に含めれば）、カルメンだった。彼女が採用されたとき、私も立ち会った。カルラのところから事務所に来たので、私はじつに気分が爽快だった。愛人と夜を過ごしたタレーラン公（Charles-Maurice de Talleyrand-Périgord, 1754–1838. フランスの政治家、外交官。スタール夫人など多くの愛人がいたことでも知られる）の朝八時の気分といったところ。薄暗い廊下で、若い女性に会った。ルチアーノが言うには、グイードとの面会を希望しているらしい。私は何か用事があり、そこで待つように頼んだ。まもなくグイードが私たちの部屋に入って来たが、彼女の顔をまだ見ていないのは明らかだった。さっそくルチアーノが彼女のもってきた紹介状を彼に差し出した。グイードはそれを読んでから言った。

「だめだ！」そっけなく、暑かったので上着を脱ぎながら。だがすぐに、とまどいを見せた。

「彼女を推薦した人に配慮して、話は聞くことにしよう」

グイードは部屋に彼女を通した。彼が自分の上着をあわてて身につけ、彼女と対面したとき私は初めて、褐色の美しい顔を赤らめ、目を輝かせているその娘を見た。

たしかに、カルメンと同じくらいきれいな娘にはこれまでも何度か会ったことがあるが、一目見たときから、これほど挑発的な美貌は初めてだった。たいてい女とは、私たちの欲望によって作られてゆくものだが、カルメンにかんしては、このような最初の段階は必要なかった。彼女を見ながら私はほほ笑み、笑い声さえあげた。彼女が、自らの商品のすばらしさを吹聴しながら世界をかけまわる企業家のように思われた。仕事を求めて現れた彼女だったが、私はふたりの面談に割って入って、こう尋ねたいところだった。「なんの仕事ができる？　寝室の相手？」

よく見ると、その顔に化粧っ気はないが、くっきりとした色が現れていた。青みがさした純白、熟した果実のような赤は、不自然さがなく完璧に近かった。光があふれた大きな茶色の目が動くたびに、何か重大な意味がこめられているように見えた。

グイードは彼女を坐らせた。彼女は遠慮がちに、自分の日傘の先端を眺めていた。あるいは、足元のエナメルのブーツを見つめていたのかもしれない。彼が話しかけると、視線を上げ、らんらんと目を光らせて彼を見すえた。すると、わが主人はかわいそうに、ノックダウンされてしまった。質素な身なりだったが、どんなに質素な服も、彼女の身体を引き立たせる妨げとはならなかった。ブーツだけが高級品だったが、それは、ヴェラスケスが絵のモデルの足元に置いたという真っ白な紙をどことなく思い出させた。ヴェラスケスもまた、室内のカルメンをきわだたせるために、背景を漆黒で塗ることだろう。

私は爽快な気分のまま、好奇心にかられ、ふたりのやりとりを聞いていた。グイードは彼女に、速記法を知っているかと尋ねた。彼女は速記はまったくできないと正直に答えてから、口述筆記なら相当な経験があるとつけ加えた。ふしぎだった！　背がすらりと高く、均整のとれた体つきなのに、しわがれ声だったのだ。私は驚きを隠さずに訊いた。

「風邪を引いたのですか？」

「いいえ！」と彼女は答えた。「でもなぜそんなことをお尋ねになるのかしら？」驚いたようすで、私の顔をまじまじと見た。あんなに調子はずれな声なのにその自覚がないとは、見かけによらず、彼女のかわいい耳はさほどよくないのかもしれない。

グイードは、英語かフランス語、またはドイツ語を知っているかと尋ねた。今後どの言葉が必要になるかわからなかったので、選択の余地をもたせた問いになった。カルメンは、ドイツ語を少し知っているが、ほんの少しだけだと答えた。

グイードがよく考えずに結論を下すことはけっしてなかった。

「ドイツ語は必要ありません、私がよく知っていますから」

カルメンは最終的な返答を待っていたが、私からすれば、それはもう言ったも同然だった。彼女は返事を促すために、新しい仕事に就けば経験を積めるから、給料は高くなくてかまわないと言った。

美しい女が男に与える最初の影響は、男を浪費家にさせることだ。グイードは、それは大した問題ではないというように肩をすぼめ、給料を定めた。彼女が感謝を述べてその額を受け入れると、速記を真剣に学ぶように勧めた。この忠告は、私への配慮からなされたものにすぎなかった。というのは前々から、最初に雇う従業員は熟練の速記者にすると、わざわざ私に公言していたからである。

その日の夜、新しく入った同僚のことを妻に話した。妻は、ひどく立腹した。私の口からは何も言わなかったのに、彼女はすぐに、グイードが、自分の愛人にするためにその娘を雇い入れたのだと考えた。私はこう反論した。たしかにグイードは彼女にのぼせているようだが、一目ぼれはいずれ熱が冷め、大事にいたることはないだろう。そもそも、その娘は、身持ちが悪いようには見えない、と。

それから二、三日たって――偶然なのかどうかわからないが――、アーダが事務所を訪れた。グイードはまだ出社しておらず、アーダは私とちょっと立ち話をして、彼がいつ来るかと訊いた。それから、ためらいながら隣室に行くと、ちょうどそこにはカルメンとルチアーノがいた。カルメンはタイプライターに向かい、一文字ずつ懸命にキーを叩いていた。彼女は顔を上げ、彼女を見すえるアーダを、その美しい目で見た。ふたりの女はどんなに違っていたことか！　少し似ているところもあったが、カルメンはアーダを派手にしたような感じだった。まさに一方は、身なりがいいとはいえ、妻か母親になるよう生まれついたのにたいし、もう一方は、タイプライターで服を汚さないようにそのときは地味なエプロンを着ていたにもかかわらず、愛人となる定めなのだと私は思った。なぜアーダの美しい目がカルメンの目ほど輝いていないのか、説明できる学者がこの世にいるかどうかわからない。アーダの目がおそらく、物や人を見るための純粋な器官であって、人を惑わすためのものではないのはなぜだろう。かくしてカルメンは、怒りだけではなく、好奇心をも含むアーダのまなざしに充分に耐えた。そのまなざしには、嫉妬もいくらかなかっただろうか、それとも私の思い過ごしだろうか？

アーダを美しいと思ったのは、それが最後だった。まさに私を拒んだときの美しさのままだった。それから、彼女は双子を産むことになるが、たいへんな難産で、外科手術を受けねばならなかった。その直後に例の病を患い、美貌はすっかり影をひそめた。それだけになおさら、私はそのときのアーダの訪問をよくおぼえているのだ。だがそれをよくおぼえている理由はほかにもある。そのとき私が好感をもったのは、まぎれもなくアーダの穏やかで控え目な美しさであり、それを圧倒する、もうひとりの女のまったく異なる美ではなかった。私はカルメンにまったく魅力を感じなかったし、彼女について知っていたのは、あのひときわすばらしい瞳とみごとな顔色、あのしゃがれ声、そしてこれは彼女のせいではないが、彼女が入社した経緯である。一方、そのときのアーダが私はほんとうに好きだった。熱烈に求愛したのに拒まれ、いまやすっかり関心も失せた女を好きになること自体、じつにふしぎではあった。一般的に、このようにして私たちは、願いがかなえられていれば実現した同じ状況にたどり着くのであり、私たちが情熱を燃やしたことがいかにささいなものであるか、あらためて気づかされて驚くものなのである。

彼女の苦痛を軽減したくて、別の部屋に案内した。そこへまもなく現れたグイードは、妻を見ると顔がまっ赤になった。アーダは、じつにもっともらしい口実をつけてなぜ訪問したか説明したが、そのすぐあとで、帰りぎわに彼に尋ねた。

「新しい女性事務員を雇ったの？」

「そうなんだ！」とグイードは言ってから、あわてぶりを隠そうとしたが、彼の留守中に誰か訪ねて来なかったかという質問で、話をさえぎることしかできなかった。誰も来なかったと私が答えると、大切な来客を待っているかのように、さも残念そうに顔をしかめたが、誰も来る予定などないことを私はよく知っていた。それからようやく、かろうじて平静を装いながら、なにくわぬ顔で言った。

「われわれには、速記者がひとり必要だったんだよ！」

彼の必要としていた「速記者」という名詞に、あやまって男性形を用いたことが、私はおかしくてならなかった。

カルメンが入ったことで、私たちの事務所は大いに活気づいた。彼女の目の輝きや、美しい容姿、顔の色つやに起因する活力のことではなく、まさに仕事の面においてである。グイードはその娘の存在によって、がぜん仕事に精を出した。まず何よりも、新しい事務員が必要であったことを私やほかのみんなに説明しようとした。そして毎日、何か新しい仕事を考えついては、自らもそれに加わった。それからしばらくのあいだ、彼の仕事は、彼女を効果的に口説き落とすための手段となった。そしてついに、きわめて有効な方法を見出した。自らが口述する通信文の書き方を彼女に教え、非常に多くの綴りのまちがいを訂正せねばならなかったが、つねにやさしく接したのだ。彼女がどんなにお礼をしようと、多すぎることはないほどに。

恋するグイードの考えついた取引は、そのほとんどが実を結ばなかった。ある商品の取引をめぐり、長い時間を費やしたことがあったが、結局はそれが禁制品だとわかった。ある日、ひとりの男が、さも困ったように顔をひきつらせて私たちのもとにやって来た。どうやら私たちは、そうとは知らずに、この男の商売のじゃまをしていたらしい。男は、その商品と私たちがどういう関係かを知りたがり、私たちが、外国の競合相手の代理人ではないかと考えていた。最初は気が動転し、最悪の事態を想定していた。だが私たちの未熟さを見抜くと、面と向かってあざ笑い、私たちのやり方では商売などうまくゆくはずがないと断言した。結局、彼の言い分は正しかったのだが、私たちが彼の辛辣な言葉を受け入れるまでだいぶ時間がかかり、カルメンは何通もの手紙を書かされた。そしてついに、その商品が厳重に守られ、まるで塹壕で囲まれたかのように到達不可能であると判明した。私はこの取引ついては何もアウグスタに話さなかったが、彼女のほうから話題にしてきた。それはグイードが、われらが速記者の仕事がいかに忙しいかを示すために、アーダにその話をしたからだった。実現しなかったこの取引は、グイードにとって大きな意味があった。毎日のようにその話をした。同じようなことは、世界のほかのどんな町でも起こりえないと思いこんでいた。私たちの商環境は悲惨な状況にあり、進取の気性に富む実業家は息ができない。彼もそのひとりだというわけである。

当時の私たちが扱った取引は、無謀で雑なものばかりだったが、大やけどを負ったことが一度あった。その取引は、こちらから求めたものではなく、私たちは巻きこまれたのだった。私たちを引っ張りこんだのは、ダルマツィア人のタチヒという男で、アルゼンチンでグイードの父親と仕事をしたことがあった。初めは商売上の情報を聞きにやって来たのだが、私たちはそれに答えることができなかった。

タチヒはとても美しい若者で、美しすぎるほどだった。背が高く頑健で、褐色の顔に、ダークブルーの瞳、長い眉、金色がかった茶色の短く濃い口ひげがみごとに溶けこんでいた。まるで色彩の調和にかんする研究がなされたような顔で、カルメンの相手となるために生まれてきたのではないかとさえ私には思われた。彼もまたそう思っていたらしく、毎日私たちに会いにやって来た。事務所での会話は連日何時間にも及んだが、退屈することはついぞなかった。ふたりの男がひとりの女を争っていたのだ。彼らはさかりのついた獣と同じく、自らの長所をひけらかした。グイードは、タチヒが彼の自宅にも足を運び、アーダとも顔見知りになったため、やや控え目だった。だがカルメンの目には、もはやグイードの欠点など何も目に入らなくなっていた。私はその目つきをよく知っていたから、彼女が誰を好きなのかはすぐにわかったが、タチヒがそれに気づいたのは、だいぶあとだった。そのため、彼女に会う口実を増やすために、石けんを、割高にもかかわらず、製造元ではなく私たちから貨車数台分も購入したのである。そののち、やはり恋ゆえに、あのとんでもない取引に私たちを引きずりこんだのだ。

彼の父親は、硫酸銅の値がつねに、季節によって上がったり下がったりすることに気づいた。そこで彼は、投資目的で、最も有利なときに硫酸銅を六十トンほどイギリスで買うことに決めた。私たちはこの取引についてじっくりと議論し、あるイギリスの会社と連絡をとりながら準備を重ねた。やがて父親が息子に電報で、最良の時期が来たと思われると知らせ、取引を完了させるさいの価格についても伝えてきた。恋に夢中のタチヒは、私たちのもとにかけつけ、取引を私たちに譲渡した。そしてその代償として、カルメンの大きくて美しい、うっとりするようなまなざしを浴びたのだ。哀れなダルマツィア人は、それが彼女のグイードへの愛の告白であることを知らずに、そのまなざしをありがたく受け取った。

グイードが安心して確実に、取引にあたったことをおぼえている。実際に、この取引にはいかなる困難も伴わなかった。なぜなら、商品が私たちの港に着いてから、私たちの買い手に直接手渡されるように、イギリスで取り決めることができたからである。彼は自分の得たい利益を正確に計算し、私に助けられながら、イギリスの友人にたいして購入期限を設定した。辞書を引きながら、私たちはいっしょに英語の電文を作成した。それを発送したあとでグイードは、手をこすり合わせながら計算を始めた。労せずして、相当のクローネがもうけられると踏んでのことだ。幸運を維持するために、彼は私にも多少の手当てを約束した。それから、ややいたずらっぽく、カルメンにも、と言った。目の動きで取引に協力したからだ。私たちふたりはともにそれを断ろうとしたが、彼はせめて受け取るそぶりだけでもしてほしいと言った。何か不吉なことが起きないか不安だったのだ。私は彼を安心させるために、すぐにその申し出を受け入れた。私が彼に暖かい励ましの言葉しかかけるつもりのないことは歴然としていたのに、どうやら彼はそう思っていなかったらしい。この世では、憎み合っていないかぎりは、互いに愛し合うものだが、最も強い欲望は、利害がらみのときにしか生まれないものなのだ。

この取引はあらゆる面から精査された。私がむしろ思い出すのは、彼が自らの得るであろう利益で何ヶ月間、家庭と事務所を養えるかまで計算したことだ。彼は家庭と事務所を、あるときはふたつの家庭と呼び、家でいやなことがあったときなどは、ふたつの事務所と呼ぶのがつねだった。この取引がうまくいかなかったのは、おそらく、あまりにも細かく検討しすぎたからかもしれない。ロンドンからは、簡潔な電報が届いた。「受注」という文字のあとに、その日の硫黄の値段が書いてあったが、その額は、私たちの買い手が決めた額を大幅に上まわっていた。もうけどころではなかった。タチヒはそれを知るとまもなく、トリエステから姿を消した。

その頃、およそひと月、私が事務所に通うのをやめていた時期があった。したがって、一見したところはなんの変哲もないが、グイードに重大な結果をもたらすことになる一通の手紙が会社に届いたとき、私はそれを手に取って読むことができなかった。この手紙によって、例のイギリスの会社は、私たちの電報を確認し、私たちの注文は取り消しのないかぎり有効であると伝えてきたのだ。グイードは注文を取り消すことなど考えもせず、私は私で、事務所に戻ったとき、この取引のことを忘れていた。そして数ヶ月後のある夜、グイードが私の家に一通の電報をもってやって来た。彼は電文の意味がわからず、何かのまちがいで届いたのだと思っていた。ただし、電信宛名はまちがっておらず、私たちが事務所を開設してからすぐに正規に登録したものだった。電文はたった三語だけだった。60 tons settled（六十トン確定）。私はすぐにわかった。何もそれはむずかしいことではなかった。私たちの扱った大きな取引は、硫酸銅だけだったからである。私は彼に言った。私たちの注文を実行するさいに私たちが取り決めた値段に達したのであり、私たちは、硫酸銅六十トンの幸せな所有者になった、と。彼は反論した。

「こんなに遅れてぼくの注文を実行しておいて、それをぼくが受け入れるとでも思うかい？」

私たちの最初の電報を確認したという先方の手紙が事務所にあるはずだとすぐに私は思ったが、グイードはそれを受け取ったことをおぼえていなかった。不安になった彼はすぐに事務所に行って、手紙があるかどうか確認しようと提案した。それは私にとっても好都合だった。というのも、ひと月のあいだ私が事務所に通っていなかったことを知らないアウグスタのいる前で、議論を続けたくはなかったからだ。

私たちは事務所に急いだ。彼はこのように大きな最初の取引で足をすくわれたことをたいそう残念がった。ことによると、問題の解決のためにロンドンまで出向く必要もありそうだった。私たちは事務所の鍵を開け、暗闇のなかを手さぐりで進み、自分たちの部屋に入って照明をつけた。するとすぐに手紙が見つかり、私が予想したとおりのことが書かれていた。取り消しのないかぎり有効の私たちの注文が実行されたことを告げていたのだ。

グイードは顔をひきつらせて手紙を見たが、いらだちのためなのか、それとも、見つめることによって、ごく簡潔な文面を無効にしたかったのだろうか。

「考えてみれば」と彼は言った。「二言か三言、書いておけば、このような損害を被らずにすんだものを！」

それはまちがいなく、私に向けられた非難ではなかった。なにしろ私は事務所にいなかったのだから。私が手紙をすぐに見つけられたのは確かだが、それは手紙がありそうな場所を知っていたからにすぎず、手紙を見たのはそのときが初めてだったのだから。しかしながら、どんな非難も受けずにすむように、私はきっぱりと彼に言った。

「私の不在中に、すべての手紙をきみはもっとしっかり読むべきだったのに！」

グイードのしかめっ面が消え、肩をすくめてつぶやいた。

「この取引が幸運をもたらすかもしれない」

ほどなくして彼は事務所をあとにし、私も家に帰った。

だがしかし、タチヒの言ったことは正しかった。数ヶ月のあいだ、硫酸銅の値は日ごと下がり続けた。私たちは、注文の実行を迫られながら、そのような低値では誰にも商品を売ることができず、全体の現象を考察する機会とし、値動きを見守った。私たちの損失は増大した。最初の日、グイードは私に助言を求めた。そのとき売っておけば、その後かかえこむことになった損失額に比べれば、わずかの損に抑えることができたかもしれない。私は助言を与えることは控えたが、下落が五ヶ月以上は続くはずだというタチヒの確信を忘れずに伝えておいた。グイードは笑った。

「今やぼくの取引を指揮するのは、いなか者というわけか！」

私はそのような考え方を正そうとして、そのいなか者だが、ダルマツィアの小さな町で、硫酸銅の相場を何年も観察してきた経験があることを忘れるな、と彼に言ったのをおぼえている。グイードがその取引で被った損失について、私はなんの後悔もない。私の言ったことに耳を傾けていれば、損失を抑えることができたのだから。

それからしばらくして、私たちはこの硫酸銅の取引について、ある仲買人と議論をした。小柄で太った元気でぬけ目ないこの男は、私たちが硫酸銅を買ったことを非難したが、タチヒとは意見が異なるようだった。この男によれば、硫酸銅は独立した相場を作っているとはいえ、銅の価格の変動に左右されるという。グイードは彼と話してから自信をとりもどし、値動きを逐一教えてほしいと頼んだ。損を出さないばかりか、多少のもうけになるまで売却を待ちたいというのだ。仲買人は控えめに笑ったが、それから会話の途中で言った言葉に真実味があったのでとくに印象に残った。

「ふしぎなことに、世間には、小さな損失を甘んじて受ける人が少ししかいません。損失が大きくなるまで諦めようとしないのです」

グイードは意に介さなかった。だが私は、彼のふるまいもみごとだと思った。私たちがどのようないきさつでその取引を始めたかを、仲買人に言わなかったからだ。私がそう告げると、彼は誇らしげだった。購入の経緯を話せば、私たち自身の信用だけではなく、商品の信用も失いかねないからだと彼は打ち明けた。

それから長いこと、私たちはもう硫酸銅を話題にすることはなかったが、ついにある日、ロンドンから一通の手紙が届き、支払いを催促するとともに、輸送手段の指示を求めてきた。六十トンもの商品を受け取り、倉庫に入れねばならないとは！　グイードは頭を悩ませ始めた。そのような商品を数ヶ月にわたり保管するための費用を私たちは計算した。莫大な額にのぼった！　私は無言を通した。だが、商品をいずれ売却する役を負うことになるため、それがトリエステに届くのを心待ちにしていた仲買人は、グイードに言った。巨額に見えるかもしれないが、商品価値に比例する歩合を考慮すれば大した損害ではない、と。

グイードは笑い出した。それが奇妙な指摘に思われたからである。

「ぼくの硫酸銅は百キロじゃなくて、六十トンなんだ、あいにくとね！」

価格が少しでも上昇すれば手数料も上がり、損害は抑えられるだろうという、明らかにまっとうな仲買人の計算に、グイードは納得していただろう。もしそのとき、彼の言うところのインスピレーションを感じなかったならば。まさしく彼独自の商売感覚がひらめいたとき、妄想で目がくらみ、ほかのことはいっさい頭になかったのだ。彼の考えたことはこうだ。商品は、イギリスからの輸送費を支払う義務のある業者によって売られたのであり、トリエステ引き渡しである。そこで、同じ売り手に商品を売却すれば、彼らは輸送費を節約することになり、トリエステにおける取引価格よりも有利な値段でこちらは交渉できるだろう、と。それは事実ではなかったが、彼の機嫌をそこねたくなくて、誰も異議を唱えなかった。取引が完了してから、彼はかすかに苦笑いを浮かべながら、まるで悲観主義の思想家のように言った。

「もうこの話はやめにしよう。授業料はかなり高くついたけど、今後それを活かすことにしよう」

ところが、話はそれで終わりにはならなかった。彼はあのみごとなまでの自信をすっかりなくし、仕事を断ることができなくなっていた。そこで年末に、私たちがどれだけ損をしたか、私が彼に見せたところ、彼はぶつぶつとこう言った。

「あのいまいましい硫酸銅が、ぼくの不幸の始まりだった！　あの損失をとりもどさねばとどうしても思ってしまう！」

私が会社を休むようになったのは、カルラと別れたことが原因だった。それで、カルメンとグイードの恋愛が耐えられなくなったのだ。彼らは私の面前で見つめ合い、ほほ笑み合った。そしてついにある夜、事務所の鍵を閉めるときに私は決心し、誰にも何も言わずに憮然と立ち去った。私の欠勤の理由をグイードが尋ねてくれないかと内心では期待し、そのさいは、彼のせいなのだと伝えるつもりだった。私が公共庭園に足しげく通っていたことを彼はまったく知らないはずだから、彼にたいしてきわめて厳しい態度でのぞめたのである。

これは、私のある種の嫉妬心だった。カルメンは、グイードにとって私のカルラのごとき存在のはずだから。ただし、もっと穏やかで従順なカルラだったが。彼は、本妻だけではなく愛人においても私より恵まれていたのだ。だがおそらく、彼をあらためて非難したくなる最大の理由は、うらやましいと同時に、下劣だとずっと私が思ってきた性質を、彼が幸運にももっていることにあった。ヴァイオリンを弾くとき同様の鮮やかな手さばきで、気楽に人生を送っていたからだ。アウグスタのためにカルラを犠牲にしたことを、すでに私は充分に自覚していた。カルラがくれたあの二年間の幸せな日々を思うと、彼女の性格が今ならよくわかるだけに、あんなに長くどうして私に耐えることができたのかふしぎでならない。アウグスタへの愛ゆえに、私は日ごとカルラを侮辱していたのではなかったか？　ところがグイードときたら、アーダの顔などまったく思い浮かべることなく、カルメンとの関係を楽しんでいたにちがいない。お気楽な彼の頭のなかでは、ふたり女がいても多すぎることはなかった。彼に比べれば私など、他愛ないもいいとこだと思われた。アウグスタを愛することなく結婚したのは事実だが、良心の呵責を感じることなく彼女を裏切ることはできなかった。おそらくは彼もまた、アーダを愛することなく結婚したのかもしれない。しかしながら、私は今やアーダのことなど眼中にないとはいえ、彼女への恋ごころが懐かしく思い出され、あんなに好きだったのだから、私が彼の立場なら、私が今置かれている立場以上に慎重にふるまっていただろうと思った。

グイードは私を連れ戻しには来なかった。あまりにも退屈だったので、気晴らしに私のほうから事務所に舞い戻ったのだった。グイードは、私が彼の仕事のなかで定期的な活動を行う義務を負わないという私たちの契約の取り決めにしたがって、私に接してくれた。家だろうがどこだろうが、私に出くわすと彼はいつも大きな親愛の情を示し、私はそれがありがたかった。まるで、彼が私のために購入したデスクの席を私がずっと空けていたことなど、おぼえていないかのようだった。ふたりのあいだにわだかまりはなく、当惑しかなかった。それも、私の困惑だった。私が自分の席に戻ったとき、彼はまるで私の不在がたった一日だったかのように歓迎してくれた。私が仕事をまた始めるつもりだと告げると、再び私といっしょに仕事ができてたいへんうれしいと暖かく言ってから、大声で言った。

「きみの帳簿には誰にも手を触れさせないようにしておいてよかったよ！」

実際に原簿と業務日誌は、私がいなくなったときのままだった。

ルチアーノが私に言った。

「あなたが戻って来られて、私たちまた出直せますね。グイードさんは気落ちしているようです。二、三取引をしようとして、うまくいかなかったものですから。私があなたにこんな話をしたのを言わないでください。でも、あなたならきっと、グイードさんを元気づけられますよ」

たしかに、事務所にいても仕事がほとんどないことに気づいた。硫酸銅の損失のせいでてんてこ舞いするまでは、まったくもって牧歌的な日々を送ることになった。その理由について、私はただちにこう結論づけた。グイードは、カルメンを自分になびかせるために働くさし迫った必要性をもはや感じていない、つまり、求愛の段階は早々に終わり、彼女はもう彼の愛人になったのだ、と。

カルメンの歓迎に私は驚かされた。というのは、私がすっかり忘れていたことを、すぐに彼女は思い出させようとしたからである。私が事務所に顔を出さなくなる前のこと、当時カルラにはもう会えなくなっていたので、私はたくさんの女の尻を追いかけていたが、どうやらカルメンにもちょっかいを出したらしい。彼女は真剣そのものではあるが当惑したようすで話し出した。私とまた会えてうれしい。私がグイードのことを大切に思い、私の助言が彼に役立つはずだと思うから。これからは、あくまでも私が同意したらではあるが、兄のような美しい友情をもって接してほしい。まぎれもなくこのように言うと、大げさなしぐさで右手を差し出した。あいかわらずやさしく美しいその顔に、きわめて険しい表情が浮かんだ。それは、私に求める兄妹のごとき清い関係をきわだたせるためであった。

私はようやく思い出し、赤面した。きっともっと早く思い出していたら、けっして事務所に舞い戻ることはなかっただろう。それはほんの束の間のできごとだったし、同じようなほかの多くの行動のひとつにすぎなかったので、そのとき思い出していなければ、実際にあったことさえ忘れていたかもしれない。カルラと別れてから二、三日後のことだ。私はカルメンに手伝ってもらい、帳簿を調べていた。同じ頁をよく見ようとして、しだいしだいに腕を彼女の腰に巻きつけていき、少しずつ力を入れて抱きしめた。するとカルメンは飛びのいて離れ、私は事務所を去ったのだった。

私はほほ笑みながら、彼女にもほほ笑むようにしむけて弁明ができたかもしれない。女性たちはその種の悪さにたいしては、ほほ笑む傾向があるから！　こう言うこともできたかもしれない。

「私のしたことはうまくいきませんでした、後悔しています。でもあなたを恨んではいません。あなたがほかの関係を望むまで、友だちでいたいと思います」

それとも、まじめな人物ぶって彼女とグイードの両方に詫びながら、こう返答できたかもしれない。

「お許しください、でも私があのときどんな状況に置かれていたか知れば、ご理解いただけることでしょう」

ところが、なんの言葉も出てこなかった。私の喉は、恨みのせいでだと思うが、固まりついて声が出せなくなっていた。私をきっぱりと拒絶したこれらの女たちはみな、私の人生を悲しい色で染めた。これほど不幸な時期を過ごしたことはかつてなかった。返事をする代わりに私にできたことといえば、不都合なことを隠す必要から、歯をむき出すことくらいだった。言葉が出てこなかったのは、ひそかに大切にしていた希望がすっかり失われた悲しみのせいでもあったかもしれない。私はこう告白せざるをえない。カルメンほど私の失った愛人の後がまにふさわしい女はいなかっただろう、と。カルラはまったくもって安全だった。なにしろ彼女は、私に別れを告げるまでは、私のそばにいる許可しか求めなかったのだから。ふたりで共有する愛人は、危険が少ないものである。もちろん、当時の私がこのようにはっきりと考えていたわけではなく、うすうすそう感じていたにすぎないが、今になって思えば、はっきりそうだと言える。私がカルメンの愛人になっていれば、アーダのためにもなっただろうし、アウグスタをさほど傷つけずにすんだだろう。ふたりとも、裏切りの痛手はずっと小さくてすんだだろう。グイードと私が、それぞれひとりずつ愛人をかかえなかったならば。

それから数日後に私はカルメンに返答したのだが、今でも思い出すと恥ずかしい。カルラとの別れによってもたらされた興奮状態が、あのような態度をとらせたにちがいない。わが人生のいかなる行為よりも後悔している。私たちの口から思わず飛び出す激しい言葉は、私たちの情念に起因するどんな卑劣な行為よりも、強く心をさいなむものである。もちろん、私が言葉というとき、行動を伴わない言葉だけを指している。なぜなら、たとえばイアーゴ（シェイクスピアの戯曲『オセロ』の登場人物。言葉巧みにオセロに妻の姦通を信じこませる）の言葉が、正真正銘の行動であることを私はよく知っているから。しかしながら、行動とは、イアーゴの言葉も含め、快楽や利益を得るためになされるものであり、そのとき全身がそれに関与する。裁判官を自任する部位も含め、全身が、きわめて寛大な裁判官になる。ところが愚かな舌は、自らのため、そして身体のごく一部の満足のために反応する。身体は言葉がなければ、敗北感にとらわれる。そして、戦いが終わり負けが決まっているのに、まだ戦っているかのようなふりをする。舌は、傷つけることも愛撫することも意のままである。そしてつねに、雄弁な比喩によって動かされている。痛烈な言葉は、それを発した者にやけどを負わせるのだ。

カルメンが私たちの事務所になんなく入れたのは、その血色のおかげだったのに、いつのまにか顔色がさえなくなったことに私は気づいた。生彩が失われたのは、身体的な苦痛によるものではなく、グイードへの恋心が原因ではないかと私は推測した。そもそも私たち男は、ほかの男に身をゆだねる女に同情的な傾向がある。それでどんな利益が期待できるのか、わかりもしないのにである。私の場合がそうであるように、女の相手の男を、愛せないわけではない。だが、情事が世間一般にどのような終わりを告げるのかを、私たち男は忘れることもできないのだ。アウグスタやアーダには感じたことのない心からの同情を私はカルメンにいだき、こう彼女に言った。「友人でありたいとせっかくあなたがおっしゃるので、ひとつ忠告してもよろしいかな？」

彼女は私の忠告を拒んだ。そのような苦境にある女はみなそうだが、彼女もまた、忠告とはどれも侮辱にすぎないと信じていたからである。彼女は赤面して、口ごもった。「わかりませんわ！　なぜそんなことをおっしゃるのかしら？」そう言ってからすぐに、私を黙らせるためにつけ加えた。「助言が必要になったときには、必ずあなたのもとに参ります、コジーニさん」

したがって私は説教ができなくなり、これが私には痛手となった。説教をしていればきっと、さらなる誠意を示せたであろうに。たとえ、また彼女をこの腕に抱きしめようという下心があるにしても。メントール（オデュッセウスの友。トロイア戦争に出征するさいに、オデュッセウスは息子テレマコスの教育をメントールに委ねた。「よき助言者」の意味で用いられる）の偽りの役を演じようとして、頭を悩ませるのはもうやめにしよう。

グイードは、毎週何日間か事務所にも姿を見せないときがあった。狩りと釣りに夢中だったからである。一方の私は、事務所に再び顔を出すようになってからは休まずに通い、しばらくは帳簿の更新に追われた。私とカルメン、それにルチアーノの三人だけのときが多く、彼らは私を上司とみなすようになった。カルメンがグイードの不在を嘆いているようすはなかった。彼が楽しんでいるのを知って自分も喜べるほど、彼を愛しているのかもしれないと想像した。それにまた、彼から出社しないという連絡を受けていたにちがいない。彼を待ちわびるそぶりはまったく見せなかった。アウグスタから聞いた話では、アーダの態度はこれとは逆で、夫のたびかさなる不在を大いに嘆いていたという。それに、彼女の不満の理由はこれだけではなかった。愛されていない女はみなそうだが、彼女もまた、大きな侮辱も小さな侮辱も同じ熱心さで嘆いていたのだ。グイードは彼女を裏切っていただけではない。家ではヴァイオリンしか弾いていなかったのだから。私をたいそう悩ませたそのヴァイオリンは、そのレパートリーの広さゆえ、アキレウスの槍のように、傷つけもし、また癒しもした。彼は事務所にも立ち寄って、『セビリアの理髪師』の華麗な変奏曲でカルメンの心をとらえたのだった。それから、事務所にいる必要もなかったのでまた出てゆき、自宅に帰ったが、妻と退屈な会話をするのは避けた。

私とカルメンのあいだには、もう何もなかった。彼女への感情は、まるで性別が変わったかのように、たちまち完全な無関心へと変わった。それは、アーダへの感情とどこかしら似ていた。ふたりへの心からの同情であり、それ以外ではない。ただそれだけなのだった！

グイードは、私にはとても親切だった。私が彼をひとりにさせておいた時期に、私とのつきあいを評価することを学んだのではないかと思う。カルメンのような娘とは、ときどき会うぶんには楽しいが、まる一日となると耐えがたいものだ。彼は狩りや釣りに私を誘った。私は狩りが大嫌いなので、彼の誘いをきっぱりと断った。ところがある晩、退屈しのぎに、彼と釣りに行くことになった。魚にはわれわれ人間との伝達手段がまったくないので、われわれは憐れみを感じることができない。水のなかで元気に安全に暮らしているときも、口をパクパクさせているのだから！　死でさえもその表情を変えることはない。魚の苦痛は、それが存在するとしたらであるが、鱗の下に完璧に隠されているのである。

ある日、夜釣りに誘われたことがあった。夜釣りに行けば、夕方に出かけて夜遅くまで帰宅できないためアウグスタの許可が必要だと言って、はっきりとした返事をしなかった。彼の船がサルトーリオ埠頭から夜の九時に出ることは知っているので、行けるときは、それまでに埠頭で落ち合うことにしようと私は言った。その夜私が来ることはないと彼もまた察知したにちがいない。それまでに私が何度もそうしてきたように、約束の時間に現れることはないと彼も考えたはずだ。

ところがその日の夜は、娘のアントーニアの泣き声によって、私は家から追い出されるはめになった。母親がやさしくなでればなでるほど、泣き声は大きくなった。そこで私は、泣きわめく小猿の小さな耳に、大声でどなる独自の解決法を試みた。結局、泣き声の調子が変わっただけだった。娘が驚愕の叫びを上げ始めたからである。それで、もう少し強力な別の方法を試そうとしたのだが、ちょうどそのときアウグスタがグイードの誘いのことを思い出した。妻は玄関で私を見送りながら、夜遅く帰宅するときは先に寝ていると言った。さらに、私が気持ちよく外出できるように、こうつけ加えた。翌朝になっても戻らなければ、コーヒーもひとりでとるから心配ないと。私とアウグスタの唯一の小さな意見のくいちがいは、ぐずる子供の扱い方にあった。私の考えでは、子供の苦しみはわれわれ大人ほど大きくはなく、大人の迷惑にならないよう、子供にがまんさせるべきなのだ。ところが妻は、子供をもつ私たちこそ、彼らに譲歩すべきだと考えていたようだ。

約束の時間までまだだいぶあったので、女たちを眺めながらゆっくりと町を横断した。と同時に、アウグスタと私の考え方の違いをすべて一掃するような特殊な装置を想像した。だがそれを実現できるほど、人類はまだ進化していないのだ！　それは遠い未来のものであり、まだ私の助けにはならない。だが今や、アウグスタとの言い合いがどんな小さな理由で起こりうるか、明らかになった。つまり、そのような小さい装置がないからなのだ！　単純な装置で充分である。家庭用の電車というか、私の娘が乗って一日を過ごす車輪つきの椅子とレイルのようなもの。電気のスイッチを押すだけで、泣きわめく娘を乗せて、泣き声が心地よく感じられるほど小さくなるまで、家からできるだけ離れたところまで走り去るのだ。そうなれば、私とアウグスタは心安らかに仲良くしていられる、というわけだ。

満天に星が輝く、月のない夜だった。はるか遠くまで見渡せる、甘く穏やかな夜があるものだが、まさにその日の夜がそうだった。私は星を眺めた。瀕死の父が放った最期の目くばせの余韻が、そこには認められるような気がした。私の子どもたちが服をよごし、泣きわめくおぞましい時期はやがて過ぎ去るだろう。そして、彼らは成長して私と肩を並べる。そうなれば、私は自分の義務に従って、なんなく彼らを愛せるだろう。美しく広大な夜空を見上げながら、私の心はすっかり晴れやかになり、決意を固める必要もなくなった。

サルトーリオ埠頭の先端は、古い建物が、市街から届く明りをさえぎっていた。その建物から、埠頭の先端まで短い通路が延びている。漆黒の闇におおわれた、暗くよどんだ海は水かさを増し、もの憂げに膨張しているように見えた。

私はもはや夜空も海も見ていなかった。数歩先にひとり女性がいたからだ。エナメル革のブーツが暗闇のなかで一瞬きらめき、私の注意を引いたのだった。狭い空間と暗闇のなか、背が高く優美なその女と私はふたりきりで密室にいるような気がしてきた。逸楽の情事は、ほとんど予期せぬときにやって来るものだから、突然その女が近づいてきたとき、私は束の間の幸福に浸ったが、それもすぐについえた。カルメンのしゃがれ声を聞いたからだ。私も釣りに同行することがわかり、さもうれしそうな顔をしたが、この暗闇のなか、そのしゃがれ声で、ふりをするのはしょせん無理だった。

私はそっけなく彼女に言った。

「グイードが招待してくれたんだ。でも、お望みなら、ぼくは何かほかの用事を見つけましょう。あなたたちをふたりきりにしてあげますよ！」

彼女は私の申し出を断り、一日三度も私に会えて、むしろうれしいくらいだと言った。ルチアーノも来るので、社員全員が小さな船に乗りこむことになる、とつけ加えた。もし船が沈没したら、われわれの事業は破綻してしまうぞ！　彼女がルチアーノも来ると言ったのは、グイードとの逢引ではないことの証拠を示すためだったにちがいない。彼女は落ち着かないようすでしゃべり続けた。グイードと釣りに行くのはそれが最初だと言ってから、いや、二度目だったと告白した。そして、小舟の艫舳《ともがわら》に腰かけるのはけっして嫌いではないと口を滑らせた。彼女がそのような船の専門用語を知っていることが私はふしぎだった。それで彼女は、グイードと初めて釣りに行ったときに教わったのだと弁解するはめになった。

「あの日は」とつけ加えた、最初の釣りにもまったく不純な動機がなかったことを示すために。「鯖《さば》ではなく黒鯛を釣りに行ったんです。朝方に」

彼女にもっとしゃべらせていれば、大切なことをすべて聞き出すことができたであろうに、あいにくその時間がなかった。サッケッタ・ドックの暗がりから、グイードのボートが出て、急速に私たちのほうに近づいて来た。私はまだ迷っていた。カルメンがいるのだから、私はその場から立ち去るべきだったのではないだろうか？　私は彼の招待を断ったことを思い出した。おそらくグイードは、私たちふたりをともに招待するつもりはなかったにちがいない。まもなくボートが着岸し、カルメンは、ルチアーノの差し出した手を借りずに、暗闇に足をとられることもなく、身軽にボートに飛び乗った。私がぐずぐずしているのを見てグイードは叫んだ。

「時間がない、急いでくれ！」

私もボートに飛び乗った。私のジャンプは、グイードの叫びに誘発されたもので、ほとんど反射的だった。私はうらめしげに陸地を見たが、ほんの一瞬ためらったがために、もはや舟を降りるのは不可能だった。結局、小さなボートの船首に腰かけることになった。暗闇に目が慣れてきて、船尾には、私と面と向かいにグイードが坐っているのが見えた。彼の足もと、艫舵《ともがわら》にはカルメンがいた。ルチアーノは私たちをさえぎるように、舟を漕いでいた。小さな舟は不安定で、いごこちも悪かったが、そのうちに慣れ、星を見上げると心が静まってきた。たしかに、私たちの妻の一家の忠実な召使いであるルチアーノの前で、グイードがアーダを裏切るようなまねをするはずがないから、私が同席したとしてもなんの不都合もなかったのだ。私はただ、空と海の広大な静寂を心ゆくまで楽しみたかった。後悔を感じたり、思い悩んだりするくらいなら、自宅に残って幼いアントーニアの泣き声を聞いているほうがましだった。夜の新鮮な空気が私の胸いっぱいに広がった。グイードとカルメンとともに楽しいひとときを過ごしながら、つまるところ私は彼らが嫌いではないことに気づいた。

ボートは灯台の前を通り、沖に出た。数マイル先には、無数の帆船の灯りが輝いていた。そこには、魚を捕るためのいくつもの仕掛けが張り巡らされていた。海上に建てられた黒く巨大な軍の水浴施設、バーニョ・ミリタ—レから、サンタンドレーア海岸沿いに、ボートは行きつ戻りつを繰り返した。そこは、釣り人たちに好まれた漁場だった。私たちのそばで、ほかの多くの舟が同じ操作を静かに行っていた。グイードは三本の釣り糸を用意し、小エビの尻尾を釣り針に刺した。そして、私たちおのおのに釣り糸を渡しながら言った。船首の私の釣り糸だけに鉛のおもりがついているから、魚が食いついてくるだろう、と。暗がりのなか、尻尾を針で刺された私の小エビに目を凝らすと、針が貫通していない上体をゆっくりと動かしているようだった。この動きが私には、苦痛にあえぐというよりも、もの思いにふけっているように見えた。おそらく、大きな動物で苦痛を生じさせるものは、小動物において苦痛とはならず、新たな経験や、思考への刺激となるのかもしれない。私はグイードに言われたとおり、釣り糸を六メートルほど垂らした。私に続き、カルメンとグイードも彼らの糸を垂らした。グイードは船尾で、慣れた手つきでオールを漕ぎながら、糸がからまらないように、舟を前進させていた。ルチアーノにはまだ、そのような舟の操作ができないらしかった。それにルチアーノには、釣り針にかかって水面に浮上した魚を小さな網で引き上げるという役目があった。いくら待っても、彼には何もすべきことがなかった。グイードは饒舌だった。もしかすると、カルメンにつきっきりだったのは、恋心からというより、教えることが好きだったからかもしれない。私は小エビのことを引き続き考えたくて、彼の話をなるべく聞かないようにした。小エビは魚たちの餌食になるべく、海中につるされたままだった。水中でも、その小さな頭部を動かし続けていれば、魚をうまくおびき寄せられるかもしれない。しかし私は、何度となくグイードに呼ばれ、彼の釣り理論を拝聴するはめになった。いわく、魚がたびたび餌に触れることもあるだろうし、私たちもその気配を感じることはあるだろう。だが、糸がピンと張るまでは、引っぱり上げないようにせねばならない。針が魚の口をしっかりとらえた瞬間に、糸をぐいとたぐり寄せられるよう身がまえていなくてはならない。グイードは、いつものことながら、説明が長かった。魚が釣り針の餌をかぎつけたときの手の感触を、彼は説明しようとした。針が魚と触れたときに手に伝わる反響などは、私とカルメンが経験上すでに知っていることなのに、彼は説明を続けた。新しい餌に変えるために、私たちはたびたび糸を引き上げた。結局、思慮深い小エビは、釣り針をかわすすべを知る、利口な魚の餌食となったのだった。

ボートにはビールとサンドイッチが用意されていた。グイードは、尽きることのないおしゃべりで、あらゆるものに味つけをした。やがて、海底に横たわる無尽蔵の富について話し出した。それは、ルチアーノが想像したような魚の話でもなければ、人間が沈めた財宝のことでもなかった。海中にある砂金の話だったのだ。不意に彼は、私が化学を学んだことを思い出して言った。

「この種の金について、きみも何か知っているはずだ」

私は記憶があやふやだったが、うなずきながら、本当かどうか確信がもてないことをつい口にしてしまった。

「海中の砂金はどれよりも高くつく。海底に沈む砂金からナポレオン金貨一枚を作るのにかかる費用は、ざっと金貨五枚分といったところかな」

ルチアーノは、私のほうに思いつめたようすで向きなおり、小舟の下に眠る財宝についての私の見解を確認すると、がっかりして背を向けた。砂金への関心をすっかりなくしたらしい。一方グイードは、まさに私の言うように、砂金の値段が通常の五倍もするという話はたしかに聞いたことがあると言って、私の指摘が正しいと認めた。それがまったくの作り話であることは私がよく知っていたが、彼はなんと私に同意して、ほめてくれたのだ。彼は私を恋敵とはまったくみなしてはおらず、自分の足元に横たわる女にたいする嫉妬はみじんもないようだった。そこで私は一瞬、前言をひるがえし、ナポレオン金貨一枚分を海から抽出するには、三枚分の費用で充分だった、あるいは、十枚は必要だったと言って、彼を困らしてやろうかと思った。

そのときだった、突然強い引きがあり、私の釣り糸がピンと張ったのは。私も糸を引きながら叫んだ。グイードが私のそばに飛んできて、私の手から釣り糸を取り上げた。私は喜んで糸を彼にゆだねた。初めのうち、少しずつ糸をたぐっていたが、そのうちに抵抗が弱まると、勢いよく引っぱり上げた。黒い水面に、銀色に輝く大きな獲物が見えた。魚は小刻みに動きながら、抵抗することもなく、苦痛にあえでいた。もの言わぬ魚の苦痛をも私は理解した。一刻も早い死を願う断末魔の叫びを聞いたように思われたからである。まもなく、私の眼下で口をパクパクさせ始めた。ルチアーノが網で水面から魚をすくい上げると、荒っぽく魚をつかみ、口から針をはずした。

そして、魚をさすりながら言った。

「三キロはある黒鯛だ！」

ルチアーノは感嘆の声を上げながら、魚市場でどのくらいの値がつくかを予想した。それからグイードが、この時間帯は潮が止まっているので、これ以上の釣果は期待できないだろうと言った。漁師たちは、潮が満ちるときか引くときしか魚は餌を食べないから、捕ることもできないと信じているのだという。生き物にとっていかに空腹が危険か、持論を披瀝した。さらに笑いながら、自分の立場があやうくなるのに気づくことなく言った。

「今夜、獲物をとるすべを知る唯一の男がきみだ」

私の獲物が舟のなかでまだ暴れていたとき、カルメンが叫び声を上げた。グイードはじっとしたまま、笑いをこらえながら尋ねた。

「また黒鯛が釣れたのかい？」

カルメンはとり乱したようすで答えた。

「そうみたい！　でももう逃げられてしまった！」

だが私にはわかった。グイードが欲望を抑えきれずに、彼女をつねったにちがいない。私はボートのなかがしだいに窮屈に感じられてきた。魚を釣りたいという気も失せ、むしろ、哀れな魚たちが釣り針にひっかからないように糸を動かしていた。眠くなったから、私をサンタンドレーアで降ろしてくれないかとグイードに頼んだ。私が先に帰るのは、カルメンの悲鳴の理由に気づき、いづらくなったせいだとは思われたくなかったので、家を出るとき幼い娘がむずかり、ほんとうに具合が悪くないか心配になったのだと説明した。

いつもながらグイードは、私の頼みを聞き、ボートを岸につけてくれた。そして、私が釣った黒鯛を差し出したが、私は断った。海に投げ入れて自由にしてやろうと提案すると、ルチアーノが抗議の叫びを上げたが、グイードはやさしく言った。

「命と健康がもとに戻るなら、そうしよう。でもかわいそうだが、こんな状態では料理するしかない！」

彼らのボートを私は目で追いかけたが、私がいなくなった場所に誰も坐っていないことに気づいた。三人はいっしょに固まっていた。ボートは、船尾が重すぎるため、船首を少しもち上げて走り去った。

娘が熱を出したと聞いて、これは私への天罰ではないかと思った。娘を病気にしたのは私ではなかったのか？　娘の健康などこれっぽっちも心配もしていないのに、グイードには、さも心配しているようなふりをしたのだから。アウグスタはまだ寝ていなかったが、少し前に、パオリ医師が往診に来て、突発的な高熱が重い病気の前兆となることはまれだからと言って、妻を安心させて帰ったばかりだった。小さなベッドにぐったりと横たわるアントーニアを私はしばらくじっと見ていた。まっ赤な小さい顔は、肌が乾き、その上に、乱れた茶色の巻き毛がかかっていた。泣き叫んではいなかったが、ときどき、短いうめき声を上げた。そしてまた、深いもうろう状態に陥るのだった。いやはやなんたることか！　病が私と娘の距離を縮めたとは！　娘の息づかいを楽にしてやれるのなら、私は命の一部をあげてもかまわないとさえ思った。娘を愛せないと思ったことの後悔、また彼女が苦しんでいるときに、遠く離れたところであのような連中といっしょにいたことを悔やむ気持ちを、どのように振り払えばよかっただろうか？

「この子はアーダに似ているわ！」アウグスタが鳴咽をもらした。たしかに似ていた！　私たちはその事実にそのとき初めて気づいた。アントーニアが成長するにつれて、ますます似ていったので、娘にアーダと同じ不幸な運命が待っていたらと考えると、ときおり私はいたたまれなくなった。

アウグスタのベッドのとなりに娘のベッドを運んでから、私たちは床についた。だが私は眠れなかった。昼間に犯したあやまちが苦痛と悔恨を伴う闇の心象となって現れる夜はいつもそうだが、心に重荷を感じていた。子供の病気が私の責任として重くのしかかっていたのだ。私は罪の意識に反抗をくわだてた！　私は潔白だ、だから話せばよい、すべてを言えばよいのだった。私はすべてを語った。カルメンと会ったことをアウグスタに言った。彼女がボートのどの部分に坐っていたか。彼女が叫び声を発したこと。確信があるわけではないが、グイードがいきなり触ったからではないかと思う、と私は言った。一方アウグスタは、きっとそうにちがいないと言った。でなければ、そのあとでグイードの声が陽気になるはずがない、と。私は彼女の確信を弱めようとしたが、さらに私が話すことになった。私自身にかんする懺悔も行った。わずらわしくなって家を飛び出したこと、そして、アントーニアを深く愛せないことへの後悔について。私はすぐに気分が晴れ、深い眠りに落ちた。

翌朝、アントーニアの具合はよくなった。熱はほとんどなくなった。おとなしく横たわり、静かな寝息をたてていたが、顔は青白く、ぐったりしていた。小さな体に不釣り合いな力をふりしぼり、憔悴しきったかのように。彼女が病との短い戦いに勝利したのは明らかだった。私も安堵のため息をつきながら、グイードの体面をひどく傷つけてしまったことを思い出して後悔した。私が彼を疑ったことを誰にも明かさぬようにアウグスタに頼んだ。彼女は、それは疑念などではなく、明白な事実だと反論したが、私の望みどおりにすると約束してくれたので、私は安心して事務所に向かった。

グイードはまだ来ていなかったが、カルメンの話では、私が帰ってから彼らにつきがまわってきて、私の獲物よりは小さいが、それでもかなりの重さのある黒鯛を二匹も釣り上げたという。私はにわかにそれが信じられなかった。私がいるときはあんなに熱心だった彼らふたりだけの営みを、私がいなくなったとたん放り出したと言わんばかりではないか。潮は止まっていたのではないか？　彼らは何時まで海にいたのか？

カルメンは私を納得させるために、二匹の黒鯛を釣ったことをルチアーノにも確認させた。私はそのときから、ルチアーノが、グイードの機嫌をとるためならどんなこともいとわないのだと思うようになった。

硫酸銅の取引がもちあがる前の、牧歌的な平穏さに包まれていた頃、今も忘れられない、かなりふしぎなできごとが事務所で起こった。というのは、その事件が、グイードのなみはずれた慢心を浮き彫りにするとともに、自分の立場を把握することがむずかしい状況に私を置くことになるからである。

ある日、私たち四人全員が事務所にいたときのこと。いつものように、私たちのなかでルチアーノだけが仕事の話をしていた。彼の何かの言葉が、グイードの耳には、カルメンがいる前ではとても耐えられないような叱責として聞こえたらしい。だが、グイードにとって、弁解することも容易ではなかった。ルチアーノの言い分はもっともだったからである。その数ヶ月前に彼が進言したある商談を、グイードは断ってしまったのだが、その仕事を引き受けた人の懐に大金が舞いこんできたのだ。グイードはとうとう、自分は商売を軽蔑していると言い出すしまつ。そもそも自分は商売には向いていないから、もっと知的なほかの活動によって金を稼ぐ方法があるのではないかと。たとえば、ヴァイオリンで。誰もが同意した。私もしかり、ただし留保をつけた。

「たくさん練習すればだがね」

私の留保が彼は気に入らなかったとみえ、すぐにこう言い返した。練習さえすれば、自分にはほかの多くのことができる、たとえば文学とか。この発言についても、みなが同意し、私も同じ意見だったが、いくらかためらいをおぼえた。私たちの大文学者たちの顔を逐一おぼえているわけではないが、グイードに似ている者はひとりとして思い浮かばなかった。彼は大きな声で言った。

「おもしろい寓話を聞きたいかい？　イソップみたいな話を即興で作ってみせよう！」

みんなが笑った、彼をのぞいて。彼はタイプライターをもって来させ、キーを打つのに不必要なおおげさな身ぶりで、まるで口述筆記をするようにすらすらと、最初の寓話を書き上げた。それから用紙をルチアーノに差し出したが、考え直した。紙を取りあげて再びタイプライターにはさみ、第二話にとりかかった。だが、第一話よりも時間を要した。霊感を得るための身ぶりを忘れていたことからもその苦労がわかる。そして実際に、何度も原稿を訂正した。したがって、ふたつの寓話のうち最初のは彼自身の作ではなく、第二話だけが、彼の頭脳に見合った彼の自作だろうと私は思っている。第一話は、鳥かごの扉が開いていることに気づく小鳥の話だった。最初はそれをいいことに飛び去ろうとするのだが、考え直す。自分がいないあいだに扉が閉まり、自らの自由を失うことになるのではないかと心配するのだ。第二話は、象の話であり、まさに象なみにばかばかしかった。足が弱って苦しむ象が、その巨体で人間の名医のもとに診察を受けに出向く。たくましい脚を見た医師は叫ぶ。「こんなに強い脚はこれまでに見たことがない！」

ルチアーノはこれらの話がピンとこなかった。意味がよく理解できなかったのだ。彼が声をたてて笑ったのは、明らかに、こんな話が商売になると言われたこと自体が滑稽に思われたからである。そしてグイードから、小鳥は鳥かごに戻る自由が奪われることを恐れ、医師はどんなに弱っていても象の脚のたくましさに感嘆したのだと説明されてようやく、儀礼的に笑ったのだった。しかしルチアーノはこう訊いた。

「このような寓話でどれくらいもらえますか？」

グイードは見下すように答えた。

「まず、創作した喜びが得られる。次に、もっと作れば、大金も入る」

一方、カルメンは震えんばかりに感動していた。そのふたつの寓話をどうか書き写させてほしいと頼んだ。グイードが寓話を書いた用紙にペンで署名してから渡すと、彼女は丁重に礼を述べた。

これが私となんの関係があるのか？　すでに述べたように、もはや私の関心を引かないカルメンの称賛を得るために、戦う必要などなかったのだから。しかし、私の流儀を振り返ってみると、われわれの欲望の対象とならない女性であっても、われわれを決闘にかりたてることがありうるのだと思わざるをえない。実際に、中世の英雄たちは見たこともない女性のために戦ったのではないか？　あの日ちょうど、私の哀れな体を突然刺すような痛みが走り、それをやわらげるためには、私も寓話を創作してグイードと戦うしかないと思われた。

私はタイプライターをもらい、まさに即興で創作した。たしかに私が作った最初の寓話は、何日も前から心にあったものだった。タイトルも即興でつけた。「生の賛歌」。それからしばらく考えて、その下に「対話篇」と書いた。生き物を描写するより、彼らにしゃべらせるほうが簡単だと思ったのだ。こうして、ごく短い対話から私の寓話が生まれたのだった。

「もの思いにふける小エビ」：人生はすばらしい。だが、坐る場所に用心が必要だ。

「黒鯛」（歯医者のもとに走りながら）：人生はすばらしい。だが、先のとがった金属をおいしい肉に隠している裏切り者の小さな動物を排除せねばならない。

さて二番目の寓話にとりかからねばならなかったが、心当たりの動物がいなかった。私が片隅に寝ている犬を見ると、犬も私を見た。そのおびえた目を見て、私はあることを思い出した。その数日前にグイードが、蚤まみれになって狩りから帰ってくると、事務所の物置で蚤を振り払ったのだ。そこで私はすぐに寓話を思いつき、すらすらと書いた。「昔あるところに、たくさんの蚤にかまれた王子様がいました。王子様は神々に訴えました。どうか私の体を刺す蚤を一匹だけにしてください。おなかをすかした大きな蚤でけっこうですから一匹だけに。ほかの蚤はほかの人たちに分配してください。ところがどの蚤も、あんな野獣のような男とふたりきりになるのはいやだと言ったので、王子は一匹残らず蚤を飼うことになりました」

そのときは私の寓話がすばらしいできばえに思われた。われわれの脳が考案したものを、とりわけそれが生まれ出た瞬間に検証すれば、かぎりなく愛すべき様相を呈するものである。じつをいうと、書くことの経験を積んだ今も、この対話篇は私のお気に入りだ。瀕死の生き物による生の賛歌は、彼らが死ぬのを見る者に、大きな共感を呼ぶ。瀕死の人の多くが、そのような災難に遭わずにすむ他人の生の賛歌をこのようにうたいあげることによって、自分たちの死因と考えることがらについて今わの際に発言するのもまた事実である。第二の寓話については何も言いたくはない。グイード自身が、笑いながら次のように叫び、鋭い注釈をつけたからだ。

「これは寓話ではない。ぼくを愚か者扱いするための手段にすぎない」

彼につられて私も笑った。寓話を書くように私を促した苦痛はいつのまにかやわらいでいた。私が寓話で意図したことをルチアーノに説明すると、彼も笑いながら、私の寓話であれグイードの寓話であれ、金を払う者など誰もいないだろうと言った。一方、カルメンは私の寓話が気に入らなかった。さぐるような目つきで私をにらんだが、その目には私がまったく見たことのない表情が浮かんでいた。私はそれを理解した。ひとことで表せばこうなる。

「あんた、グイードが嫌いなのね！」

これには気が動転した。たしかに彼女の思っているとおりだったからだ。グイードを嫌っているようなそぶりを見せるべきではなかったのだ。そもそも私は、彼のために私心を捨てて働いていたのだから。ふるまい方に注意すべきだったのだ。

私は穏やかな口調でグイードに言った。

「きみの寓話のほうがぼくのよりもすぐれていると喜んで認めよう。だけど、ぼくが生まれて初めて書いた寓話だということを考慮してほしい」

彼は譲歩しなかった。

「ぼくがこれまでにも寓話を書いてきたと思ってるの？」

カルメンのまなざしはすでに柔和になっていたが、それをさらに甘美なものにするために、私はグイードに言った。

「まちがいなく、きみには寓話を創作する特別な才能があるね」

しかし私のお世辞を聞くと、彼らふたりは笑った。すぐに私も笑った。だが、いずれも屈託のない笑顔だった。私の言葉に悪意がないことは明らかだったからである。

硫酸銅の取引が始まると、私たちの事務所は張りつめた空気になった。もはや寓話を作っている時間などなかった。もちこまれた商談はほとんどすべて、受け入れた。利益の出た取引もあったが、もうけは少なかった。それにたいし、損をするときは多額だった。グイードの致命的な欠点は、仕事以外のことでは気前がいいのに、仕事となると妙にけちくさいことだった。取引が順調なときは、清算を急ぎ、そこから得られる小さな利益を確保することに貪欲だった。反対に、不利な取引に巻きこまれると、身銭を切るのがいやで、清算の決断をずるずると遅らせた。彼の損失がつねに大きく、利益が少ないのは、このためだと思う。商人の特性は、髪の毛の先から足の爪にいたるまで、その身体全体の集積以外のなにものでもない。グイードにぴったりのギリシアのいいまわしがある。「抜け目のない愚か者」というのがそれだ。まさに抜け目なくもあり、愚かでもある。抜け目のないところは多々あれど、実際には何も役立っておらず、まるで、抜け目なく斜面に油を塗って、そのうえをどんどん滑り落ちているようなものなのだ。

硫酸銅の取引と同じ時期に、思いがけず、彼に双子が生まれた。彼の最初の反応は、喜びどころか、ただ驚きでしかなかった。しかし、私に誕生を告げたあとで、彼の口から飛び出した冗談が私を大いに笑わせた。この成功に気をよくした彼は、しかめ面を維持できなくなった。双子を硫酸銅六十トンと関連づけて、彼は言ったのだった。

「どうやらぼくには大ざっぱな仕事しかできないらしい！」

私は彼をなぐさめるために、アウグスタにまた子供ができ、すでに妊娠七ヶ月だから、私もまもなく子供にかんしては彼と同じトン数に達すると言った。すると彼はまた、機知に富んだ返事をした。

「ぼくのような有能な会計係に言わせれば、それらふたつは同じではない」

それから数日がたち、彼はしばらくのあいだ、ふたりの赤ん坊に大きな愛情を注ぐようになった。一日のうちの数時間を姉の家で過ごすようになったアウグスタの話によれば、グイードは毎日子供たちのために時間を割き、あやしたり、子守唄をうたったりしているという。アーダはそんな夫に感謝し、夫婦のあいだに新しい愛情が生まれたかのようだ。その頃、子供たちが二十歳になったときにいくらかの金を受け取れるように、彼はある保険会社に相当な金額を支払った。その金額を帳簿の借り方に記入したのは私なので、よくおぼえている。

双子を見に来るように私も誘われた。アウグスタからは、私がアーダに挨拶する機会にもなると言われたが、アーダは出産から十日も経つのにベッドから起き上がれず、私を出迎えることができなかった。

ふたりの子供は、両親の寝室に隣接する小部屋の、二台の揺りかごで寝ていた。アーダはベッドに寝たまま大声で私に言った。

「かわいいでしょう、ゼーノ?」

その声の調子に驚かされた。以前よりも優しくなったような気がしたのだ。それは、全身からふりしぼるような、まさに叫びだったにもかかわらず、優しさにあふれていた。

まちがいなくその柔和な声は、彼女が母親になったことによるものだったが、私が心を動かされたのは、ほかでもない私にたいする呼びかけに、そのような優しさが認められたからである。その優しさは、アーダが私の名前だけを呼んだのではなく、あたかも、その前に「親愛なる」とか「私の兄弟」のような愛情のこもった呼び名をつけたように私には感じられたのだった！　私はそれがたいへんありがたかったので、優しさと情愛を彼女にたいしていだいた。私は陽気に答えた。

「かわいい、愛くるしいね、よく似ているよ、ふたつの宝物だね」実際は、顔色の悪い小さな死体のように私には見えた。ふたりとも泣きわめき、仲も悪そうだった。

まもなくグイードは以前の生活に戻った。硫酸銅の取引のあとは、足しげく事務所に通うようになったものの、毎週土曜になると狩りに出かけ、月曜日朝の遅い時間になるまで帰らず、昼食前に事務所にちょっと顔を出す程度だった。夜は釣りに出かけ、ひと晩じゅう海で過ごすこともあった。アウグスタは、アーダがいかに悲しんでいるかを私に語って聞かせた。気も狂わんばかりの嫉妬にさいなまれていただけでなく、一日の大半をひとりで過ごすことに苦しんでいた。アウグスタは、狩りも釣りも女連れではないと言ってアーダをなぐさめようとした。しかし誰から聞いたかは不明だが、アーダは、グイードがときどきカルメンを釣りに同行させていることを知っていた。その後、グイード自身がそれを認め、彼のためによく働いてくれる従業員に気配りをして何が悪いと開き直った。それに、いつもルチアーノがいっしょではないか、と。だが最後は、アーダがいやなら、もう彼女を誘わないと約束した。と同時に、だいぶ金のかかる狩りも、釣りも、これから先もやめるつもりはないと宣言した。自分は働きずくめだから(たしかに、私たちの事務所が忙しい時期ではあった)、多少の息抜きが必要なのだとも。アーダは同意しなかった。いちばんの息抜きができるのは家庭のはずだというのが彼女の考えだった。この点にかんしてはアウグスタも無条件に賛同したが、私は、子供の泣き声でうるさすぎて、さほど息抜きにはならないと言った。

アウグスタは大きな声で反論した。

「でもあなた、毎日、しかるべき時刻に帰宅するじゃないの?」

たしかにそうだった。私とグイードの大きな違いはここにあると認めざるをえなかったが、それを自慢するつもりはなかった。私はアウグスタをやさしく抱きながら言った。

「それは、徹底的にぼくを教育したきみのおかげさ」

一方、哀れなグイードのほうは、日ごと事態が悪化していった。初めのうちは、子供ふたりにたいし、乳母ひとりですむと思われていた。ひとりならば、アーダが乳を与えられるだろうという期待があったからだ。ところが、アーダにはそれができず、もうひとり乳母を呼ぶことになった。グイードが私を笑わせようとするときは、事務所のなかを歩きまわりながら、言葉で拍子をとるようにこう言うのがつねだった。「妻がひとりに……子供はふたり……ついでに乳母もふたり！」

とくにアーダがひどく嫌っていたものがあった。グイードのヴァイオリンである。子供の泣き声は耐えられても、ヴァイオリンの音にはどうしてもがまんができなかった。アーダはアウグスタにこぼしていた。

「あの音が聞こえてきたら、犬みたいに吠えたくなるわ！」

ふしぎだった！　アウグスタのほうは、私の書斎の前を通るときに、中から調子はずれのヴァイオリンが聞こえてくると、幸せな気分になるというのに！

「だけどアーダも、好きで結婚したはずなのに」と私は驚いたように言った。「ヴァイオリンはグイードの最大のとりえじゃないのかな？」

このようなおしゃべりは、その後アーダと再び顔を会わせたとき、きれいさっぱり忘れてしまった。彼女の病に最初に気づいたのは、ほかの誰でもなく私だったのだ。それは十一月初めの、寒くて陽ざしのない湿った日だった。いつになく早く、私は事務所を午後三時に出て、家路を急いだ。温かい私の書斎で二、三時間くつろぎながら、あれこれ楽しい想像にふけろうと思ったからだ。書斎に行くには長い廊下を通らねばならないが、アウグスタの仕事部屋の前で、アーダの声を聞いたので立ち止まった。それは優しい声、あるいは不安げな声だった(同じことなのかもしれない)。それは、双子を見に行ったあの日、彼女が私に話しかけたときの声と同じだった。私はふしぎな好奇心にかられてその部屋に入りたくなった。心穏やかで落ち着いたアーダが、どうしてそのような声で話せるのか、見てみたくなったのだ。その声は、この国の女優が、自分は泣くことなく他人を泣かせるときに使う声にどことなく似ていた。実際に、それはわざとらしい声だった。声の主を見ずとも、少なくとも私にはそう聞こえた。何日も前に聞いたときと同じく、そのときもまた、興奮し、動揺しているように私には聞こえたのだ。きっとグイードのことを話し合っているのだろうと思った。アーダをこれほど興奮させる話題がほかにあっただろうか?

ところが、ふたりの女はともにコーヒーを飲みながら、洗濯物や使用人のことなど、家事について話していたのである。しかし私はアーダを一目見て、彼女の声がわざとらしいものではなかったのだと察した。声だけではなく顔もまた興奮していたが、その変わりはてた顔つきに気づいたのは私が最初だった。その声は、感情の起伏によるものでないとすれば、彼女の体調そのものを反映していたのであり、したがって、嘘いつわりのない声だったのだ。私にはすぐにそう感じられた。私は医者ではないので、アーダが病気だとは思わなかったが、産後の回復期にあるために容貌が変化したのだと考えて、自分を納得させようとした。だがグイードはいったいなぜ、自分の妻のこれほどの変貌ぶりに気づかなかったのだろうか？　私はといえば、その目のことは熟知し、ひどく恐れてもいた。その目が冷静に物と人を観察し、受け入れるか拒むかを判断することにすぐに気づいたからだった。だからこそ私は、彼女の目つきが変わり、目が大きくなったことをただちに感じとったのだった。さらに物をよく見ようとするかのように、眼窩から飛び出しそうなほど目を見開いていた。生気がなく青ざめたその小さな顔のなかで、目だけが異様に大きかった。

彼女はこのうえなく優しく私に手を差しのべた。

「やっぱり思ったとおり」と私に言った。「あなたはちょっとの暇をみつけては、奥さんと娘に会いに来るのね」

その手は汗びっしょりだった。それが衰弱の兆候であることは私でも知っている。それだけになおさら、彼女がまた元気になれば、もとの顔色と、頬と目のまわりの整った輪郭をとりもどすはずだと信じた。

私に向けられた言葉を、グイードへの小言だと解釈した私は、会社の所有者としてグイードは私よりも責任が重いので、事務所にしばりつけられるのだと答えた。

彼女は、私が真剣に話しているかどうかをさぐるように私の顔を見つめた。

「それにしても」と彼女は言った。「自分の妻と子供たちのために、もうちょっと時間が見つけられるはずだわ」彼女の声はすっかり涙で震えていた。それでも気をとり直して、寛容にほほ笑みながらつけ加えた。

「仕事のほかにも、狩りと釣りがある！　これにだいぶ時間がとられているのよ」

そして驚いたことにアーダは、狩りと釣りのおかげで彼らの食卓に並ぶごちそうの数々をベラベラとしゃべった。

「でも、そんなものなくてもかまわない！」目に涙を浮かべ、ため息をつきながら、そうつけ加えた。しかし、自分が不幸だとはけっして口にしなかった。それどころか、いとしい双子のいない生活など想像もできないと言うのだった！　それからやや皮肉まじりに、双子がそれぞれ乳母をもつようになってからのほうが、もっとかわいくなったとつけ加えた。睡眠時間は充分ではなかったが、少なくとも、うとうとしたときに、どちらかの子によって睡眠が妨げられることはなくなった。ほんとうにそんなに睡眠時間が短いのかと私が訊くと、彼女は真顔になって思いつめたように、それがいちばんの悩みだと言った。それから、うれしそうにつけ加えた。

「でももう、だいぶよくなってきた！」

それからまもなくして彼女がいとまを告げたとき、ふたつ理由を言った。まず、暗くなる前に母親に顔を見せなくてはならないこと、それから、大きなストーブのそなわったわが家の室温が高くて耐えられないことだった。私にすれば、部屋の温度はちょうど快適な暖かさだったので、それが暑すぎると感じられるのは丈夫なしるしなのだろうと思った。

「あなたがそんなに弱っているようには見えないな」と私は笑いながら言った。「ぼくくらいの年になると、感じ方がだいぶ違ってくるから、見ててごらん」

彼女は自分がまだまだ若いと言われたように感じて、心からうれしそうだった。

私とアウグスタは、アーダを階段の踊り場まで見送った。彼女は私たちの友情を大きな支えと感じているようだった。というのも、わずか数歩進むあいだに私たちのあいだに入り、まずはアウグスタ、それから私の腕をとったからだ。私はすぐに身をこわばらせた。女性と腕を組むときにいつも自分の体を押しつける昔ながらの私の癖に、屈してしまわないか心配だったのだ。踊り場でも、彼女はとめどなく話し続けた。彼女の父親のことを思い出してまた涙ぐんだが、泣くのは十五分間で三度目だった。彼女が帰ってから、私はアウグスタに、アーダは女ではなく噴水みたいだと言った。私は彼女に病の兆候を認めながら、それをまったく重視していなかったのだ。彼女の眼球は大きくなり、小さな顔はやせ、声に変調をきたし、性格までこれまでになく優しくなったというのに、私はそれがすべて双子の出産と衰弱に起因するものと思いこんでいた。要するに私は、すべてを見通した鋭い観察者ではあったが、同時に、病気という真実の言葉を口にしなかったがために、無知蒙昧でもあったのだ！

翌日、アーダのかかりつけの産科医がパオリ医師に相談したところ、彼はすぐさま、私が聞いたこともない言葉を発したという。「バセドウ病」である。これを私に伝えたのはグイードだった。彼はこの病気について医学的に詳しく私に説明してから、これに苦しむアーダに同情した。私に悪意はまったくないが、彼の同情も知識もたいしたものではなかったと思っている。妻のことを話す彼の顔はたいそう悲しげではあったが、カルメンに手紙を口述筆記させているときは、生きる喜びと教える楽しみにあふれていた。しかも彼は、病名の由来となった医師のバセドウ（Karl Adolf von Basedow, 1799–1854. ドイツの医師。バセドウ病の発見者）が、ゲーテの友人のバセドウ氏（Johann Bernhard Basedow, 1724–1790. ドイツの教育者）だと思いこんでいたのだが、私が百科事典でその病気を調べたところ、別人であることがただちに判明した。

バセドウ病はたいへん重要な病気だった！　私にとって、この病を知ったことの意味はきわめて大きかった。私はさまざまな論文を読んでそれを研究し、その結果ようやく、私たちの身体の重大な秘密を発見したと信じるにいたった。私と同じく多くの人々が、ある種の考えにとらわれて、頭のなかがすっかりそれに支配され、ほかのことに考えが及ばない時期があるのではないかと思う。同じことが社会全体にも起きるのだ！　今やダーウィン一色ではあっても、その前はロベスピエールやナポレオン、それからリービッヒ（Justus von Liebig, 1803–1873. ドイツの化学者。農業化学の創設者）やおそらくはレオパルディ（Giacomo Leopardi, 1798–1837. イタリアの詩人）に席捲されていたのだ、ビスマルクが全世界に君臨していないのであれば！

ところが、バセドウで頭がいっぱいなのは私だけだった！　私には彼が、以下のような生命の根源を明るみに出したように思われた。すなわち、すべて人体は一本の直線上に配列されており、その一端にバセドウ病がある。この病は、急激なテンポで、狂ったように、惜しげもなく生命力を消耗させ、激しい動悸をひき起こす。そしてもう一端に、器質的な吝嗇によって生気を失った人体があり、彼らは、たとえ消耗しきったように見えても実は怠惰という病で死ぬ運命にある。このふたつの病の調和のとれた状態は、直線の中心にあり、誤って健康と呼ばれているが、実際は小康にすぎないのである。中心点とバセドウ病側の先端とのあいだに、強い欲望と野心の赴くまま、享楽とさらには労働のために、度を越して人生を蕩尽するすべての者たちがいる。反対側には、人生という名の皿にパンくずしか投げずに節約し、社会にとっての重荷ともなりかねない卑屈な長寿にそなえる者たちがいる。このような重荷もまた、必要不可欠ではあるらしい。社会が前進するのは、バセドウ病の患者たちがそれを推し進めるからであり、社会が崩壊しないのは、正反対の者たちがそれを支えているからである。ひとつの社会を築こうとすれば、もっと簡単にできるはずだと私は確信しているが、実際にはこのように作られているのだ。つまり一方の端に甲状腺腫の患者たち、もう一端に水腫の患者たちがいて、手の施しようがないのである。両者の中間に位置する人々は、甲状腺腫か水腫かどちらかの初期段階をわずらっているのだ。いずれにせよ人類全体は同一線上にあり、したがって無条件の健康などは望むべくもないのである。

アウグスタの話によると、アーダはまだ甲状腺腫ではなかったが、ほかのあらゆる症状が見られた。かわいそうなアーダ！　以前の彼女が、健康と均整の化身のように私には思われただけに、夫を選ぶにあたっても、彼女の父親が商品を選ぶときと同じ冷静さで臨んだのだとずっと思っていたが、今や病にかかり、まったく正反対の状態に陥って精神のバランスを崩しているとは！　しかし私もまた、彼女とともに、症状は軽いが長い病をわずらったのだった！　私はあまりにも長いあいだ、バセドウ病に気をとられてきた。今や私は、世界のどこにいようが結局のところ人は汚染されてしまうものだと思っている。体を動かさねばならない！　生命は毒をかかえこんでいるが、解毒剤として役立つほかの毒ももっている。だが走ることによってのみ、前者の毒から逃れ、後者の毒を利用できるのである。

　私の病は、固定観念や夢であり、恐怖心でもあった。それは、思考を重ねることによって生み出されたものにちがいない。異常という言葉は、通常、健康からの逸脱を意味している。健康といってもそれは、私たちの人生のほんの一時期に特有のものにすぎないのだが。アーダがいかなる健康状態にあったか、今なら私にもわかっただろう。健康なときは私を拒んだアーダだったが、健康に異常をきたしたことによって、私を愛し始める可能性はなかったのだろうか？

　このような恐怖（あるいはこのような希望）が、私の頭のなかにどのように生じたのか、私にはわからない！

　もしかするとそれは、アーダの甘くかすれた声が私に向けられたとき、愛のささやきのように聞こえたからだろうか？　かわいそうにアーダはすっかり醜くなり、私はもう彼女に魅力を感じることはなかった。しかし、私たちふたりの過去の関係を振り返ってみると、もし彼女が私ににわかに恋心をいだいていたら、私はやっかいな立場に身を置くことになっただろうと思われた。それは、硫酸銅六十トンを買わせたイギリスの友人にたいするグイードの立場をいくぶん想起させた。まさに状況は同じだった！　このわずか数年前に私は彼女に愛の告白をしたが、その後、彼女の妹と結婚しただけで、その告白を撤回したわけではなかったのだから。このような関係において、彼女は法律によってではなく、騎士道精神によって守られねばならなかった。私は彼女と深くかかわりすぎたがために、何年もあとで、甲状腺腫からおそらくはバセドウ病へと病状が進行した彼女が私の前に現れることになれば、私は自らの責任をはたさねばならないのではないかと思ったのである。

しかしながら私がおぼえているのは、このような将来の展望を描くことで、アーダへの思いやりがさらに深まったことである。そのときまで私は、グイードのせいでアーダが苦しんでいると聞かされても、もちろんうれしくはなかったとはいえ、私の家庭のことを思っていくばくかの満足感にひたっていた。アーダが入るのを拒んだ私の家庭には、平穏な暮らしがあったのだから。ところが今や事情が変わったのだ。私の医学の教科書に誤りがなければ、私のことを軽蔑のまなざしとともに拒んだアーダは、もはやいなかったのである。

アーダは重病だった。数日後、パオリ医師は彼女を家族から引き離し、ボローニャの療養所に入院させるように勧めた。私はこのことをグイードから聞いたのだが、あとからアウグスタが言うには、アーダはかわいそうに、こんなときでさえグイードのことでひどく心を痛めていたという。グイードは破廉恥にも、妻が不在のあいだ、家事をカルメンに任せてはどうかと提案したのだった。アーダは、そのような提案について思うところをあえてはっきり口に出す気力すらなかったが、マリーアおばさんに家事を任せることを認めてもらわないかぎり、一歩も家を離れないと明言し、グイードはそれをただちに了承した。しかし彼は、アーダがいなくなったあとの空席にカルメンを据えるという考えを捨てきれずにいた。ある日、彼はカルメンに、事務所での彼女の仕事がさほど忙しくなければ、彼の家の家事を喜んで任せたいところだと言った。ルチアーノと私は顔を見合わせた。そしてお互いの顔に、あきれたような表情が浮かぶのを見逃さなかった。カルメンは顔を赤らめながら、それはできませんと小声で言った。

「そうか」とグイードは怒気を含んだ声で言った。「世間のばかばかしい気配りのせいで、みんなのためになることができないとは！」

だがすぐに彼も黙った。そのように興味深い説教を彼が途中でやめてしまうのは珍しいことだった。

家族全員で駅までアーダを見送った。アウグスタは、姉に渡す花束をもってくるように私に頼んでいた。私はみごとな蘭《らん》の花束をもって少し遅れて到着し、それをアウグスタに手渡した。アーダは私たちのようすをうかがっていたが、アウグスタから花を渡されると言った。

「心からふたりに感謝します！」

この言葉で、花が私からの贈り物でもあることを明確にして、謝意を表すつもりだったのだろうが、私にはそれが、優しくはあるがやや冷淡な、兄弟への愛情の表明のように思われた。もちろん、バセドウ病とはなんの関係もなかった。

哀れなアーダは、幸せすぎて目が異様に大きくなった花嫁のようだった。彼女の病は、あらゆる感情を装うことができたのだ。

グイードは彼女につきそうために同じ列車で出発し、数日後に戻ることになっていた。私たちはプラットフォームで列車の出発を待った。アーダはコンパートメントの窓から顔を出し、私たちが見えなくなるまでハンカチを振り続けた。

それから私たちは、涙ぐむマルフェンティ夫人を家まで送り届けた。別れぎわに義母は、アウグスタにキスをしてから、私にもキスをした。

「ごめんなさい！」と義母は笑いながら言った。「なんの気なしにしてしまったわ。でも、もしよければ、もう一度キスをさせて」

もう十二歳になった末っ子のアンナまで、私にキスをしようとした。婚約したために国立劇場の仕事をやめようとしていたアルベルタも、ふだんは私によそよそしい態度で接するのに、その日ばかりは感極まったように私に手を差しのべてきた。アウグスタが生気にあふれていたので、一家の女たちはみな私に好意を寄せていたのだ。それに、私に好意を示すことは、妻が病気になったグイードへの反感を表すことにもなったのである。

だがちょうどそのとき、私は悪い夫になりかねないような危険を冒した。わざとではなかったが、ある夢をついうっかり妻に語ったせいで、彼女をひどく悲しませてしまったのだ。

それはこんな夢だった。アウグスタとアーダと私の三人が、窓から顔を出していた。その窓は、正確には、私たちの三軒の家、つまり私の家、義母の家、アーダの家のなかで最も小さい窓だった。要するに私たちは義母の家の台所にいたのだ。その部屋の窓は、実際は小さな中庭を見おろす位置にあったが、夢のなかでは目抜き通り《コルソ》に面していた。狭い窓じきいには、わずかのスペースしかなく、私たちにはさまれたアーダは私たちの腕をとり、私と体をまさに密着させていた。私が彼女の顔を見ると、その目はもとの冷たくとがった目に戻り、このうえなく整った顔の輪郭はうなじまで、細い巻き毛で覆われているのがわかった。それは、アーダが私に背を向けるとき、私がしょっちゅう目にしてきた巻き毛だった。顔つきは冷淡だったものの（健康のしるしだと私には思われた）、私にぴったりと体を寄せていた。私の思いちがいでなければ、私が婚約した日の夜、交霊術用のテーブルでも彼女は同じように私に寄りかかってきたのだった。私はさもうれしそうにアウグスタに言った(もちろんそれは、彼女の相手もしようと努めたからだが)。「ごらん、アーダはすっかり元気になったみたいじゃないか？　バセドウはどこにいったのかな？」「あれが見えないの？」とアウグスタが訊いた。私たち三人のなかで、彼女だけが通りのようすをうかがっていたのだ。私たちもむりやり身をのりだすと、大群衆が恐ろしい言葉を叫びながら進んでくるのが見えた。「バセドウはどこだ？」もう一度私が尋ねた。ついに私は彼を見た。彼は群衆を従えて歩いていたのだ。物乞いのような老人で、大きなマントをはおっていた。マントはぼろぼろではあったが、生地はごわごわの錦織だった。大きな頭は、もじゃもじゃの白髪で覆われ、髪は風になびいていた。眼窩から飛び出た眼球は不安げにあたりをうかがっていた。その目つきは、追いつめられた獣のそれと同じであり、恐怖にかられ、にらみつけている。群衆はこう叫んでいた。「疫病神を殺せ！」(原文は Ammazzate l'untore! untore とはペストを塗る人の意。マンゾーニの歴史小説『いいなずけ』に描かれたことで知られる、十七世紀のミラノでペスト蔓延の嫌疑をかけられた無実の人々)

その後しばらくのあいだ、夢を見ない闇の時間が続いた。それからすぐにまた、アーダと私はふたりだけで、私たちの三軒の家のなかでいちばん急な階段にいた。それは、わが家の屋根裏部屋に通じる階段だ。アーダは私よりも数段高いところにいたが、階段を上ろうとする私に向かって、降りるようなそぶりを見せた。私が彼女の脚を抱きかかえると、彼女は弱っているせいか、それとも私に近づきたいからなのか、体を私のほうに折り曲げた。ほんの一瞬だけ、病気のせいで彼女の顔がゆがんで見えたが、かたずをのんで見直すと、さきほど窓ぎわにいたときのように美しく健康そうだった。彼女はしっかりとした声で、「私の前を歩いて、あなたについて行くから！」と私に言った。ただちに私は向きを変え、彼女をうしろに従えて階段をかけ降りようとしたのだが、ちょうどそのとき見てしまったのだ。屋根裏部屋の扉がゆっくりと開き、なかから、バセドウのぼさぼさの白髪と、脅すような恐ろしい顔が現れるのを。マントが隠しきれずにあらわになった、か細い脚と貧弱な体まで見えたのだった。私は思わずその場を走り去ったが、アーダを先導するためなのか、それとも彼女から逃げるためだったのかはわからない。

どうやら私は息苦しくて夜中に目をさまし、うとうとしながらアウグスタに話してしまったらしい。夢の一部始終か、その一部を。より深く静かな眠りにつこうとして。私は夢うつつで、自らのあやまちを告白しようとする昔ながらの願望に、やみくもに従ってしまったようだ。

翌朝のアウグスタは、重大な事件に遭ったかのように、顔面蒼白だった。私は夢を逐一おぼえていたが、彼女に何を話したかについては、あやふやだった。彼女は悲しみと諦めの表情で私に言った。

「姉さんが病気でいなくなってしまったから、あなたは寂しいのね、だから彼女の夢を見るのよ」

私は笑みを浮かべ、ばかにしたような言い訳をした。重要なのはアーダではなく、バセドウなのだと。そこで私は妻に、バセドウにかんする私の考察と、私が発展させた応用（本篇一七二―一七四頁の記述を指す）についても話した。だが彼女を納得させられたかどうかは不明である。誰であれ、夢にとらわれると、自己弁護は至難のわざである。妻を裏切っておきながら、なにくわぬ顔で妻のもとに戻るのとはわけがちがう。そもそも、アウグスタの嫉妬心によって、私が失うものは何もなかった。というのも、彼女はアーダを心から愛しており、それゆえ彼女の嫉妬が悪い影響を及ぼすことはなかったのである。それに、妻は私を以前よりもはるかに優しくいたわり、私のごくささいな愛情の表現にも、心からうれしそうだった。

それから数日後、グイードが朗報を携えてボローニャから戻ってきた。アーダが自宅でできるかぎり安静にしていれば完治すると、療養所の院長が請け合ったのだ。この医師の診断を伝えたときのグイードの態度がそっけなく、かなり無神経だったために、マルフェンティ家は彼の言動に不信をつのらせたが、そのことにさえ彼は気づいていなかった。私はアウグスタに言った。

「さあこれで、ぼくはきみのお母さんからまたキスを浴びることになりかねないぞ」

グイードは、マリーアおばが家事のいっさいをとりしきっている家では、あまりいごこちがよくなかったのだろう。ときどき事務所のなかを行ったり来たりしながら、こうつぶやくのだった。

「子供がふたりに……乳母が三人……妻はいない」

彼は事務所を留守にすることも多くなった。狩りと釣りの獲物に怒りの矛先を向けて、うっ憤を晴らしていたからだ。ところが年末近くになって、アーダの病が癒えたという診断がおり、帰宅の準備を始めたという連絡がボローニャから入ったときも、彼はあまりうれしそうに見えなかった。マリーアおばに慣れてしまったのか、それとも、めったに彼女とは顔を会わせないので、もはやがまんするのも苦にならなかったのか？　もちろん、彼が私に不満を述べることはなかったが、アーダが完治しないうちに療養所をあわてて退院し、病気が再発しないか心配だと言った。実際それからまもなくして、冬が終わらないうちに彼女がボローニャに戻ることになったとき、彼は勝ち誇ったように言った。

「ほら、ぼくの言ったとおりだろう?」

しかしながら、この誇らしげな言葉のなかに、自分の予想が的中したこと以外の満足感が含まれていたとは私には思えない。彼はアーダの病を望んでいたわけではない。とはいえ、できるだけ長くボローニャにいてほしかったのは確かだろう。

アーダが帰ってきたとき、アウグスタは私の息子アルフィオを産んだばかりでベッドを離れられなかったが、心から姉の退院を喜んだ。私が花束をもって駅に迎えに行き、その日のうちにも自分がアーダに会いたがっていると伝えてほしいと言った。アーダが駅からその足で会いに来られないなら、私がすぐに帰宅して、アーダのようすを教えてほしいと頼んだ。家族全員が誇りとする彼女の美貌がすっかり戻ったかどうか知りたいから、と。

駅で出迎えたのは、私とグイードのほかは、アルベルタだけだった。マルフェンティ夫人は、ほぼ一日じゅうアウグスタにつきっきりだったから。プラットフォームのグイードは、アーダの到着がうれしくてたまらないのだと私たちに信じこませようとしていたが、アルベルタは——彼女があとで私に語ったところによれば——、返事をしなくてすむように、まったくのうわのそらといった風情で彼の話を聞いていた。私はといえば、グイードと口裏を合わせることは、もはや苦もなかった。私は彼の心がカルメンに傾いているとはわかっていたが、気がついていないふりをすることに慣れてしまっていたので、彼の妻にたいする裏切りにあえて触れることはなかった。したがって、私が気を利かせて、愛する妻の帰還を喜ぶ彼に感嘆のまなざしを送るふりをすることなど、わけもなかった。

列車が正午ちょうどに駅構内に入ると、グイードは降りてくる妻のもとにいち早く行き、両腕に抱きしめて熱い口づけをした。自分よりも背の低い妻に接吻するために身をかがめる彼を私は背後から見ながら、「たいした役者だ！」と思った。それから彼はアーダの手をとって、私たちのほうへと導いた。

「われわれの愛情のもとへ、ようやく戻ってきた！」

この言葉によって、彼がいかに嘘つきの偽善者かが明らかになった。彼が哀れな女の顔をもっとよく見ていたなら、われわれの愛情どころか、われわれの冷淡さのもとへと帰ってきたことに彼は気づいたはずだから。アーダの顔立ちは醜く変わっていた。それは、頬が以前のようにふっくらしたとはいえ、本来の位置からずれていたからだ。まるで、帰ってきたはいいが、もとの場所を忘れてしまったかのように、垂れ下がっていた。そのため、頬というよりは、腫れ物のように見えた。目は眼窩におさまってはいたが、一度そこから飛び出したさいに被った損傷は、手の施しようがなかったのだ。美しく整った顔の輪郭はゆがみ、崩れていた。駅の外で別れたさい、まぶしい冬の陽ざしのもと、私が目にしたその顔には、かつて私があれだけ愛した美しい面影はもはやなかった。顔色は青白く、肉づきのよいところは、赤い染みができて紅潮していた。その顔から健康は失われていたのに、なんとか健康をとりつくろっているようにしか見えなかった。

私がすぐにアウグスタに、アーダは娘時代と変わらず、とてもきれいだったと話すと、アウグスタは心から喜んだ。その後、実際に姉に会った彼女は、驚いたことに、私がついた相手を思いやっての嘘を、まぎれもない事実であるかのように何度も肯定した。彼女はこう言うのだった。

「姉さんは少女のときと同じようにきれい、きっと私の娘もそうなるわ!」

妹の目があまりあてにならないことは明らかである。それから長いこと、私はアーダに会う機会がなかった。アーダは子供たちの世話で忙しく、それは私たちも変わらなかった。とはいえ、アーダとアウグスタは、暇をみつけては一週間に何度か会っていた。だがそれは、私が家にいない時間に限られていた。

決算時期が迫り、私は忙しかった。じつは、生涯を通じて私がいちばん働いたのが、あの時期だったのだ。なんと十時間も机に坐り続けた日さえあった。グイードは、会計士を呼んで手伝ってもらうように勧めたが、私は頑として受け入れなかった。職務を引き受けた以上、私はそれをまっとうすべきだったから。それがグイードにたいして、ひと月に及ぶ私のゆゆしき欠勤の穴埋めになると考えたのだ。それに、カルメンにたいして勤勉なところを見せ、それがグイードへの友情の証し以外の何物でもないことをわかってほしかった。

ところが、収支決算の作業を続けていくうちに、営業開始から一年目にして、私たちが甚大な損失を被っていることがしだいに明らかになった。心配になった私は、グイードに面と向かってその事実を告げたのだが、狩りに出かけるところだった彼は、耳を傾けようとしなかった。

「きみが思っているほど深刻じゃないさ。それにまだ今年は終わっていないしね」

たしかに、新年までにはまだ、まる一週間あった。

そこで私はアウグスタに打ち明けた。まず彼女は、この件で私が被る損失にのみ関心を示した。およそ女とはこういうものだが、自分の損を嘆くときのアウグスタは女たちのなかでも別格だった。グイードの被る損失について、私もいくらかの責任があるとみなされることになるのではないか？　彼女はそう訊いてきた。そして、すぐに弁護士に相談するように求めた。グイードとは距離を置き、事務所に通うことをやめるべきだというのだ。

グイードの一従業員にすぎない私が、いかなる責任も負わされるはずがないと、彼女を説得するのは容易ではなかった。彼女の考えによれば、固定給をもらっていない者は従業員ではなく、経営者と同じようなものだとみなされかねないのである。彼女はようやく納得したものの、もちろん自説を曲げることはなかった。私が事務所に通い続ければ、商業上の私の名誉を汚すことになるのは明らかだが、それをやめさえすれば、私が失うものは何もないだろうと彼女は判断したのだった。いやはや、私の商業上の名誉とは！　それを損なわないことが大切だという点において、私も異論はなかった。だが、彼女の主張がまちがっていたにもかかわらず、結局私は彼女の望みどおりにした。彼女は、私がすでに収支勘定を始めた以上、最後までその作業に携わることには同意した。しかし、それが終われば、自分の書斎に戻るためのなんらかの口実を見つけねばならなかった。書斎にいれば、金を稼ぐこともないが、失うこともないからである。

しかしながらこのとき、私は自分自身についてふしぎなことを学んだ。いくらやめると心に決めてはいても、私はその活動を放棄できなかったのだ。これには驚かされた！理解を助けるために、具体的なイメージを使って説明したい。このとき私が思い出したのは、かつてイギリスで行われていた強制労働の罰のことだった。水車の上から罪人を吊るし、両脚を一定の速さで動かさなければ、脚がこなごなになってしまうのだ。人が働くとき、つねにこの種の強制の感覚がつきまとう。たとえ働かなくても、立場に変わりはないことも確かである。つまり、オリーヴィも私も、水車に吊るされていることに変わりはないのである。ただし私のほうは、脚を動かさなくてもよかったのだ。もっとも、私たちの立場は異なる結果をもたらしたが、それ自体は非難にも称賛にも値しないことは、今や明らかである。要するに、縛りつけられるのが、動いている水車か、それとも動いていない水車かは、偶然によるのだ。ただし、そこから抜け出すのはつねに困難である。

決算を終えてから何日間も私は、事務所にはもう決して行くまいと決心したにもかかわらず、通い続けた。行く先も決めずに家を出ると、知らぬ間に足が向く先は、たいてい事務所の方角だった。どんどん歩くうちに、どこに向かっているかがはっきりしてくる。そしていつのまにか、いつもの椅子に坐り、グイードと向かい合わせになっているのである。幸いにも私はしばらくして、職を辞さないように懇願されるところとなり、私は即座に同意した。私が自分の座に釘づけにされていることを、私もとっくに気づいていたのだった。

一月十五日に、私は決算を締めた。まさに惨憺たる状況だった！　私たちは、資本金の半分を失ったのだ。グイードは、若いオリーヴィに帳簿を見せたがらなかった。彼にずけずけと何か言われるのがこわかったのだ。だが私は、経験に富む彼が、状況を一変させるような誤りを見つけてくれるのではないかと期待して、それを見せるように主張した。借方に記入すべきところを、何かのまちがいで、貸方に金額を記入したかもしれない。それを修正すれば、大きな相違が生じるであろう。オリーヴィは笑いながら、慎重の上にも慎重を重ねてことにあたるとグイードに約束し、私といっしょにまる一日その作業をした。しかし残念ながら、誤りはまったく見つからなかった。正直に言うと、ふたりで行った見直し作業から、私は多くのことを学んだ。これからは、もっと重要な決算もこなすことができそうな気がした。

「それで、これからどうするつもりですか?」と眼鏡をかけた若者は、帰りぎわに尋ねた。彼がどのような忠告をするか、私にはすでにわかっていた。私が子供の頃、事業の話をよくしてくれた父から、もう教わっていたからだ。現行の法律では、資本金の半分を損失した場合、会社を清算し、新しい基礎のうえに会社を再建すべきなのである。同じ忠告を彼が繰り返すのを私は黙って聞いていた。彼はこうつけ加えた。

「これは形式上の手続きにすぎません」さらに、笑みをうかべながら言った。

「手をこまねいて何もしないと高くつくかもしれません!」

夜になってから、グイードもまた、収支決算書の見直しを始めたが、いまだにそのやり方に慣れていなかった。なんの手順も踏まず、でたらめに金額をチェックしていた。私はむだな作業をやめさせようとして、事業を形式的にではあれ即刻清算すべきだというオリーヴィの忠告を伝えた。

そのときまでグイードは顔をしかめながら、救い主となるはずの誤りを決算勘定に見つけることに躍起だった。何かまずい食べ物を口にしたかのように、眉間にしわを寄せていた。私がオリーヴィの助言を伝えると顔を上げ、穏やかな表情で耳を傾けた。すぐには理解できないようだったが、やがて真意がわかると、愉快そうに笑った。私はその表情をこう解釈した。つまり、いかんともしがたい損失に直面し、つらい苦労を味わう一方で、この悩ましい問題がある提案によって棚上げされ、しかもその提案によって、自分こそ主人であり裁判官にほかならないという気分がよみがえったことがうれしく、自信がわいてきたのだ。

彼は状況が見えていなかった。それが敵からの進言だと思ったようだ。そこで私は、オリーヴィのアドヴァイスが、さらなる損失と破産の危険が刻々と会社に迫りつつあるときだからこそ有効なのだと説明した。すでにこのような収支決算が帳簿に記入されたあとで、オリーヴィが勧めた方策を行わずに倒産すれば、違法とみなされかねない、と。そしてこうつけ加えた。

「われわれの法律が定めるところによれば、過失破産の罪は刑務所行きだよ!」

グイードの顔がまっ赤になったため、私は脳溢血でも起こしたのではないかと心配になった。彼はどなった。

「この件でオリーヴィの忠告など、ぼくは必要としていない! もしそういう事態が起きたとしても、ぼくはひとりで解決してみせる!」

その断固たる態度に私は感心し、彼が自らの責任をしっかりと自覚した人物なのだと感じられた。私は声の調子を落とした。オリーヴィの助言が一考に値すると言ったことなどすっかり忘れ、私は彼の味方についていたのだ。私は彼に言った。

「私もオリーヴィにそう言って反対したんだ。責任はきみにある。きみときみの父上の会社の命運について、きみが何かを決めるとき、われわれは介入できないと」

じつをいうと、私がそれを言った相手は、私の妻であってオリーヴィではないが、つまるところ、相手が誰であれ、私がそう発言したことはまちがいない。グイードの男らしい決意表明を聞いたので、私はオリーヴィにも同じことを言えたにちがいない。その決断力と勇気に、私はつねに魅せられてきたのだから。そもそも彼の気楽さかげんも私は大好きだったが、このような彼の性格は、たんに決断力と勇気によるものではなく、もっと劣った資質の産物かもしれない。

彼の言葉をまるごとアウグスタに伝えて安心させたかったので、私はこう強調した。

「きみも知っているように、みんながぼくにはまったく商才がないと言うけれど、おそらくそれは正しいのだろう。きみの命令を実行することならできても、きみのすることにぼくは責任をもてないからね」

彼は全面的に同意した。私がグイードに与えた役割にすっかり満足して、赤字決算にたいする懸念など、どこ吹く風だった。彼は言明した。

「唯一の責任者はぼくだ。すべてがぼくの名のもとに行われているのだから、ぼくのそばにいる誰かが責任をとろうとしても、認めるわけにはいかない」

これをこのままアウグスタに伝えてもよかったのだが、それは私の期待をはるかに超える言葉だった。彼がそう明言したときの顔つきを見ればわかる。破産寸前の男の顔ではなく、まるで使徒さながらだった！　赤字決算のうえにあぐらをかいて、あつかましくもご主人さま気どりだった。私たちが共有した生活において何度もあったことだが、今回もまた、彼にたいする私の衝動的な愛情が、過大な自己評価を雄弁に物語るその表情によって、いっぺんに吹き飛んでしまった。彼の態度は度を越していた。まさしく、あの卓越した音楽家の彼が音程をはずしていたと言わねばなるまい！

私はぶっきらぼうに尋ねた。

「あした、お父上のために決算書の写しを作成しようか?」

じつはもう少しで、もっときつい宣告を彼に浴びせるところだった。決算を締めたら、もう彼の事務所に通うのはやめると言うつもりだったのだ。だが言うのはやめた。ひまが増えて、どう時間をつぶせばいいかわからなかったから。しかしながら、この私の質問は、口から出かかった宣告の代わりを完璧に果たすこととなった。彼がその事務所の唯一の主人ではないことを、彼に思い出させることになったからである。

私の質問に彼は驚いた顔をした。それまでは、私が明らかに同調していたのに、その口調が一変したように思われたからだが、彼は、動揺することなく私に言った。

「写しをどうするかは、あらためてきみに言うつもりだ」

私は大声で文句を言った。生涯を通じて、私がこれほどの大声を出したのはグイードのほかにはいないが、彼は耳が聞こえないのではないかと思われるときがあった。私はきっぱりと言った。法律には簿記係の責任が明記されており、いいかげんな金額をでっちあげて本物の写しのように見せかけることなどできない、と。

彼は青ざめた顔で、私の言うことはもっともだと認めたが、自分の帳簿を書き写すことを禁じることもできるとつけ加えた。その点にかんしては、まったく異論はないと私が言うと、彼は表情をやわらげ、父親には自分から伝えると明言した。そしてすぐにでも手紙を書くようなそぶりを見せたが、考えを変え、外の空気に触れないかと私を誘った。私は同意した。彼は決算のことで胃がつかえ、歩いてそれを消化したいのだろうと私は推測した。

このときの散歩は、私が婚約を交わした後のあの夜のことを思い出させた。上空を覆う厚い霧が月を隠していたが、地上はあのときと変わらず、澄んだ空気のなかを危なげなく歩くことができた。グイードも、あの記念すべき夜のことをおぼえていた。

「いっしょに夜道を歩くのは、あのとき以来だ。おぼえてるかい？　あのとききみは、ぼくに説明してくれた。月でも地上と同じように、キスが交わされていると。今も月では、きっと永遠のキスが続いているはず、たとえ今宵、月は見えなくてもね。ところが、地上では……」

またもやアーダの悪口を言いたくなったのだろうか？　哀れな病人だというのに？　私は、彼をさえぎった。あくまでも穏やかに、ほとんど彼に同意するような口調で（私が彼の散歩につきあったのは、彼に忘れてほしかったからではないのか？）。

「たしかに！　ここ地上では、つねにキスをすることはできない！　それに月には、キスの固定されたイメージしかない。キスとは何よりも動きを伴うものだから」

彼のかかわる問題すべてから私は遠ざかろうとした。つまり、収支決算やアーダのことから。そうでなければ、月でキスしても双子は生まれないぞ、とあやうく口を滑らせていたにちがいない。しかし、彼が収支決算から解放されるには、自らのほかの不幸を嘆くしかなかったのだ。私の予感どおり、彼はアーダの悪口を言い始めた。結婚生活は一年目から最悪だったと愚痴をこぼし始めた。話題にしたのは、彼の愛するかわいい双子ではなく、アーダの病気のことだった。病気のせいで、彼女は怒りっぽく嫉妬深くなり、それと同時に優しさも失われたという。そして最後に、大きな声でさもがっかりしたように言った。

「なんと人生は不公平で、つらいものか！」

彼とアーダとのことで、私の判断を含むような言葉は、絶対にひとことも発してはいけないような気がした。しかしそれでもなお、何かを言うべきだと思った。彼は人生談義で演説を締めくくり、しかも、たいして独創的とはいえないふたつの形容詞で人生を定義したのだから。まさに私は、彼の発言に批評を下す立場にあったがゆえに、もっとましな言葉を思いついたのだった。言葉の響きをたどりながら、偶然に結びついたかのように言葉を重ねることが多々ある。そしてすぐに、息を吐いて言うだけの価値があったかどうか確かめるなら、ときには、偶然の言葉の結びつきが考えを生み出すこともあると気づくのだ。私はこう言ったのだった。

「人生は醜くもなければ美しくもなく、ふかしぎだ！」

よく考えてみれば、なにか大切なことを口にしたように私には思われた。このように定義された人生は、まったく新しいものとなり、これまで見たこともないような、気体と液体と固体から成るその原初の形態に、すっかり見入ってしまいそうだった。もし私が、まだそれを知らない誰かに、したがって私たちとの共通認識を欠く誰かに語って聞かせれば、この人は、目的を欠く強大な建造物を前にして言葉を失うだろう。そして私にこう尋ねるだろう、「どうやってこれに耐えたんですか？」それからさらに、見えてはいても触れることはできない上空に浮かぶ天体から、死をとり囲む神秘にいたるまで、彼がありとあらゆることを逐一知れば、きっとこう叫ぶだろう。「じつにふかしぎだ！」

「人生がふかしぎとはね！」笑いながらグイードが言った。「どこで読んだんだい？」

どこかで読んだ文章ではないと、あえて言うこともないと私は思った。もしそう彼に明言すれば、私の言葉は彼にとってはたいした意味をもたなくなるだろうから。だが、考えれば考えるほど、人生がふかしぎに見えてきた。それがどんなに奇妙に組み立てられているかを見るために、外側から眺める必要などない。人生の奇異に気づくには、私たち人間が人生に期待してきたことをすべて思い出すだけで充分である。そうすれば、人間はおそらく何かのまちがいでそのなかに入れられたのであり、けっして人生が人間のものではないという結論に達するだろう。

どこに向かって散歩をするか、あらかじめ決めていたわけではなかったが、私たちは前回と同じく、いつのまにかベル・ヴェデーレ通りの坂の上まで来ていた。あの夜グイードが体を横たえた塀が見つかると、彼はその上によじ登り、まさにあのときと同じ姿勢で寝そべった。鼻歌をうたってはいたが、おそらく彼の頭は、自分の帳簿の無情な数字のことでいっぱいだったにちがいない。あの夜、彼を殺してしまおうかと思ったことを思い出した。そして、あのときと今の感情を比較しながら、私は再び人生の比類なきふかしぎに魅了されていた。しかし私は先ほど、名誉を傷つけられたと思いこみ、哀れなグイードに怒りをぶつけてしまったことを突然思い出した。しかも、彼が人生最悪の日々にあったというのにである。私は自らの心情を分析した。私が細心の注意を払って作成した収支決算によって、グイードが味わうことになった責め苦を、私のほうはさほど心を痛めることもなく見守っていたのだった。そこである興味深い疑問がわき、そのすぐあとに、さらに興味深い記憶がよみがえった。それはまず、私が善人なのか、それとも悪人なのか？という疑問である。そして、私にとって初めてのものではないこの疑問が、突然ある記憶を呼び覚ましたのだ。それは子供のときの記憶であり、私は短いスカートをはかされ（この点はまちがいない）、ほほ笑む母の顔を見上げながらこう尋ねていた。「ぼくはいい子、それとも悪い子？」あの当時、よい子だと言った者も多かったが、冗談まじりに、悪い子だと言う者も多く、そのためにこのような疑問をいだいたにちがいない。したがって、少年がその板ばさみになって困惑していたとしても驚くにはあたらない。これこそ人生の比類なきふかしぎである！　驚くべきは、子供のまだ幼い頭を悩ませていた疑問が、すでに人生の道半ばを超えた大人になっても解消されずに残っていたことである。

闇夜だった。かつて彼を殺してしまいたいと思ったその場所で、このような疑問がひどく私を苦しめた。もちろん、少し前までベビーボンネットをかぶっていた幼児の頭にそのような疑問がわいたときは、さほど苦しまずにはすんだ。なぜなら、子供たちは、悪い子の性格は治るものだと教えられるからである。あのときの私は、深い苦しみから逃れたくて、この教えに再びすがりつき、なんとか苦しみを振り払うことができた。もしそれができなかったならば、私は自分とグイード、そして、あまりにも悲しいわれらが人生を思い、嘆かずにはいられなかったにちがいない。私の決意によって、幻想が更新された！　グイードのかたわらを離れずに、事業の発展をともに力を合わせて目指すと私は心に決めたのだから。その事業とは、彼と家族の人生を左右するものの、私にはなんの利益も生まないというのに。彼のもとにかけつけて、彼のために手回しや調査をする可能性を私は検討した。そしてそこに、彼を助けることで私が偉大な実業家になる可能性を認めた。大胆にして天才的な企業家である。あのとき私は、闇夜に包まれて、摩訶不思議な人生についてまさにこのように考えたのだった。

いつのまにかグイードは、収支決算について考えるのをやめていた。塀から降りたとき、その表情に険しさはなかった。どのような理屈なのか私にはさっぱりわからないが、彼はあたかも結論に達したかのように私に言った。父親には何も言わないことにする、太陽の照りつける夏からこちらの霧深い冬へと長旅をさせることになれば気の毒だから、と。さらにこうも言った。損失は一見すると莫大だが、単独ですべてを負担しなくてもよければ、さほど大したことはない。翌年の利益の一部を譲る代わりに、損失の半額をアーダに負担してもらうよう頼むつもりだ。残りの半分は自分が出すことになるだろう。

私は何も言わなかった。ちょっとした助言もしてはならないと思ったからだ。というのは、夫婦のあいだに裁判官のように立ちはだかるという、私が最も避けたい事態を招くはずだから。それに私はこのときの彼の提案をきわめて好意的にとらえており、私たちが経営する企業にアーダが加われば、アーダも利するところがあるだろうと考えていた。

グイードを彼の家の玄関まで送り、彼にたいする私の好意を無言のうちに示すために、そこで長い握手を交わした。そして、思いやりある言葉を何かかけられないかと思案したのち、結局次のように言った。

「きみの双子がぐっすり眠り、きみの安眠を妨げなければよいが。きっときみも休息が必要だろうからね」

帰りすがら、もっとましな言葉が見つからなかったことが悔しくて私は唇をかんだ。双子には今や各々に乳母がつきそい、彼とは半キロもあるところで眠っているのだから、彼の安眠を妨げるはずがないことを私は知っていたのに！　いずれにせよ、感謝とともに私の言葉を受け入れた彼は、私の善意を理解したにちがいない。

帰宅すると、アウグスタは子供たちと寝室にいた。アルフィオは母親の胸にしがみつき、アントーニアは、縮れ毛に隠れたうなじをこちら側に見せて、子供用ベッドで眠っていた。私は帰宅が遅れた理由を説明せざるをえなくなり、グイードが負債から逃れるために考え出した方策についても話すことになった。アウグスタにすれば、グイードの提案は見当ちがいもいいところだった。

「私がアーダの立場なら、断るでしょうね」子供を起こさないように、できるかぎり声を抑えながらも、とげとげしく言い放った。

私は善意にかられて、反論した。

「ということは、ぼくがグィードと同じ困難に陥っても、きみは助けてくれないのかい?」

「事情がまったくちがうじゃないの! 私たちふたりなら、子供たちにとっていちばんいい方法をさがすわよね!」と言って、抱きかかえている男の子とアントーニアを見やった。それから、しばらく考えてからこう続けた。「もし私たちが、あなたがまもなく手を引こうとしているそんな取引を続けるためにお金を投入するようアーダに勧めて、彼女が損失を被ったとしたら、私たちがその弁償をすることにならないかしら?」

それは、無知な考え方というものだったが、私はまたもや愛他主義にかられて叫んだ。

「そのどこがいけないの?」

「私たちには、将来のことを考えないといけない子供がふたりもいるのに、それがわからないの!」

言われなくても当然わかっていた! その質問は、たいした意味のないレトリックにすぎなかったのだ。

「彼らだって、ふたり子供がいないか?」私は勝ち誇ったように尋ねた。

彼女がげらげらと笑い出したので、アルフィオは驚いて乳を吸うのをやめてたちまち泣き始めた。彼女は笑顔を絶やさずに子供をあやしていたが、彼女が笑ったのは私のユーモアのせいだと解釈した。じつをいうと、そのような質問をぶつけたとき、私の胸には、子供をもつすべての親、親をもつすべての子供への深い愛情が芽生えたのであった。だが笑いとともに、そのような愛情はあとかたもなく消えてしまった。

しかし、私が本質的に善良ではありえないという苦痛もまたおさまった。悩みの種だった問題を解決したような気がした。人は本来、善人でも悪人でもないし、ほかの多くのことにおいて、あの人はこうだと決めつけることはできない。善良さとは、人間の魂の闇を、ときおりほんの一瞬だけ照らし出す光なのだ。光(かつて私の魂のなかにあったし、いずれまた戻ってくるだろう)を与えるには、燃え上がる松明が必要であり、そのような光について考えを巡らす者は誰であれ、しかるべき方向を選び、のちに暗闇のなかで動けるようになる。つまりそのような人こそ、いついかなるときも、ひときわ善良だということを示すことができるのである。これが大切である。光が戻ってきても、人を驚かせたり、目をくらませたりはしないだろう。私は光など必要としていないから、息を吹きかけて真っ先に消してもいい。なぜなら私には決意を守ることができるだろうから。決意とはすなわち、進むべき方向のことである。

善良たらんとする決意は、心穏やかな、現実に即したものであり、私の心は落ち着き、冷静だった。ふしぎだった！　善良さを求めるあまり、私自身への評価と自信が過剰になったのだった。グイードのために、私には何ができただろう？　たしかに彼の事務所において私の力は他を上回っていたが、それは私の事務所で老オリーヴィの力が私を上回っているのと同じだった。だがそのことに、たいした意味はなかった。厳密に実践的な面において、私は翌日グイードにどんなアドヴァイスをすればいいだろうか？　おそらく私の直観に頼るべきだろうか？　他人の金を賭けるとき、賭博台でも直観に頼ることはない！　会社を存続させるには、毎日の仕事を作り出さねばならないが、そのためにはいっときも休まずに組織のために働かねばならない。私にはそのようなまねはとてもできなかったし、むりに善良ぶって、みすみす退屈な人生に身をゆだねることは正しくないように思われた。

しかしながら、善良さへの私の衝動が、グイードと交わした約束のように私には感じられて、なかなか寝つけなかった。何度も深いため息をつき、ついにはうめき声さえあげたが、それは、オリーヴィが私の事務所とかかわっているように、私もグイードの事務所に深くかかわるべきだと思われたからだった。

夢うつつのアウグスタがつぶやいた。

「どうかしたの？　またオリーヴィに言うべきことでも見つけたの？」

そうだ、これぞ私がさがしていた名案だ！　オリーヴィの息子を取締役として迎えいれるようにグイードに進言しよう！　あの若者はじつにまじめで働き者だが、私の仕事に首を突っこむのは願い下げだった。彼が父親の地位を引き継いで、私の事務所における彼らの経営権を固め、いよいよ私を追い出す準備を着々と進めるように思われたからである。だからこそ、彼がグイードの事務所に収まれば、誰にとっても好都合だった。グイードの会社でポストが与えられればグイードは助かるだろうし、オリーヴィの息子のほうも、私の事務所にいるよりも彼の事務所にいるほうが、きっと役立つはずだった。

このような思いつきに私は興奮をおぼえ、アウグスタを起こして話を聞いてもらった。彼女もまた、眠気が一気に吹き飛ぶほど、この名案に感激したようすだった。こうすれば、グイードの危なっかしい商取引から、私がなんなく身を引くことができると思ったようだ。こうして私はすっかり安心して眠りについた。私が犠牲になることなく、グイードを救う方法を見つけたつもりだった。ところが、そうは問屋が卸さなかった。

数時間も眠らず苦労してまじめに考えた忠告が、拒絶されるときほど不愉快なことはない。私の場合、もうひとつ苦労があった。グイードの事業に私自身が役立つという幻想を振り払うことだった。それには大きな努力が必要だった。私はまず、グイードの助けになろうとして本当の善良さに到達し、それから、この忠告によって絶対的な客観性に到達したのに、もう厄介払いされるとは！

グイードは侮蔑の表情さえ浮かべながら、私の助言を拒んだ。彼はそもそも若いオリーヴィの能力を信用しておらず、若いくせに老人のような容貌も嫌っていた。何よりも嫌悪していたのは、青白い顔にピカピカ光るその眼鏡だった。彼の言い分はどれもこれも根拠を欠き、ただたんに私をばかにしたいだけなのではないかとさえ思われた。ついには、息子ではなく、老オリーヴィなら自分の事務所に迎え入れてもよいと言い出すしまつだった。しかし私には、老オリーヴィの協力が得られるとは思えなかった。それに、ただちに私の事業の経営を担う用意が私にあるとも思えなかった。うかつにも私はグイードに反論し、老オリーヴィの実力に疑問を呈した。彼が例のドライフルーツの件でかたくななまでに買いしぶったがために、どれだけの損害を被ったかを説明した。

「それならば！」とグイードが叫んだ。「父親にたいした能力がないとすれば、その弟子でしかない息子にどんな価値があるというんだい？」

ようやく、しかるべき話題になった。私がうかつにも口を滑らせて提供した話題だったがために、私をよけいうんざりさせた。

それから数日後、アウグスタから聞いた話によれば、グイードはアーダに、帳簿の赤字の半額を彼女の金で補塡するように頼んだ。それを拒んだアーダは、アウグスタにこう言ったという。

「私を裏切ったうえに、私のお金までほしいっていうのよ！」

アウグスタには、金を渡すようにアーダに進言する勇気はなかった。しかし、夫の誠実さにたいする姉の判断は厳しすぎるから考え直すよう懸命に説得したという。アーダの返事は、その件についでは私たちよりもずっと多くを知っていると匂わせるものだった。アウグスタはそれをこう解釈した。夫にたいしてはどんな犠牲もいとわないものだが、グイードにもそのような原則があてはまるだろうか？

それから数日間のグイードのふるまいは、まさに奇妙だった。ときどき事務所には来るものの、半時間もとどまることはなかった。家にハンカチを置き忘れてきたかのように、事務所を出て行ってしまうのだった。あとから聞いたところによると、アーダを自分の思いどおりにするのに必要な、新しい理屈を思いついては帰宅していたのだ。彼は、さんざん泣きわめいてきたか、言い争いでもしてきたかのような顔つきをしていた。私たちの面前であっても、胸を絞めつける感情を抑えきれずに、涙を流すことがあった。私がどうかしたのかと尋ねると、私を恨んでいるのではないことをわからせようとして、寂しげではあるが親しい笑みを浮かべた。それから気を取りなおし、興奮を抑えながら私に話し始めた。最後に言葉少なにこう言った。アーダの嫉妬が悩ましい、と。

彼は、ふたりの個人的なことがらが言い争いの原因だと言うのだが、夫婦間の損得勘定もそこに含まれていることが私にはわかった。

しかし、これが大きな問題とは思えなかった。彼も私にそう話したし、アーダもアウグスタには同じことを言って、自分のやきもち以外のことは妹に話そうとしなかった。グイードの顔に深く刻まれた苦悶の表情からは、言い争いの激しさもうかがえたので、彼が真実を語っているように見受けられた。

ところがのちに、この夫婦の話題は金銭の問題だけであることが判明した。アーダは自尊心ゆえに、激しい情念につき動かされていたにもかかわらず、それをおくびにも出さなかったし、グイードはおそらく罪の意識ゆえに、アーダのなかで女の怒りが燃えたぎっているのを察知していたにもかかわらず、ほかに案件は存在しないとでもいうように、仕事のことばかり話題にした。彼はその金をなんとかものにしようと必死だったが、仕事上の問題に無関心なアーダがグイードの提案に反対したのには、ひとつしか理由がなく、子供たちのためにお金を残すべきだの一点張りだった。彼が自分の安心のためだとか、彼の仕事が子供たち自身の利益にもなるとか、法律に違反していないから安全だとか、いくら理屈を並べても、彼女はたったひとこと「だめ」と言って、その提案をきっぱりとしりぞけた。それが彼をよけい怒らせ――まるで子供だった――、自らの願望をますます刺激した。しかしふたりとも――そのことを第三者に話すときは――、愛情と嫉妬ゆえに苦しんでいるのだという自らの主張が正しいと信じこんでいたのだった。

このめんどうな金銭問題に終止符を打つべく、私が折を見て仲裁に入らなかったのは、ある種の誤解によるものだった。私には、そのような問題がじつは大したことではないと、グイードに証明できたはずである。私は簿記係としては計算がやや遅く、帳簿にきちんと数字を記入するまでは事態を把握できないが、グイードがアーダに要求している金額を投入したところで状況はさほど変わらないことぐらいは、なんなく理解できた。アーダの金を投入して、いったいなんの役に立つというのだろう？　アーダの金が利益として帳簿に記入されないかぎりは、損失が小さくなることはないだろうが、グイードはそれを望んでいなかった。このように大きな損失を出したあとで、新たな資本を会社に入れてさらなるリスクを冒すようなまねを、法律が見過ごすはずはなかった。

ある朝のこと、グイードは事務所に現れなかった。前の晩から狩りに出かけたからではないと聞いて、私たちは驚いた。昼食のとき、興奮し動揺したアウグスタから、グイードが前夜、自殺を図ったと聞いた。命の危険はもはやないという。アウグスタはこの知らせを悲劇と受け取ったようだが、私はむしろ怒りをおぼえたことを断っておかねばならない。

妻の抵抗を阻止するために、このように思い切った手段に訴えるとは？　だがすぐに、彼がいかに慎重にことを運んだかもわかった。モルヒネを飲む前に、栓を抜いた小びんを手にもっていることを、わざわざわかるようにしていたからだ。こうして、初期の麻痺で倒れると、アーダがすぐに医者を呼び、彼は命の危険を脱したのだった。アーダは悪夢のような一夜を過ごした。医者が、薬物の作用について慎重な判断を下すにちがいないと考えていたからだった。その後、おそらくまだ完全な覚醒ではないにせよ、彼が意識を回復すると、彼女の動揺はさらに深まった。彼女のことを、彼が行うべき健全な仕事を阻む敵だとか迫害者だとか呼んで、あしざまに罵ったからである。

アーダはすぐに、彼の所望する金を貸すことに同意したが、その後ついに自らを守るために本心を明かし、長いこと胸にしまってきた非難の言葉を彼にぶつけた。こうして、彼が自らの貞節にたいする疑惑をアーダの心から一掃して、ふたりは互いの思いを理解するにいたったと、アウグスタは信じたのだった。彼は興奮し、カルメンのことを訊かれるとこう叫んだ。

「きみは彼女に嫉妬してるのか？　いいだろう、なんなら今日じゅうに彼女を追い出そうか」

アーダは返事をしなかったが、自分がその提案を受け入れたことは相手に伝わったはずだから、彼はそれを実行に移すだろうと思った。

夢うつつのグイードにこのようなふるまいができたことが私には驚きだった。彼はモルヒネを飲んだというが、じつはほんの少しも飲んでいないのではないかとさえ思えた。睡眠によって意識がもうろうとなるときの効果のひとつは、極度に硬直した心を解きほぐし、嘘偽りのない告白へと導くことだと私には思われた。私も最近そのような経験に遭わなかっただろうか？　そう思うと、グイードにたいする怒りと軽蔑がいっそう大きくなった。

アウグスタは泣きながら、アーダの変わりはてたようすを語った。「どうしましょう！　アーダはもうきれいじゃない。目が恐怖で大きく見開かれていたわ」

私と妻は延々と話し合った。私がすぐにでもグイードとアーダのもとを訪れるべきか、それとも、何も知らないふりをして事務所で彼が来るまで待つのがいいのか。彼らの家まで行くのは、私にとって、わずらわしく耐えられなかった。彼をひと目見れば、本心を言わずにすませることなどできるだろうか？　きっと私は言うだろう。

「男にあるまじき行為だ！　ぼくは自殺などする気はまったくないが、いったんやると決めたら、一回で終わらせるよ！」

私はまさにこのように感じたとおりをアウグスタに言おうとした。だが、グイードと私を比べるのは、彼を過大評価することになると思った。

「たとえ化学者ではなくても、人の命を絶つことなどわけもない。人体はあまりにも繊細だからね。毎週のようにこの町でも、毒をあおるお針子がいないかい？　みすぼらしい小部屋でこっそりと用意したリン溶液を。このように単純な毒物でも、いかなる治療のかいもなく、彼女は死にいたる。苦痛で顔をひきつらせ、その無垢な魂に傷を負ったまま」

アウグスタは、自殺するお針子の心がさほど純真無垢のはずがないと言ったものの、反論はわずかにとどめ、再び私にグイードの家に行くように促した。彼女の話では、きまりが悪い思いをするなどと私が心配するには及ばない。彼女はグイードとも言葉を交わしていたが、そのさいはとても落ち着いた態度で彼女に接し、まるで彼のしたことが、ごくふつうの行いであるかのようだったという。

私は家を出たが、アウグスタの言い分に納得したそぶりを見せて彼女を満足させることはなかった。わずかにためらってから、やはり妻の意向を尊重することにした。道のりは短かったが、一歩ずつ進むにつれて、グイードのふるまいにたいする私の判断が寛大になっていった。数日前に私の心を照らした善意の光が私に示した進路を思い出した。グイードは子供だった。私が寛大な態度で接しようと心に決めた子供だったのだ。彼が自殺できなかったのなら、彼もまたいずれは大人になるにちがいない。

女中が私を出迎え、アーダの仕事場とおぼしき小部屋に案内した。その日は曇り空で、小さな部屋には窓がひとつしかなく、厚いカーテンに覆われていたのでよけいに暗かった。壁には、アーダとグイードの両親の肖像画がかかっていた。そこに通されてまもなく女中が戻り、私をグイードとアーダの寝室に案内した。寝室のほうは広く、ふたつの広い窓があり、壁紙も家具も淡い色調だったので、天気が曇りでも明るかった。グイードが頭に包帯を巻いてベッドに横たわり、アーダは彼のそばに坐っていた。

グイードは私の訪問を迷惑がるどころか、心から歓迎の意を表した。彼は眠そうだったが私に挨拶し、指示を伝えるために眠気を振り払い、すっかり目を覚ましたように見えた。それから枕に頭を沈め、目を閉じた。モルヒネの少なからぬ影響を受けているふりをすべきだと思い出したのだろうか？　いずれにせよ、その姿に私は怒りではなく哀れみをおぼえ、やさしい気持ちになった。

私はすぐにはアーダの顔が見られなかった。バセドウ病の兆候が表れていないか不安だったからだ。ところが、その顔を見てみると、心配はうれしい驚きに変わった。私はもっとひどいと思っていたのだ。たしかにその目は過度に大きく見開かれてはいたが、頰のあたりの腫れは引き、この前よりも彼女がきれいになったように見えた。あごまで届くゆったりとした赤い服をまとい、その華奢な体がすっぽり包まれていた。とても清純な何かがその姿にはあったが、大きな目のせいで、非常に厳しい何かも感じさせた。このときの私の感情がすべて明瞭だったわけではないが、私が愛したあのアーダとよく似た女性がとなりにいるのだと思ったことはたしかである。

しばらくしてグイードが目を見開き、枕の下から、アーダの署名の入った小切手を引っ張り出した。それを私に手渡しながら、現金に替えてから、彼女名義の勘定を開き、金額を貸方に記入するように頼んだ。

「名義はアーダ・マルフェンティ、それともアーダ・シュパイエル？」彼は冗談めかしてアーダに尋ねた。

彼女は肩をすくめて言った。

「どちらがよいかは、あなたがたふたりがよくご存じのはずよ」

「ほかの記帳をどうすべきかは、追って説明することにしよう」グイードは言葉少なにつけ加えたが、その言い方に私は気を悪くした。

彼はすぐにまた眠りに落ちたが、私は彼の睡眠をさえぎって、記帳したければ自分でやれと言ってやろうかと思った。

ちょうど大きなコーヒーカップが運ばれてきて、アーダがそれを彼に差し出した。彼は毛布から腕を出し、両手でカップをもつと口に運んだ。カップに鼻先を入れるようすは、まさに子供だった。

彼は別れぎわに、翌日は事務所に顔を出すと私に約束した。アーダにはすでに別れの挨拶を終えていたが、彼女が玄関の扉まで見送りに来たのには、少なからず驚かされた。彼女の息は荒かった。

「お願いよ、ゼーノ！　ちょっとこちらに来てちょうだい。あなたに言いたいことがあるの」

私がさっきまでいた小部屋に連れていかれたが、双子のひとりの泣き声がそこから聞こえてきた。

私たちは立ったまま、互いの顔を見つめた。彼女はまだ息を切らせていたが、それゆえ、ただそのためだけに、私はほんの一瞬こう考えた。彼女がその薄暗い小部屋に私を通したのは、かつての私の求愛に答えるためではないかと。

暗がりのなか、彼女の目は異様に光っていた。私は胸がかきむしられ、どうすべきか自問した。彼女が何がしかの要求をする前に、私のほうから彼女をこの胸に抱きしめてやるのが私の義務ではないだろうか？　一瞬のうちに、どれだけの思いが交錯したことか！　女の望むことを推し量るのは、最もむずかしいことのひとつだ。その言葉に耳を傾けるのは無益である。なぜなら会話全体が、目配せひとつで消し去られてしまうから。

だがそれがわかってはいても、ほの暗くていごこちのよい小部屋に招かれ、ふたりきりでいるとき、どうすればいいか見当がつかない。

彼女の気持ちがつかめなかったので、私は自分自身の意向を理解しようと試みた。私の望みはなんだったのか？　彼女の目と、やせこけた体に接吻することか？　明確な答が見つからなかった。私がかつて愛したあの愛らしい娘の、柔らかいガウンをまとった凛とした清純な姿を見たばかりだったのだから。

不安げな彼女が泣き始めたので、彼女が何を望み、何を欲しているのかが私にはますますわからなくなった。ようやく声をつまらせながら、自分はまだグイードを愛していると言った。これで私は、彼女にたいする義務も権利ももはや有しないことになった。彼女はとぎれとぎれに話し始めた。

「アウグスタからは、あなたがグイードと縁を切りたがっていると聞きました。彼にはもうかかわりたくないと。でも、引き続き彼のそばにいるようにぜひお願いします。彼ひとりでやってゆけるとは、とうてい思えませんの」

私がこれまでしてきたことを続けてほしいと彼女は頼んだ。それはたいしたことではなく、ごくわずかのことでしかなかった。私はさらなる関与を申し出た。

「あなたが望むなら、これからもグイードを支えますとも。これまで以上に効果的に彼を助けられるよう最善を尽くします」

また大げさなことを言ってしまった！　ただちに私は、まずい状況に陥ったことに気づいたが、発言の撤回はできなかった。私はアーダに言いたかった(おそらくは嘘になるかもしれないが)、きみのことが心配なのだと。彼女は私の愛ではなく、私の援助を望んでいたのではあるが、私にはその双方を与える用意があるということを信じさせるように話しかけた。

アーダはすかさず私の手を握った。女が手を差し出すのは、多くを与えるときだ！　私はずっとこのような実感をいだいてきた。女から手を差し出されたとき、私はその体全体を抱きしめているような気がした。私はその身体を感じ、ふたりのはっきりとした身長差を意識した。それは抱擁に似た行為のように思われた。親密な触れ合いであることはたしかだった。

彼女はまた口を開いた。

「私はすぐにボローニャの療養所に戻らねばなりません。あなたが彼といっしょだとわかれば、心から安心できそうだわ」

「ぼくはこれからも彼といっしょですよ！」諦めたように私は答えた。アーダは、私の諦めの表情が、ほかでもない彼女にたいする私の犠牲的精神の表れだと思ったにちがいない。ところが私は、ごくありきたりの平凡きわまりない生活に戻ろうとしていたにすぎなかった。私が夢見たあの特別な生活を共有する気がアーダにないとすれば。

私は夢の世界から地上に降りる努力をした。ただちに記憶によみがえったのは、容易ならざる会計上の問題だった。ポケットに入れている小切手の金額をアーダの勘定の貸方に記入せねばならなかった。これは明白なのだが、その記入が貸借対照表にどのような効果を及ぼすかはまったくの不明だった。私はそのことは黙っていた。さまざまな種類の勘定が記載されている原簿がこの世にあることを、アーダはひょっとして知らないのではないかと思ったからだ。

しかしほかに何も言わずにその部屋から立ち去りたくはなかった。こうして私は、帳簿の話をする代わりに、ただ何かをしゃべるために投げやりに言葉を放ったが、あとから思えば、私とアーダとグイード三人にとって大きな意味をもつ言葉であり、とりわけ私自身がさらなる窮地に追いこまれる危険があったのだ。その重大さゆえに、アーダとグイードのそれぞれの両親の肖像画四枚が互いに寄り添うように壁にかけられたあの薄暗い小部屋で、何気なく唇を動かして口にしたその言葉を、長年にわたり私はおぼえていた。私はこう言ったのだ。

「ぼく以上の変わり者とあなたは結婚したんだね、アーダ！」

言葉とはいかに時間を超えてゆくものだろう！　言葉自体が、ほかのできごとと結びついているひとつのできごとなのだ！　できごとはできごとでも、アーダに向けられたものゆえ、悲劇的になった。そのとき、あの日の当たる道でアーダが私ではなくグイードを選んだときのことが私の脳裏にまざまざと浮かんできた。あのとき、何日も待たされたあげくに私はようやく彼女に会えたのだった。彼女と肩を並べて歩き、なんとか彼女をほほ笑ませることができた私は、愚かにもその微笑を約束と受け取った！　ほかにも思い出したことがある。私は両足の筋肉の不調のせいで自分が劣っていると思いこんでいたのにたいし、グイードはアーダよりもさらに軽快に動き、劣等感などはみじんも感じられなかった。ただし、彼が常日頃もち歩いていたあの奇妙なステッキを別にすればだが。

彼女は小声で言った。

「たしかにそうね！」

さらに、やさしくほほ笑みながら、

「でも、私が思っていた以上にあなたがよい方で、アウグスタのためにも私はうれしいわ」そして今度はため息をついてから、「だから、グイードに期待を裏切られた苦しみが少しやわらぐのよ」

私はその言葉の真意をはかりかねて、ずっと黙っていた。彼女がグイードに期待していたとおりの男に私がなった、と言わんばかりに聞こえた。だとすれば、それは愛情ではないのか？　さらに彼女は言った。「あなたは私たち家族のなかでいちばんよい方、私たちは信頼と希望を寄せています」彼女はふたたび私の手を握り、私も必要以上に強く握り返した。しかし彼女がすぐに手を引っこめたので、私の幻想はあえなく消え去った。その暗い小部屋で自分がどうふるまうべきか、あらためて思い知らされたのだ。おそらく自らの態度をやわらげようとして、彼女はふたたび私にやさしい言葉をかけた。

「ありのままのあなたを知った今、あなたを苦しませてしまったことがとてもつらいの。ほんとうにそんなに苦しい思いをされたのかしら？」

私の暗い過去を見つめなおすと、あの苦しみがよみがえり、こうつぶやいた。

「そのとおり！」

少しずつ、グイードのヴァイオリンのことや、もし私がアウグスタにしがみついていなかったなら、あの客間から追い出されかねなかったことを思い出した。それから、やはりマルフェンティ家の客間でのことだが、ルイ十四世風のテーブルを囲み愛をささやく者たちがいて、別のテーブルからそれを眺める者たちがいたことも。私は突如カルラのことを思い出した。彼女との一件にはアーダがかかわっていたからだ。すると、カルラの生き生きとした声が聞こえた。アーダを私の妻と思いこんだカルラが、「あなたは奥さんのもの」と言ったときの声が。涙をこらえながら私は繰り返した。

「そうだとも、とても、とても苦しかったよ！」

アーダはなんと涙を流していた。「ごめんなさい、ほんとうに！」

それから力をふりしぼって言った。

「でも今あなたはアウグスタを愛しているわ！」

彼女はそこで嗚咽をもらし、一瞬言葉につまった。私はたじろいだ。妻への愛情を私が認めるか、それとも否定するか、アーダが私から聞き出すつもりかもしれないと思ったからだ。幸いにも、私が話す間もなく、彼女は言葉を続けた。

「今や私たちふたりには、ほんとうのきょうだいのような愛情しかないし、そうでなくてはいけないの。私にはあなたが必要よ。あそこにいるあの坊やには、私という母親が必要なの。私が守ってあげなくちゃ。私のむずかしい役目をあなた助けてくださる？」

感情が高ぶるにつれて、彼女はほとんど私にもたれかかり、まるで夢うつつのようだった。しかし私は彼女の言葉に執着した。きょうだい愛とはなんだろうか。彼女とのあいだで結ばれたと私が思っていた愛の義務は、こうして、彼女の別の権利へと変わったのだ。だからこそ私は、グイードを助け、彼女を助け、彼女の望みどおりにすることをすぐに約束した。もし私がもっと厳格であったなら、彼女から託された仕事が私には荷が重すぎると言うべきだっただろうが、それを言えば、あのときの忘れがたい感動を台なしにしていたにちがいない。そもそも、あのときの私は感動のあまり、自らの無力さに思いが及ばなかったのだ。ほかの誰であれ、無能な人間などいるはずもないと思いこんでいた。グイードの場合ですら、最低限の熱意を促すような言葉が投げかけられれば、欠点は補えるはずだと考えていた。

アーダは踊り場まで私を見送った。そこにとどまり、手すりにつかまって、私が階段を降りるのを見ていた。カルラがいつもこうだった。グイードを愛するアーダが同じように私を見送るのは奇妙に思われたが、私はそれがとてもうれしくて、下の階に着くまでにもう一度頭を上げ、彼女を見て会釈をした。それは恋人どうしの挨拶の仕方ではあったが、この場合は明らかに、きょうだい愛の表明だった。

こうして私は幸せな気分で帰路についた。アーダが私につきそったのは踊り場までで、それより下には降りなかったのではあるが。もはや疑いようがなかった。私たちの立場はこうである。かつてアーダを愛した私は今はアウグスタを愛しているが、私の過去の愛情ゆえに、彼女は私の献身を受ける権利が与えられたのだ。その一方でアーダはあの子供のような男を愛し続け、私にたいしては、大きなきょうだい愛をいだいていた。それは、私が彼女の妹と結婚したからだけではなく、彼女が私に与えた苦痛を償うためでもあった。その苦しみは、私たちふたりのひそかな絆となっていたのだ。それは人生においてめったに味わえないような、きわめて甘美な体験だった。その甘美さゆえに、私はほんとうの健康をとりもどせたのではないだろうか？　実際にその日、私はぎこちなさも苦痛もいっさい感じずに歩くことができたので、自分がすばらしく頑健になった気がして、これまでにない新しい安心感が心を満たした。妻を裏切ったばかりか、その方法がこのうえなく卑劣だったことなど私はすっかり忘れていた。むしろ二度と同じことはすまいと心に誓い、アーダが言ったように、まさしく家族のなかで最良の人間になった気分だった。

このようなヒロイズムが弱まる前に、私はそれをさらに燃え上がらせたいところだったが、そうこうするうちにアーダはボローニャに出発してしまい、彼女が私に言ったことから新たな刺激を得ようという私の努力はすべて無に帰した。たしかに、グイードにたいして私ができるあのわずかばかりのことをしてもよかったが、そのような決意が私の肺に新たな空気を送ることもなければ、私の血管内の血液量を増やすこともなかった。私の心には、アーダをいとおしく思うこれまでにないような深い感情が生まれ、アーダがアウグスタ宛の手紙のなかで愛情のこもった言葉で私のことに触れるたびごとに、それがよみがえってきた。私は彼女の思いやりに心のこもった返礼をし、治療がうまくいくことを心から願った。できれば、健康と美貌をすべてとりもどすことができるように、と！

翌日グイードが事務所に現れ、かねてよりの望みだった帳簿の記載について検討を始めた。彼は提案した。

「さて、貸借勘定の半分をアーダのそれで修正しよう」

彼の狙いはまさにこれであり、それこそなんの役にも立たないものだった。もし私が、数日前までの私だったなら、つまり彼の意思を無関心に実行するだけだったとすれば、ただ言われたとおりに帳簿を記載し、そのことについてあれこれ考えることはなかっただろう。ところが、ことここに及んで、すべてを彼に言う義務があると感じた。私たちが被った損失を帳消しにするのはさほど容易ではないことを彼に理解させれば、仕事への意欲を高めることになると思われた。

私は自分が知っていることを彼に説明した。アーダは、自分の勘定の貸方に入金されるように資金を提供した。だがもし私たちが、帳簿の損失の半分を反対側、つまり借方に押しこんで決算すれば、そうはならない。それに、彼が自らの勘定に移すつもりの損失は、当然ながらそこに帰属する。一部ではなくそのすべてが帰属するはずである。しかしそのことが損失の解消とはならず、かえってその存在を明確にするのだ、と。かねてよりじっくり考えていたことだったので、私にとって彼にすべて説明するのは容易だった。それでこう結論づけた。

「オリーヴィの予測する状況にわれわれが陥ると仮定しよう——どうか神よそれを望まないように！——。熟達した専門家が点検すればたちどころに、われわれの帳簿の損失は明白になるだろう」

彼は驚いた顔で私を見つめた。ふだんは彼にも、私の話を理解する程度には会計の知識があったが、このときは理解するにはいたらなかった。彼の願望が、明白な事態の把握を拒んでいたからだ。彼がはっきりとすべてを理解できるように、私はつけ加えた。

「アーダが入金してもむだなんだ、わかるだろう？」

彼はようやく事態を理解すると、顔面蒼白になり、神経質そうに爪をかみ始めた。しばらく呆然としていたが、気をとりなおし、滑稽にも、いつもの司令官気どりで、ともかく記帳はすべて指示通りに遂行せよと命令し、さらにこうつけ加えた。

「きみにいっさい責任がかからないように、帳簿にはぼくが記帳しよう。なんならぼくが署名してもよい！」

私は合点がいった！　夢の入りこむ余地のない場所で、彼はいまだに夢を見続けようとしていたのだ。つまり、複式簿記という場所で！

ベル・ヴェデーレ通りの坂の上で心に誓ったこと、それから彼の自宅の薄暗い部屋で

アーダに約束したことを思い出し、私は寛大な気持ちになって言った。

「きみの望みどおり、すぐに記載しよう。きみの署名でぼくを守ってもらう必要はないよ。きみを守るためにぼくはここにいるんだ、きみの邪魔をするためじゃなくて！」

彼は心をこめて私の手を握り、

「人生はむずかしい」と言った。「でも、きみのような友だちがそばにいてくれてとても心強いよ」

私たちは感動の面持ちで見つめ合った。彼の目は涙で光っていた。私も感動のあまり、あやうく涙がこぼれそうだったので、笑いながら言った。

「人生はむずかしくはないが、とても不条理だ」

彼もまた心の底から笑い声をたてた。

それから彼は、貸借対照表を私がどのように決算するか、そばで眺めていた。わずか数分で作業は完了した。これで貸し借りの勘定はご破算になったが、アーダの勘定もゼロとなった。だが、何かの天変地異が起きて記録がすべて消失したときにそなえ、また、

彼女にわれわれが利子を払わねばならないという証拠を残すために、その額を別の帳簿の貸方に記入した。貸借対照表の残りの半分では、グイードの勘定の借方の額が増えていたが、それはかなりの額に上っていた。

会計係とはその性格からして、きわめて皮肉なものの見方をする種族である。記帳しながら私はこんなことを考えていた。『貸し借りの勘定は、いうなれば他殺であり、一方アーダの勘定は、われわれにそれを生かしておくすべがなく、自然死させたのだ。ところが、疑わしい負債者であるグイードのそれは、どう殺せばよいかわからず、そのまま生かしておいたが、われわれの会社にとって、ぽっかりと口の開いた墓だった』

簿記については、それからも長いあいだ、事務所では話題にのぼり続けた。グイードは、想定されうる(彼が言うところの)法律の罠からより巧みに身を守るため、ほかの方法をさがすことにやっきとなっていた。私が思うに、彼はほかの会計士とも相談していたようだ。というのは、ある日事務所にやって来て、古い帳簿を破棄して新しいものを作ったらどうかと私に提案したからである。この新しい帳簿に、誰それからの売り上げがあったように記載し、アーダから借り入れた金額をあとからその代金に充てればよい、と。希望に胸を膨らませて事務所にかけつけたにちがいないグイードを、失望させるのは心苦しかった！　彼の提案は、私の嫌悪する帳簿の偽造にほかならなかったのだ。それまで私たちがしてきたことは、せいぜい現実をそらすことだった。暗に了解を与えた者に、損失をもたらしかねないにしてもである。ところが今や彼は、商品の売買をねつ造するつもりだった。私もわかってはいた。このような方法によらないかぎり、被った損失の痕跡を消すことはできなかったのだ。だがその代償は大きかった！　買い手の名前をでっちあげるか、あるいは、買い手になってもらう人の同意を得なければならなかった。私がさんざん苦労して作成した古い帳簿を廃棄することに異論はなかったが、新しい帳簿を作るのはめんどうだった。私が反対意見を言うと、グイードはあっさり納得した。請求書の偽造も容易ではないし、商品の存在と所有者を証明する書類が必要になるだろう、と私は理屈を述べた。

彼はその計画をあきらめたが、翌日、別の計画を携えて事務所にやって来た。こちらの計画もやはり、古い帳簿の廃棄を前提としていた。同じような議論をしてほかの仕事をことごとく妨害されるのがいやだったので、私は反論した。

「きみがいろいろ考えているところを見ると、それこそ倒産にそなえるつもりだとしか思えない！　そうでなければ、資本金が少しぐらい減ることがなぜそんなに重要なのかな？　今のところ、誰もきみの帳簿を見る権利はもっていない。さあ仕事だ、仕事をすべきときだ、そんなくだらないことに頭を悩ますな」

そのような考えは強迫観念によるものなのだと彼は私に告白した。ほかにどんなやり方があっただろう？　少し運が悪ければ、ただちに処罰されて牢獄に入れられていたかもしれない。

私の法律の知識から判断しても、そのような収支決算を行った商人にどんな義務が生じるか、オリーヴィの説明がきわめて正確だったことはわかっていたが、そのような強迫観念からグイードだけではなく私をも救い出すため、誰か知り合いの弁護士に相談するように私は彼に勧めた。

彼はもう相談したと答えた。自らの秘密を弁護士といえども打ち明けたくなかったので、案件を明言することはなかったが、狩りに同行した友人の弁護士とおしゃべりをしたことがあり、そのとき、オリーヴィの言い分がまちがいでも大げさでもないことを思い知らされたという。

グイードは帳簿の偽造がむだだと見るや、偽造方法の模索をやめたが、だからといって安心してはいられなかった。ときどき事務所に来ては、帳簿を見ながら顔をくもらせていた。ある日のこと、彼は私たちの部屋に入って来るや、刑務所の控えの間にいるような気がして逃げ出したくなると私に告げた。

ある日彼が私に尋ねた。

「アウグスタは、われわれの収支決算のことをすべて承知しているのかい？」

私にはその質問が叱責のような気がして赤面した。しかし言うまでもなく、アーダが収支決算のことを知っているとすれば、アウグスタが知っていてもふしぎはなかった。だが私はすぐにそのことに思いいたらず、むしろ私が彼の叱責にあたいするように思われた。したがってこうつぶやいた。

「アーダから聞いたかもしれないな、あるいは、アーダから話を聞いたアルベルタからかもしれない」

このような言葉で、アウグスタの情報源をすべて検討したわけだが、だからといって、彼女がすべてを私から聞いた、つまり情報源は私だということを否定しているつもりはなく、むしろ、私が黙っていてもむだだっただろうと主張しているつもりだった。それが悪かった！　むしろ、私とアウグスタのあいだに秘密はないとすぐに告白していれば、私は自分がもっと忠実で正直に感じられただろう！　かくも些細なことではあるが、嘘いつわりのない真摯な友情をこわしかねず、隠しだてするよりは、正直に告白して無実を訴えたほうがよほどましだったのに。

ここで私は、グイードにとっても私の物語にとっても、まったく重要ではないできごとを書きとめておく。それから数日後のこと、私たちが硫酸銅の取引をしたあのおしゃべりの仲買人が町なかで私を呼び止めたのだ。彼は、身長の低さをことさら強調するかのように膝を折り、下から私を見上げながら、皮肉っぽくこう言った。

「硫酸銅と同じくらい、あなたがたがほかにもよい取引をしたと、もっぱらの噂ですよ！」

それから私の顔が青ざめるのを見ると、私の手を握り、こうつけ加えた。

「私個人は、あなたがたが最高の商いができるよう願っています。どうか信じてください！」

そう言い残し、彼は立ち去った。私が推測するに、私たちの取引については、末っ子の妹アンナと同じ高校に通っている彼の娘から聞いたのだろう。こんな些細なことをグイードに伝えることはなかった。私のおもな役目は、彼に無用な心配をかけないことだったから。

私はグイードが、カルメンの解雇を妻に公然と約束しておきながら、なんの措置もとらないことに驚いた。私はアーダが前回と同じく、数ヶ月後には家に帰ってくるだろうと思っていた。しかし彼女はトリエステに立ち寄ることなく、マッジョーレ湖の別荘に滞在し、しばらくしてグイードがそこまで子供たちを連れて行った。

その旅から帰ると、彼は約束を自分で思い出したのか、あるいはアーダが思い出させたのかはわからないが、カルメンを私の事務所、つまりオリーヴィの事務所で雇ってもらえないかと頼んだ。私はすでに事務所には欠員がないことを知っていたが、グイードがあまりに熱心に頼むので、私の支配人に相談することに同意した。運よく、オリーヴィの従業員がたまたま同じ時期にやめることになったが、彼の給料は、グイードがここ数ヶ月というもの気前よく支払っていたカルメンの給料よりも安かった。私の見るところ、彼は自分の女たちには惜しみなく一般経費から支払っていたにちがいない。老オリーヴィは私からカルメンの能力について情報を得ると、私が彼女の長所だけを伝えていたにもかかわらず、退職する職員とまったく同じ条件なら雇ってもよいと言ってきた。それをグイードに伝えると、彼は困り果てたように頭をかかえた。

「これまで受け取っていた額より安い給料しか払えないとはどういうことだい？　せめて今までどおりの額を払うようオリーヴィを説得できないものかな？」

それがむりな相談であることはわかっていた。そもそもオリーヴィは、私たちとは異なり、従業員との関係が夫婦同然であるかのように考える習慣がなかった。もしカルメンの能力が、与えられる給料に一クローネ足りないことに気づけば、その分を情け容赦なく差っ引いたことだろう。したがって事態は次のような結末となった。オリーヴィは最終的な回答を受け取らず、それを要求することもなく、カルメンはあいかわらず私たちの事務所で、そのかわいい目をきょろきょろさせることとなった。

私とアーダのあいだには秘密があり、まさに秘密であり続けたがゆえに、それは重要なものとなった。彼女はアウグスタにひんぱんに手紙を書いてきたが、私との話し合いについても、グイードの件で私に頼みごとをしたことにも、触れてはいなかった。私もそのことはアウグスタに黙っていた。ある日アウグスタは、私のことが書かれたアーダの手紙を見せてくれた。アーダはまず私の消息を尋ねてから、私の善意に訴えて、グイードの仕事がその後どうなったか教えてもらえないだろうかと頼んでいた。彼女が私に語りかけてきたことがわかり、私の心は乱れたが、それはいつものようにグイードのことを知りたいだけだと気づき、落ち着きをとりもどした。私は再び大胆な行動に出るつもりはなかった。

アウグスタの同意を得て、グイードには内緒で、私はアーダに手紙を書いた。純粋に業務用の手紙を書くつもりで私は机に坐り、グイードの仕事ぶりに私が大いに満足している旨を彼女に伝えた。つまり、彼がいかに勤勉で慎重であるかを。

それは嘘ではなかった。少なくともその日は、彼に満足していたのだ。というのは、彼が何ヶ月も前から市内に保管していた商品の売却に成功して利益をあげたからである。彼が以前よりも仕事熱心に見えたのも事実ではあったが、それでも毎週のように狩りか釣りに出かけていた。私がわざと大げさに彼を誉めそやしたのは、そうすることでアーダの病状の回復が促進されると思ったからである。

私は手紙を読み直し、まだ不十分な気がした。何かが足りなかった。アーダは私に言葉をかけてきたのだから、私の消息も知りたがっているはずだった。したがって、それに返答しなければ、礼を失することになった。しだいに——まるで今起きたできごとであるかのように思い出す——、その机に坐っていることに気づまりを感じてきた。またあの薄暗い小部屋で、アーダと顔を突き合わせているような気がしてきたのだ。差し出されたかわいい手を、私は強く握りしめるべきだっただろうか?

私はいったん書き上げた手紙を、書き直す必要に迫られた。なぜなら、私の立場を危うくするような言葉を、ついうっかりと書き連ねてしまったからである。再会を心より願い、健康と美貌をすっかりとりもどすことを祈っている、などと。このような言葉は、私に手を差し出したにすぎない女のめんどうを、生涯にわたり見ることを意味した。私の義務は、彼女のかわいらしい手を握りしめることだけだった。その手をやさしく、長く握り、私がすべてをわかっていると伝えることだった。けっして口に出してはならないことまで承知している、と。

長くてやさしい、意味深長なあの握手に代わりうる何かを見つけるために、私が検討を重ねた手紙の文面をすべて明らかにするつもりはない。実際に手紙に書いた言葉だけをここでは伝えよう。迫りくる老いについて私は、次のように長々と書いた。どんなにおだやかなときを過ごしてはいても、私の体は刻一刻と老い、私の血液がひと巡りするごとに、私の骨と血管には老いを意味する何かが加わっている。毎朝、目をさますと世界は昨日よりも灰色になっているが、そのことに私は気づかない。なぜなら、まわりすべてが灰色と調和しているから。とくにその日は、前日の色合いからいっさい変化がなかった。もしあれば私はそれに気づき、後悔の念が私を絶望させていただろう。

心から満足して手紙を送ったことを、私は鮮明におぼえている。文面には私の立場を危うくするような言葉はいっさいなかったが、アーダの思いが私と同じであれば、愛情のこもったあの握手の意味を彼女は理解したにちがいないと思った。老いにかんするあの長い考察が、歳月を重ねるにつれて恋愛の機会も減るかもしれないという私の恐れの表れにすぎないことを、彼女はなんなく察したはずである。「おいで！　おいで」と私は恋愛を大声で呼び寄せているつもりだった。だが、そのような愛をほんとうに望んでいたかどうかは定かではない。もし疑念が生じるとすれば、こんな手紙を書いたことを私が知っている事実にのみ、それは由来するはずである。

アウグスタのために手紙の写しを作ったが、老いにかんする記述は除外した。その部分を読んでも、彼女にはきっと理解できなかっただろうが、用心にこしたことはない。私が妻の姉の手を握るくだりで、妻に見つめられれば、私は思わず赤面するにちがいなかった。そうだとも！　私はまだ赤面することもできたのだ。アーダから短い返礼を受け取ったときも私は顔を赤らめたが、そこには、私の老いについては何も書かれていなかった。私にたいする彼女のふるまいは、彼女にたいする私のそれよりもはるかに大胆だと思われた。そのかわいい手を私が握りしめたとき、引っこめようとはせず、私に手を握られるままだった。女がされるがままでいるとき、それは同意したも同然なのだ。

手紙を書いてから数日後のこと、グイードが株の取引を始めたことを知った。仲買人のニリーニが口をすべらせたことで発覚したのだ。

この男のことは、何年も前から知っていた。私の高校の同級生だったが、彼の叔父の会社に入るために退学をよぎなくされたのだった。その後も何度か再会したが、ふたりの異なる運命が私たちの関係を変え、私が優位な立場になったことを今もおぼえている。先に挨拶をするのは、いつも彼のほうだった。私に近づいて来ることもあった。それが自然なことに思われたが、いつのことか正確にはおぼえていないが、私にたいしてじつに高慢な態度になった時期があり、その理由がはっきりわからなかった。私に挨拶をせず、私の会釈にもまともに答えなかった。私はいささか心配になった。私はとても繊細で、些細なことにもすぐに傷つく性分だから。いったいどうしたものだろう？　おそらく、私がグイードの事務所で、彼からすれば、不当に低い地位に就いて働いているのを知ったからなのか、あるいはこれも大いにありうることだが、彼の叔父が死に、株式仲買人として独立したことで傲慢になったからなのか。小さな社会では、これと同じような態度の変化はまれではない。ふたりのあいだに敵対的な行動があったわけでもないのに、ある日突然、反感と軽蔑のまなざしで互いに見つめ合うようになることがある。

それゆえ、私ひとりしかいない事務所に彼が入ってきて、グイードのことを尋ねたときは驚いた。彼は帽子を脱ぐと、私に手を差し出した。それからすぐに、すっかりくつろいだようすで私たちの大きな肘かけ椅子のひとつに深々と腰かけた。私は興味深く彼を眺めた。もう何年も、こんなに近くから彼を見たことはなかったので、私にたいする彼のあらわな敵意が、かえって彼にたいする私の深い関心を呼びさました。

当時の彼は四十歳前後で、かなりの醜男だった。こめかみに生えた黒く濃い毛のオアシスを除けば、ほとんど頭がはげあがり、顔色は黄色く、鼻は大きいのに肌はぶよぶよだった。背は低くやせていて、私と話すときにせいいっぱい背伸びをするので、私はそんな彼に好感をもちつつも、首筋あたりに軽い痛みを感じた。私が彼にたいして好感をいだくのはこのときだけだった。その日の彼は、笑いをこらえているように見えた。皮肉か軽蔑の表情を浮かべ、顔が引きつっているようだったが、私とはきわめて丁寧な挨拶を交わしたばかりだったので、それが私を愚弄する表情であるはずはなかった。私はその後、彼の皮肉な表情が、ふかしぎな母なる自然によって顔面に刻まれたものだと気づいた。彼の小さなあごの骨が上下でうまくかみ合っておらず、そのため口が開いたままになり、そこに皮肉な表情が生じるのだ。彼が隣人を好んであざ笑ったのは、あくびをするとき以外はつねにつけたままのこの仮面と一体化するためだったのかもしれない。彼はけっして愚か者ではなく、毒矢を放つときは、なるべくその場にいない人を標的とした。

彼はよくしゃべり、とくに株式の取引については想像をたくましくした。彼の説明によれば、株式市場とは、脅迫を受けて不安におののくひとりの人物、あるいは無気力で怠惰な人物と同じであり、笑顔になることもあれば泣き顔になることもある。階段をかけ上がるときは小おどりするように、下降するときは底まで急転直下、それが株式市場だった。彼は株式市場を崇拝していた。ある株を愛撫するかのように扱う一方で、別の株は見殺しにしてしまう。またそれは、人々には慎重に行動することの大切さを教える。思慮分別のある者だけが付き合いを許されるのだ。株式取引所の床には大金が散らばっていたが、それを拾い集めるのは至難の業だった。

煙草を一本すすめてから、私は彼をその場に待たせて、一件の通信文を書いた。しばらくして彼は、疲れたからもうこれ以上は待てないと言った。そもそも彼は、リオ・ティントなる奇妙な名前（金属・鉱業分野の多国籍企業。社名は一八七三年に買収したスペインの鉱山に由来）の株の件でグイードと話をするためだけに事務所に来たのだが、その株は前日に――まさにちょうど二十四時間前――彼が購入を勧めた銘柄であり、その日およそ十パーセントも株価が上昇したのだった。彼はげらげらと笑い出した。

「私たちがここでおしゃべりをしているあいだにも、つまり彼を待つうちに、大引け直後の商いでさらに上昇するかもしれません。もしシュパイエル氏が株を買うつもりなら、多額の金を支払うことになるでしょうね。相場の値動きは、私が予測したとおりです」

彼は株式市場での長年の経験に基づく自らの眼力を自慢した。それから話を中断して私に尋ねた。

「どちらがより勉強になると思いますか、大学かそれとも株式取引所か？」

彼のあごの骨がさらに少しずれ落ち、皮肉を浮かべる口の開きが大きくなった。

「もちろん株式取引所ですとも」私は自信をもって答えた。そのため彼は、別れぎわに、親愛をこめて私の手を握ったのだった。

ともかくグイードは、株に手を出していたわけだ！　私がもっと注意していれば、早く気づくことができただろう。私たちが最近の取引で稼いだ相当額の利益を、正確に帳簿に記して見せたところ、彼がどこか軽蔑したような笑いを浮かべながらそれを眺めたからである。この程度の金を稼ぐのに、私たちは働きすぎだと思ったにちがいない。このような取引が十件もあれば、前年に私たちが被った損失をカヴァーできたことに、気づいてほしいものである。さて私はどうすべきだったのか？　わずか数日前に、彼のほめ言葉をアーダに書いたばかりだったというのに。

まもなくグイードが事務所に現れ、私はニリーニの言葉を忠実に伝えた。彼はひどく心配そうな面持ちで耳を傾け、彼の投機がもう私の耳にも入ったことすら気づかずに、急いで出て行った。

その夜、私がこのことをアウグスタに話すと、彼女は、アーダには知らせずにおき、グイードがさらされている危険についてマルフェンティ夫人に連絡するように言った。さらに、彼が軽はずみなことをしないよう、私にもまた最善を尽くすように頼んだ。

私は彼に言うべき言葉を長いこと思案した。ようやく、私の善行の誓いを積極的に実行し、アーダとの約束を果たすべきときが来た。私に従うようグイードを促すには、どう彼の心をつかめばいいか私にはわかっていた。彼にまずこう言うつもりだった。「株に手を出せば、誰でも軽はずみなことをしかねない。きみのような帳簿をかかえている商人なら、なおさらのこと」

翌日、私は首尾よく話を切り出した。

「今きみは株に手を出しているのかい？　牢屋に入りたいのか？」厳しい口調で彼を問いただした。私は修羅場になるときにもそなえて、次のような言葉も心にしまっていた。彼が会社を危険にさらすような経営を続ければ、私はためらわずに事務所から出て行くぞ、こう宣告するつもりだった。

彼はすぐに私をなだめにかかった。そのときまで秘密にしていたのに、今になって正直な若者のように素直に、その取引を逐一私に語って聞かせたのだった。彼はどこかの国の鉱業関連の株を売買していたが、私たちの帳簿の赤字を穴埋めするには十分な利益をすでに出していた。今や危険は遠ざかり、私にすべてを話すまでになった。彼が稼いだ利益を不幸にして失うことになれば、株取引からいっさい手を引くまでだ。反対に、これまでどおりの幸運に恵まれれば、違法の疑いをぬぐいされない私の帳簿への記載を急いで正常化する、というのだ。

彼に怒りをぶつけるのではなく、むしろおめでとうと言うべきなのだと悟った。会計の問題にかんしては、もはや心配はいらないと私は彼に答えた。なぜなら、現金さえ用立てできれば、どんなめんどうな会計も清算はきわめて容易だから。私たちの帳簿にアーダの勘定が正しく記入され、わが社の泥沼と私が名づけたもの、すなわちグイードの勘定の損失がせめて減少すれば、私たちの会計はいっさい欠陥がなくなるだろう。

それから私は、すぐに会計を正常化し、株取引を会社の勘定に入れるように彼に提案した。彼がそれを拒んだのは、幸いだった。なぜなら、もし彼が同意していたら、私は相場師の会計係となり、さらに大きな責任を背負わされていただろうから。ところが事態は、まるで私が存在しなかったかのように進展した。彼が私の提案を拒否した理由は、正当なものに思われた。すぐに借金を返すのは縁起が悪いというのだ。他人の金が幸運をもたらすというのは、賭け事の世界では広く流布した迷信だった。私はそれを信じないが、賭けをするときは、たとえ迷信でも用心を怠らないようにしている。

しばらくのあいだ、グイードが伝えてくる情報を文句も言わずに聞き流してきた自分を私は責めた。しかし、マルフェンティ夫人が株で多額の金をもうけた夫のことを私に話し、アーダも投機を商取引の別のかたちとみなしていることがわかり、どちらもグイードの考え方と大差ないので、この件で自らを責めるのはまったく的はずれだと気づいた。下り坂を滑り落ちるグイードを引き止めるには、私の抗議だけでは不充分であり、家族全員に支持されなければ効果はなさそうだった。

こうして、グイードは株取引を続け、家族全員が彼の意向に従った。私もまたその一員であったからこそ、ニリーニといささか奇妙な関係を結ぶことになったのだ。私は彼のことを無知で傲慢だと感じていたので、耐えがたく思われたのは事実であるが、彼からよい忠告を期待するグイードに配慮して、自分の感情をうまく隠しとおした結果、彼は私のことを忠実な友だと信じるようになった。おそらく私が彼に親切な態度をとったのは、彼の敵意によって生じる不快感を避けたかったからでもあることを否定するつもりはない。彼の醜い顔に浮かぶあの皮肉な笑いが大きな要因だったのだ。しかしながら、彼に会うときと別れるときの握手と挨拶以外で、私が好意を示したことはまったくなかった。ところが彼のほうは、このうえなく親切であり、彼が示す心のこもった礼儀正しさが、まさにこの世で考えられうる最大級のものだったので、私もそれに答えざるをえなかった。彼は密輸品の煙草を私に調達し、彼が支払った分だけ、すなわちごくわずかの額しか請求しなかった。もし彼が私にもっと好感をもっていれば、彼のやり方で株の売買をするように私に勧めていたかもしれない。私は株には手を出さなかったが、それはただ、彼とこれ以上頻繁に会うのを避けるためでしかなかった。

とはいえ彼とはひっきりなしに顔を合わせていた！　彼はカルメンが好きだったわけでもないのに――それは一目瞭然だった――私たちの事務所で数時間を過ごした。ほかでもない、私の相手をしに来ていたのだ。株の取引を通じて詳しくなった政治について、私に講義しようという心づもりだったらしい。彼の説明では、列強とは、ある日握手をしたかと思えば、翌日には横面を張り合うような関係にある国々のことだという。私は反感をおぼえて彼の話などろくすっぽ聞いていなかったので、彼が未来を予言したのかどうかはわからない。私は、きまりきったうすら笑いを浮かべるだけだった。私たちの誤解は、私のほほ笑みの解釈に起因することはたしかで、彼はそれを称賛だと思ったようだ。だがそれは私のせいではない。

私が知っているのはただ、彼が毎日のように繰り返していたことだ。私は彼が旗幟不鮮明のイタリア人だと見抜いていた。どうやら彼は、トリエステがオーストリア領にとどまるほうがよいと考えていたらしいから。彼はドイツを賛美していたが、とりわけ、寸分たがわず到着する列車が崇拝の対象だった。彼は彼で社会主義者を自称しており、個人が十万クローネ以上の財産を所有することを禁じるべきだという考えのもち主だった。ある日、グイードと話しているときに、ニリーニがちょうど十万クローネしか所有しておらず、それ以上は一セントたりとももっていないと告白したとき、私は笑うに笑えなかった。私はにやりともせず、もっと金をもうけても、自説を修正するつもりはないのかと彼に尋ねもしなかった。私たちの関係はまったく奇妙だった。彼といっしょに笑えなかったし、彼をもの笑いの対象にすることもできなかった。

彼が自分の意見を吹聴するとき、肘かけ椅子に背筋を伸ばして坐り、天井をにらむのがつねだったが、あごの骨のずれに起因すると思われる半開きの口元が私の方を向いた。彼はその隙間からものを見ていたのだ！　私はときどき、そんな彼の姿勢をいいことにほかのことを考えていたが、彼は私の注意を喚起してすぐにこう訊いてきた。

「ぼくの話を聞いてるかい？」

グイードは、心を開いて私に胸の内を打ち明けたときから、長いこと仕事の話を私にはしなかった。本人よりも先にニリーニからなんらかの話を聞くこともあったが、そのうち彼の口も重くなった。アーダから聞いたところでは、グイードはあいかわらず株でもうけていたらしい。

彼女が療養から戻ってきたとき、またひどく醜くなったように私は感じた。太ったというより、顔がむくんでいた。両頰がますます腫れあがり、今回もまた頰が本来あるべき位置からずれて、顔がほぼ真四角に見えた。目は依然として眼窩から飛び出たままだった。私の驚きは大きかった。というのは、グイードや彼女を見舞ったほかの人から、日ごと彼女の健康は回復し、活力をとりもどしつつあると聞かされていたからだ。女の健康はまず第一に、その美しさにあるはずだから。

アーダを見て驚いたことはほかにもあった。彼女は私に心のこもった挨拶をしたが、アウグスタへの挨拶となんら変わらなかった。私たちふたりのあいだにもはやなんの秘密もなく、かつて私を苦しめたことを思い出して泣いたことなど、もうおぼえていなかったにちがいない。それにこしたことはない！　彼女は私にたいする権利すら忘れていた。私は善良な義弟であり、彼女が私を愛していたのはただ、私と妻とのあいだに変わらぬ愛情を認め、そのような夫婦関係がマルフェンティ家で尊敬されていたからにすぎない。

ある日のこと、私はある発見をして大いに驚かされた。アーダがまだ自分を美しいと思いこんでいたのだ！　遠く離れたマッジョーレ湖で、彼女は男たちに言い寄られ、自分の人気に気をよくしたにちがいない。だがおそらくそれは自信過剰だった。彼女に思いを寄せるある男にまといつかれた結果、保養地を離れざるをえなかったという彼女の言い分は、私に言わせれば、度を越していた。そのようなことが実際にあったかもしれない。それは私も否定しない。きっと彼女に初めて会った者からすれば、その容貌はさほど醜く見えなかっただろう。それでも、あの目つき、顔色、顔の輪郭は異様だった！　私たちの目には、彼女がもっと醜く映った。以前の彼女を思い出せば、病気による容貌の劣化は隠しようもなかったからである。

ある夜のこと、私たちはグイードとアーダをわが家に招待した。それは、まさに家族だけの楽しい集まりだった。四人の婚約時代がまだ続いているようだった。しかし、アーダの髪の毛からは、色つやがいっさい失われていた。

別れぎわに、私がオーバーコートを彼女に着せてやったとき、ほんのつかのまだが彼女とふたりきりになった。そのとき、私たちふたりの関係にわずかだが変化を感じた。ふたりだけになって、おそらく私たちは、ほかの人がいるときには言いたくないことも言えたかもしれない。コートを彼女に着せながら、私はあれこれ考えあぐね、結局は言うべきことを伝えた。

「彼がいま株をやってるのを知ってるね！」私は真剣な声で彼女に尋ねた。私はこのような言葉によって、私たちが最後に会ったときのことを彼女に忘れずおぼえていてほしかったのではないかと思うことがある。

「ええ」ほほ笑みながら彼女は言った。「うまくいってるそうよ。みんなが言うには、だいぶ彼も上達したようね」

私は彼女といっしょになって大声で笑った。いっさいの責任を免れたような気分だった。彼女は立ち去りながらつぶやいた。

「あのカルメンとやらはまだ事務所にいるのかしら？」

私が答えるまもなく彼女は走り去った。私たちふたりのあいだには、もはや共通の過去はなかった。彼女の嫉妬だけが残ったのだ。私たちが最後に会ったときと同じく、嫉妬心は弱まってはいなかった。

今になってよく考えてみれば、グイードが株で損し始めたことは、それをはっきりと知らされるずっと前に気づくべきだったと思う。彼の顔から、勝ち誇ったような表情とともに輝きも失せ、収支決算の帳尻をあのようなかたちで合わせたことへの大きな不安が再びあらわになった。

「なぜそんなに心配なんだい?」と私は無邪気に尋ねた。「帳簿の記載を現実のものに変えるのに必要な金を手にしたというのに。これほどの大金があれば刑務所には行かなくてすむよ」私はあとから知らされたのだが、このとき彼のポケットにはもはや一銭も残っていなかったのである。

私は彼が幸運を味方につけていると強く思いこんでいたので、その逆の事態を示す兆候が多々あったにもかかわらず気づいていなかったのだ。

八月のある夜、グイードはまたも私を釣りに誘い出した。満月に近い月がまばゆいばかりの光を放ち、ほとんど釣果は期待できなかった。だが彼は、海に出れば暑さしのぎになると言って譲らなかった。実際に、それ以外の収穫は何もなかった。一度だけなんとか釣ろうと試みたが、そのあとは釣り針に餌をつけるのもやめ、ルチアーノが沖に進めた小舟から釣り糸をたらしたままにしておいた。月光が確実に海の底まで届き、大きな魚は視界がよくなってなんなく罠に気づいた。小さな魚も、餌をかじることはあっても、その小さな口が釣り針をくわえることはなかった。私たちの餌は小魚への贈り物となった。

グイードは船尾で、私は船首で横になった。まもなく彼がつぶやいた。

「今宵の月明かりはなんと悲しいことか？」

おそらく彼がそんなことを言ったのは、月明かりがまぶしくて眠れなかったせいだろう。私は彼が機嫌をそこねることがないように同意した。だがそれは、ゆっくりと小舟に揺られる私たちを包む厳かな静寂を、くだらない議論でだいなしにしたくなかったからでもあった。しかしルチアーノは、月明かりがいたって心地よいと言って異を唱えた。グイードが返事をしなかったので、私はルチアーノを黙らせるためにこう言った。月明かりがまちがいなく悲しいのは、この世のものが見えるようになるからだ。それに、魚も釣れなくなるから。ルチアーノは笑い、口をつぐんだ。

私たちはみな長いこと黙っていた。私は月を見上げて何度もあくびをした。私は誘われて小舟に乗ってしまったことを後悔した。

グイードがいきなり私に尋ねた。

「きみは化学者だから、説明できるかい、純正ヴェロナール（バルビツール酸系睡眠薬）とヴェロナール・ナトリウムのどちらが効果があるか？」

実は私は、ヴェロナール・ナトリウムが何かも知らなかった。けっして化学者が世界をまるごと記憶しているわけではない。化学について私は、自分の本でいかなる情報も調べられるほどには知識があった。さらに今回のように、私の知らないことでも議論することはできた。

ナトリウムだって？　ナトリウムの化合物は最も同化しやすい化合物だということはよく知られていた。とくにナトリウムで思い出すのは――ほぼ正確に言葉を再現できるが――、ある教授が、私の出席した唯一の講義でこの元素をほめそやしたことである。ナトリウムはひとつの媒介であり、ほかの元素はそのうえに乗ってすばやく移動できるという。教授は、塩化ナトリウムがいかに有機体から有機体へと移動し、重力によって、地球の最も深い穴である海に沈殿するかを説明した。教授の考えを私が正確に再現できたかどうかわからないが、塩化ナトリウムの果てしない広がりである海を目の前にして、最大限の敬意をこめてナトリウムについて話した。

グイードはややためらってから、さらに尋ねた。

「ということは、死にたいと思っている人は、ヴェロナール・ナトリウムを飲めばいいのかな？」

「そうだね」と私は答えた。

そう言ってから、自殺を偽装するケースもあることを思い出し、グイードには、彼の人生の忌まわしいエピソードを想起させたことに気づいたので、こうつけ加えた。

「でも死にたくない人は、純正ヴェロナールを飲まないといけないよ」

グイードがヴェロナールの情報を集めていたことに、私は注意を払うべきだったかもしれない。だがナトリウムに気をとられ、何も気づかなかった。それから数日のうちに、私がナトリウムに付与した特性についての新しい証明をグイードに示すことができた。つまり、ナトリウムが水銀に加えられるのは、ふたつの物質の濃密な抱擁、化合と吸収に代わる抱擁ともいうべきアマルガム化を促進するためでもある。ナトリウムは金と水銀の仲介役なのだ、と。しかし、グイードはもうナトリウムへの関心を失っていた。いま思えば、あのときは、株の取引の見通しがよかったからだろう。

アーダは一週間のうちに、三度も事務所に現れた。二度目の訪問のあと初めて、彼女は私と話したいのではないかという思いが芽生えた。

彼女は最初に来たとき、またも私を教育するつもりだったニリーニにばったり出会った。彼女は彼が帰るのをまる一時間も待った。だが彼に話しかけたのがまちがいだった。彼が自分はとどまるべきだとかん違いしたからだ。ふたりを引き合わせると、ニリーニの皮肉な笑いがこれ以上私に向けられることはないので、私は安堵のため息をついた。私は彼らの会話には加わらなかった。

ニリーニは機知に富み、テルジェステーオ証券取引所では、マダムのサロンと同じくらいに悪口が飛びかっていると話してアーダを驚かせた。彼によれば、取引所ほど情報が集まるところはほかにない。アーダには、彼が女性を中傷しているように思われた。自分は悪口のわの字も知らないと彼女は答えた。このとき私がふたりの会話に割って入り、長年にわたり彼女のことを知っているが、彼女の口から悪口とおぼしき言葉をひとことも聞いたことがないと証言した。そう言いながら、それが彼女への非難のような気がして私は笑みをもらした。実際に彼女は他人のことに無関心なので、人の悪口を言うことはなかった。かつて彼女が健康そのものだったときは、自分のことだけを考えていた。病に侵されてからは、心の片隅に残されていた、わずかの空きスペースも、すべて嫉妬でふさがってしまった。彼女は生来のエゴイストだったが、私の証言は喜んで受け入れた。

ニリーニは、彼女のことも私のことも信用できないという顔をした。何年も前から私を知る彼は、私がばか正直な人間だと思うと言った。これには私もアーダも愉快な気分になった。しかし、私が彼の親友のひとりであり、したがって私のことは熟知していると――第三者の前で初めて――公言したとき、いやな気分になった。私はあえて反論しなかったが、そのぶしつけな表明に私は傷つき、恥ずかしくなった。あたかも、公衆の面前であるまじきみだらな行為を彼にされた少女であるかのように。

ニリーニによれば、アーダが女性ならではの抜け目なさを発揮して私の前で悪口を言えば、それが悪口だと気づかないほど私はお人よしなのだという。アーダは終始、そのような当てにならないほめ言葉を愉快そうに聞いているように見えた。しかしあとでわかったことだが、彼がしゃべり疲れて立ち去るのを期待して、話をさせていただけだった。結局は、だいぶ待たされるはめになったのだが。

アーダが二度目に事務所に来たとき、私はグイードといっしょにいた。すると彼女の顔にいらだちの表情が浮かび、彼ではなく私と話したいのだろうと推察した。彼女が次に来るまで、私はいつものように空想を膨らませて気晴らしをした。つまるところ、彼女は私から愛情を期待してはいなかったが、しきりに私とふたりきりになろうとした。彼男にとって、女が望むことを理解するのはむずかしいが、ときに、彼女たち自身も自らの望みが何かわかっていないことがある。

しかし彼女の言葉は、なんの新しい感情も私のなかに生み出さなかった。彼女が私に話し始めるやいなや、感極まって声がかすれたが、それは私と会話ができるからではなかった。彼女は、カルメンが解雇されない理由を知りたがった。私は自分の知るかぎりのことを彼女に伝えた。カルメンがオリーヴィの事務所に就職できるように、私たちがはたらきかけたことも含めてすべて。

彼女はすぐに落ち着いた。私が彼女に伝えたことと、グイードに言われたことが正確に一致したからである。あとから聞いたことだが、彼女の嫉妬の発作は定期的に起きていたのだった。はっきりとした原因もなく起こり、ある言葉に安心すると、発作はおさまった。

彼女はさらにふたつ私に質問をした。事務員の職を見つけるのはそれほどむずかしいことなのかどうか、カルメンの給料をあてにするしかないほど、彼女の家族は困窮しているのかどうか。

実際に、トリエステで女性が事務職の仕事を見つけるのはむずかしいと私は説明した。第二の質問には、カルメンの家族を私は誰も知らなかったので、答えられなかった。

「でもグイードはあの一家を全員知っているの」アーダは怒りをこめてつぶやくと、また頬を涙で濡らした。

それから彼女は私に別れの握手をし、感謝の言葉を述べた。涙目でほほ笑みながら、私が頼りになることはわかっていたと言った。私は彼女のほほ笑みがうれしかった。というのは、それが向けられたのは、明らかに義弟ではなく、彼女とひそかな絆で結ばれた者だったから。私がそのほほ笑みにふさわしいことを証明したくて小声で言った。

「ぼくがグイードのことで心配なのは、カルメンのことではなく、彼の株取引なんだ！」

彼女は肩をすくめた。

「それは大したことではないわ。お母さんとも話したけれど、父さんも株をやって、大儲けしたのよ！」

私はその答に当惑し、強い口調で言った。

「ぼくはあのニリーニってやつが嫌いなんだ。ぼくが彼の友だちだなんて、ありえない！」

彼女は驚いた顔で私を見た。

「私には紳士に見えるけど。グイードも、彼のことがとても気に入っているわ。それに、グイードはだいぶ慎重に仕事をするようになったと思う」

グイードのことを悪く言うのはやめようと固く心に決め、私は黙った。ひとりになると、グイードのことではなく、私自身のことを考えた。ようやくアーダがただの姉のような存在にすぎないと思われてきたのは、よい兆候だった。彼女は、愛を誓うことも、愛を強要することもなかった。私は何日も、不安な気持ちで落ち着きなく町をうろついた。だが己を見極めるにはいたらなかった。なぜあのとき私は、カルラと別れたときと同じような気分になったのだろう？　新たなできごとは何も起きていなかった。正直に言えば、情事やそれにまつわる事態の紛糾を、私はつねに必要としてきたように思う。ところが私とアーダとの関係はもはやまったく紛糾していなかった。

ある日のこと、安楽椅子に腰かけたニリーニがふだん以上に長々と説教をした。いわく、地平線から黒雲が接近し、貨幣価値の高騰が目前だ。市場は急激に飽和状態になり、もはや何も吸収できない！

「ではナトリウムを投入してみようじゃないか！」私が提案した。

私が口をはさんだことに彼はいたく気分をそこねたが、怒りをこらえて私の発言を無視し、話を続けた。この世では貨幣が急激に不足し、その価値が値上がりしている。このような事態がひと月後には起こるだろうと予想していたとはいえ、それが今起きていることに驚いた、と。

「あり金がまるごと、月に送られてしまったんだろうね！」と私が言った。

「事態は深刻だ、笑いごとじゃないぞ」とニリーニが天井から目を離さずに断言した。「今こそはっきりする。誰が真のファイターの魂をもっているか、誰が最初の一撃で降参してしまうのか」

この世の貨幣がなぜ不足するのか私の理解を超えていたが、同じく、ニリーニがグイードを、自らの価値を証明すべき勝者のなかに位置づけようとは思ってもみなかった。彼の説教を漠然と聞き流すことで身を守ることに慣れていた私は、このときも聞こえてはいたが、気にもとめずにやりすごしてしまった。

しかし、それからわずか数日後にニリーニは態度をがらりと変えた。新しい事実が明るみに出たのだ。彼は、グイードがほかの株式仲買人とも取引をしていることを知ったのである。ニリーニは、はげしい口調で文句を言い始めた。彼はグイードが不利益を被るようなことは何もしておらず、思慮分別を欠いたこともないと主張し、私の同意を求めた。彼がグイードの取引を、つねに親友とみなしてきた私にさえ隠してきたのがその証拠だという。そう言うと彼はすっかり自制を失い、グイードは大損をして首がまわらないと私の耳元で叫びさえした。彼の仲介で行われた取引にかんしては、わずかな修正でもちこたえるだろうから、あとは好況を期待すればよいと明言した。とはいえ、災難の兆しがあったとき、グイードがニリーニを不当に扱ったことのつけは大きかった。

アーダどころではなかった！　ニリーニの嫉妬は手に負えなかった。私は彼から事情を聞きたかったのだが、彼はいらだちをつのらせて、自分が受けたひどい扱いについて話し続けた。したがって、彼の本意ではなかったものの、株取引の情報については進んで口を開こうとはしなかった。

その日の午後、私は事務所でグイードに会った。彼は、絶望しているとも眠っているともつかぬふしぎな状態で、ソファに横たわっていた。私は彼に尋ねた。

「今きみは首がまわらないほど損を出しているらしいね」

彼はすぐには答えなかった。片手を上げ、げっそりした顔を覆ってから言った。

「きみはこれまで、ぼくよりも不幸な男に会ったことがあるかい？」

彼は手をおろし、姿勢を変えてあおむけになった。目を閉じて、私がいることなど、もう眼中にないようだった。

私は彼をなぐさめることができなかった。彼が自分を世界一不幸な男と思いこんでいることに、私は気分を害した。彼の言葉は誇張ではなかった。まぎれもない嘘だった。できることなら、私は彼を救いたかったが、なぐさめるのは不可能だった。私の考えでは、グイードよりも罪がなく、もっと不幸な者でも同情にはあたいしない。さもなければ、私たちの生活が、大いなる退屈と言うべき感情だけに占められてしまうだろうから。

自然の法則は、幸福の権利など与えておらず、むしろ貧困と苦痛を明記している。食べられる物ならなんであれ、外気にさらされるやいなや、四方から寄生虫が寄ってくる。寄生虫がまだ存在していなくても、生まれてくるまで時間はかからない。えさをたらふく食べたと思いきや、またすぐに腹をすかしている。なぜなら、自然は計算ではなく実験をするものだから。えさが足りなくなれば、その消費者は、苦しんだあげくに死に、個体数は減少する運命にある。こうして、つかのまの均衡が保たれる。嘆く必要がどこにあるだろう？　それなのにみんなが嘆いている。えさにありつけなかった者たちは、不公平だと叫びながら死んでゆく。分け前にあずかった者たちも、もっと多くもらえる権利があったのにと思う。なぜ彼らは、黙って生き、黙って死んでゆかないのだろう？　一方で、食べ物を過剰に得た者たちの喜びは見ていて楽しいので、拍手喝采のなか白昼堂々と表明されるべきだ。許されるべき唯一の叫びは、勝者の叫びである。

ところが、グイードときたら！　彼は財産を獲得する資質をことごとく欠いていたばかりか、それを維持する能力すらなかった。賭博台にのこのこやって来て、賭けに負けたといっては泣きべそをかいていた。紳士らしくふるまうことさえできない彼に、私は吐き気をおぼえた。だからこそ、ただそれゆえに、私の友情が最も必要かもしれないときに、それを得られなかったのだ。私は彼を思って何度も決心を新たにしてきたが、さすがにそこまで彼を支えることはできなかった。

そのうち、グイードの呼吸はますます規則的になり、しまいには音を立て始めた。眠りこけていたのだ！　このような不遇のときにあって、なんというていたらく。食べ物を奪われて、その一部でもとりもどそうと目をかっと見開くどころか、目を閉じ、食べ物を確保した夢でも見ていたのか。

私は、アーダがグイードにふりかかった不幸について報告を受けているかどうか、知りたくなった。私は大きな声で彼に尋ねた。彼は身震いをした。いきなり目の前にふたたび現れた不幸に慣れるまで、しばし時間を必要としているようだった。

「いや！」と彼はつぶやいてから目を閉じた。

きっとひどい衝撃を受けた者たちはみな、眠たくなるらしい。睡眠が再び活力を与えるのだ。私はためらいながら、なおも彼の顔をうかがった。眠っているとすれば、どのように彼を助ければよいだろう。眠るべきときではなかった。私は彼の肩を荒々しくつかみ、体をゆすった。

「グイード！」

まさしく彼は眠っていた。眠気まなこでぼんやりと私の顔を見てからこう尋ねた。

「なんだい！」そう言ったとたんに怒りだし、同じ質問を繰り返した。「いったいなんなんだ？」

私は彼を助けたかったのだ。さもなければ、彼を起こす権利など私にはなかったはずだ。私も怒りをおぼえて、今は寝ているときではない、どのような対策を講じればよいか急いで検討すべきときだ、と叫んだ。われわれの家族とブエノスアイレスの家族全員で状況を見極め、話し合うときだ、と。

グイードは居住まいをただした。むりやり起こされたことに、まだ少し憤慨したようすで、ぶっきらぼうに言った。

「寝かせておいてくれたらよかったのに。今ぼくのことを助けるって？　きみはおぼえてないのか、このあいだ、ぼくを救うのに必要なあのわずかばかりの金を調達するのにどんなに手間がかかったか？　今度はかなりの額にのぼる！　誰のところに助けてもらいに行けばいいんだ？」

私は同情どころか怒りを感じた。彼を援助することで、私と家族の財産が奪われるのだから。

「そのために、ぼくもここにいるんじゃないのか？」そう言ってから、けちな考えが顔をのぞかせ、最初から私の犠牲をできるだけ少なくしておくほうがいいと忠告した。

「アーダがついてるじゃないか！　義母だっているじゃないか！　われわれが力を合

わせても、きみを救えないのか？」

彼は立ち上がり、明らかに私を抱きしめようとして近づいてきた。だが私は、それだけは避けたかった。彼を助けたのだから、今度は彼を叱責する権利が私にはあり、それを最大限に利用した。まず彼の現在の弱さを、それから、今にいたるまでの傲慢さを非難した。これこそ、彼を破滅へと導いた原因だった。彼は誰にも相談せず、自分の頭だけで考えて行動した。私は何度も彼と連絡をとって彼の行動を抑え、彼を救おうと試みてきたが、ニリーニだけを信用して、私との連絡を拒んだのだ。

ここでグイードがほほ笑んだ。まさしくほほ笑んだのだ、このろくでなしめ！　彼はもう二週間もニリーニとは仕事をしていないと言った。ニリーニのふくれっつらが不幸をもたらすことを思い知ったという。

このときの睡眠とほほ笑みに彼の特質がよく現れていた。彼はまわりの人間に大きな損害を加えたのに、ほほ笑んでいたのだ。私は厳格な裁判官のようにふるまった。なぜなら、彼を救うには、まず彼を再教育する必要があったから。彼の損失がどの程度だったかを私が問いつめたところ、正確に答えられず、怒りをおぼえた。さらに腹が立ったのは、わずか二日後に迫った十五日の清算時に支払わねばならない金額として、かなりの少額を私に言ったことだった。だがグイードは、月末まではまだ時間があるので、事態が好転するかもしれないと主張した。市場の通貨不足は長くは続かないだろう、と。

私はどなった。

「この世に金が足りないなら、月からもってくるつもりなのか？」もう一日たりとも投機をしてはならないと私はつけ加えた。すでに巨大な額にのぼる損失をこれ以上増やす危険は避けねばならなかった。損失を四分割し、私と彼(つまり彼の父)、マルフェンティ夫人、アーダの四人がそれぞれ負担すればなんとかなるだろう。リスクの少ない従来のわれわれの経営に戻らねばならず、ニリーニやほかの株式仲買人の顔を二度と事務所で見たくないと私は言った。

彼はじつに穏やかな顔で、私たちの話が近所に筒抜けだから、あまり大声を出さないように私に頼んだ。

私は心を鎮めるのにてこずったが、なおも小声で彼をののしることをやめなかった。彼の損失は犯罪すれすれだった。愚か者でなければ、このような災難にみまわれるはずがなかった。この教訓をまるごと彼は受けとめねばならないと私は思った。

ここでグイードは、涼しい顔で反論した。株取引に手を染めなかった者などいるのか？　私たちの義父を見てみろ。実業家としてはじつに堅実だったが、彼の人生で投機をしなかった日は一日もなかったではないか。それに――グイードは知っていたのだ

——私だって株をやっているではないか。

株は株でも事情が違うと私は反論した。彼が全財産を危険にさらしたのにたいし、私の場合はせいぜいひと月分の収入だった。

グイードはまるで幼い子供のように自らの責任から逃れようとしている。悲しいことに、私にはそう思えてならなかった。彼の言い分では、彼が望んだ以上の額をニリーニが投資させたのだという。大きな幸運が待っていると信じこまされて。

私は笑い、彼をあざけった。ニリーニは自分の仕事をしたのであって、非難すべきではない。しかも、グイードはニリーニと手を切るやいなや、別の仲買人を通じて出資額を増やしたのではなかったか？　彼がもしニリーニに知られずに売り方にまわっていたら、この新しい関係を誇ることもできただろうが。事態を修復するには、代理人を変えるだけでは不十分であり、同じ禍が待ち受ける同じ道を進むべきではない。彼はついに、自分のことはかまわないでくれと私に頼み、嗚咽をこらえながら、自らの非を認めた。

私は彼を問い詰めるのをやめた。するとまさに同情心が芽生え、彼が望むなら抱きしめたいとさえ思った。私は、自分が提供すべき金の手配をしようと申し出た。私たちの義母と話をつけてもかまわない、アーダのほうは彼に任せよう、と。

グイードが、義母とは私の代わりに彼自身が話してもよいが、アーダのほうは気が重いと打ち明けたとき、私の同情はさらに大きくなった。

「きみだって知ってるだろう、女がどんな生き物か。彼女たちにはビジネスが理解できない、順調なときを除けばね！」アーダにはどうしても直接話せないから、マルフェンティ夫人に頼んで妻にすべてを伝えてもらおうとグイードは言った。

この決心が彼の心をだいぶ軽くし、私たちはいっしょに外に出た。頭を垂れてとなりを歩く彼を眺めているうちに、彼につらくあたったことが悔やまれてきた。だがもし私が彼を愛しているならば、ほかにどうすればよかっただろう？　破滅したくなければ、彼は目を覚ますべきだったのだ！　妻に話すのをそれほど恐れているなら、夫婦の関係も推して知るべしだ！

しかしまもなく彼は、また私をいらだたせる方法を見つけた。歩きながら、彼がたいへん気に入った計画を練っていたのだ。その夜、妻と話す必要もなく、それどころか、顔も合わせずにすむ方法である。これからすぐに狩りに出かける、というのである。そう決心した彼の顔からは不安が消え、晴れ晴れとした表情だった。新鮮な空気に触れ、心配ごとから遠く離れられると考えただけで、彼の体はもうそこにあり、狩りを楽しんでいるかのようだった。私はむしょうに腹が立った！　きっと彼はこれと同じ表情で証券取引所に戻り、株の売買をして、家族の財産だけでなく、私の財産までも危険にさらすことだろう。

彼は私に言った。

「これで最後となる娯楽を満喫したいものだ。きみにもぜひ来てほしい、今日のできごとをひとことも口にしないと約束してくれるなら」

ここまでは笑って話していたが、真剣な私の顔を前にして、彼の顔もまじめになった。彼はこうつけ加えた。

「きみだってわかるはずだ、このような打撃を受けたあとで、ぼくが休息を必要としていることくらい。それに、戦いながら自分の場所をとりもどすほうが、ぼくにとっては簡単なんだ」

感動のあまり声が震えていたので、彼が真剣であることは疑いようもなかった。そのため私は怒りをなんとか抑え、必要な金を調達するために市内に残らねばならないからと言って、彼の招待を断るだけにしておいた。これは私なりの叱責だった！　無実の私がもち場に就き、罪の重い彼が気晴らしに出かけるとは。

私たちは、マルフェンティ夫人の家の玄関の前まで来ていた。グイードは、数時間の狩りを楽しみにしていたのに、その顔にはもはや喜びの表情はなかった。私といっしょにいるあいだは、私によって呼び起こされた苦悶の表情が顔に刻まれていた。しかし私と別れる前に、独立心の現れとも、恨みの表明とも思われるような心情を吐露した。私がこれほどの友人となるとはよもや思っていなかったと彼は言った。私が彼に捧げようとしている犠牲を受けるべきか、彼はためらっていた。それが私の義務だとは夢にも思わないでほしい、犠牲を払うも払わないも私の自由だとわかってほしい、それが彼の意向(まさに意向という言葉を使った)なのだという。

私は顔が赤くなるのがわかった。気まずさをまぎらすために私は言った。

「ぼくがもう手を引きたがっているなんて、どうして思うんだい？　ほんの数分前に、きみに頼まれたわけでもなく援助を申し出たばかりなのに」

彼は少し不安そうに私を見てから言った。

「きみがそうしたいなら、喜んで受けよう。感謝するよ。だけど、われわれはまったく新しい契約を交わす必要がある。お互いが自分の取り分だけを受け取るような会社にするんだ。これからもわれわれに仕事の依頼があり、きみが引き続き業務を望むなら、きみに給料を払わなければならない。新しい会社を別の土台のうえに作ろう。そうすれば、創業一年目の損失を隠蔽したことによるダメージを、もはや心配せずにすむだろう」

私は答えた。

「この損失についてはもう、まったく重要ではないから、これ以上きみが心配すべきではない。さしあたり、われわれの義母をきみの味方につけることを考えたまえ。いま大切なのは、このことだけだ」

こうして私たちは別れた。グイードがあまりにも素直に思いのたけを打ち明けたことに、私は思わず笑みをもらした。彼がこのような長話をしたのは、ただたんに、私に感謝することなく私から贈り物を得るためである。だが私は彼に何ひとつ要求はしていなかった。彼が私に感謝すべきことがわかれば私には充分だったのだ。

それに、彼と別れると、まるでそのとき初めて外気に触れたかのように私もほっとした。彼を教育して正道に連れ戻そうという決意とともに奪われた自由を、まさにとりもどしたような感じがした。つまるところ、教育者はその弟子よりも束縛されているものだ。私は彼のために金を調達することを固く心に決めていた。もちろん私がそうするのが彼への友情からなのか、それともアーダへの愛情なのかはわからない。あるいはおそらく、私が彼の事務所で働いたことによって負わされるかもしれない責任の一端から、逃れるためだろうか。要するに私は、自分の財産の一部を犠牲にする決心をしたのだが、今日もなお、わが人生のあの日のことを振り返ると、大きな満足感をおぼえる。あの金はグイードを救い、私にとっては、良心の平安を保証するはずだった。

いつになく心穏やかに、夜になるまで歩き続けたため、時間をむだにしてしまった。あれほど多額の金を用意するには、オリーヴィに頼るしかなかったのに、証券取引所で彼に会うにはもう遅すぎた。それに私は、さほど急を要する事態ではないと考えていた。私は自由に使える金をかなりもっており、とりあえず、十五日に履行すべき清算にはそれで充分だった。月末は月末で、あとからなんとかするつもりだった。

その夜、もうグイードのことを考えるのはやめた。遅い時間になり子供たちが床に就いてから、私はアウグスタに、グイードの財政的窮状と、それによって私が被る損害について何度も話そうと試みたが、議論になるのが嫌だったので、アウグスタを説得するのは、その取引の調整が家族全員によって決定されるときまで待つほうがよいと思い直した。それにグイードが楽しんでいるときに、私が嫌な思いをするいわれはなかった。

ぐっすりと眠って朝を迎えた。私はポケットにあまり金を入れずに（カルラが受け取らなかった古い封筒を私はもっていた。神妙にも、彼女自身、あるいは彼女の子供のためを思い、そのときまで手放さなかったのだ。ほかに、銀行から引き出すことのできたいくらかの金があった）事務所に向かった。午前中私が新聞を読んで過ごすあいだ、カルメンは裁縫、ルチアーノはかけ算とたし算の練習をしていた。

昼食の時間に帰宅すると、アウグスタは途方にくれ、疲れきっていた。顔面蒼白だったが、それは私のせいで心を痛めているしるしだった。穏やかな口調で彼女は言った。

「あなたがグイードを救うために、ご自分の財産を犠牲にする決意だと聞いたわ！そのことで私に知る権利がないのは知っているけれど……」

彼女は自らの権利を疑い、ためらっていた。それから私の沈黙を非難し始めた。

「たしかに、私とアーダはちがうわ。あなたの意志に私がさからったことはないはずよ」

何が起きたかを理解するまでに時間を要した。アウグスタがアーダのもとを訪れたとき、ちょうどグイードの件で母親と話し合っているときだった。アーダはアウグスタの顔を見ると声をあげて泣きだし、私の寛大さを受け入れることはできないと言った。それどころか、私の申し出をとりさげるように私を説得してほしいと頼んだのだった。アウグスタが、姉への嫉妬という昔ながらの病に苦しんでいることに私はすぐに気づいたが、あまり気にとめなかった。私が驚いたのは、アーダのとった態度だった。

「アーダは怒ってるように見えた？」私は驚いて目を見開きながら尋ねた。

「いえ、いいえ！　怒ってはいない！」アウグスタが真剣な顔で叫んだ。「私にキスをして抱きしめたわ……たぶん、代わりに私があなたを抱きしめるように」

それはかなり滑稽な物言いに思われた。私を見つめながら、うたぐるような目で私の表情をうかがった。

私は文句を言った。

「アーダがぼくを愛していると思ってるの？　いったい何を考えてるんだ？」

しかし私はアウグスタをなだめることができず、その嫉妬がこのうえなくわずらわしかった。たしかに、グイードはその時間にはもう遊びから帰り、義母と妻にはさまれて、しばし苦痛の時間を過ごしていたはずだ。だが、ひどくいやな思いをさせられているのは私も同じであり、まったくの無実ながらこれほど苦しめられるのでは割りに合わなかった。

私はアウグスタを撫でて、気持ちを静めようとした。彼女は私の顔をよく見ようと顔を離し、やさしく穏やかな口調で私を責めたが、私はその言葉にいたく感動した。

「あなたが私のことも愛しているのはわかっているわ」と彼女は言った。

言うまでもなく、アウグスタにとってアーダの心情などはどうでもよく、私の心情こそが大切だった。そこで私は自分の無実を証明するため、あることを思いついた。「アーダはぼくを愛しているんだよね？」と笑いながら言った。それから、私の顔がよく見えるようにアウグスタから離れ、病人のアーダをまねて頬をふくらませ、目を大きく見開いた。アウグスタは驚いて私を見たが、私の意図をすぐに察した。彼女の顔はぱっと明るくなったが、すぐに自らを恥じた。

「いけないわ!」と彼女は言った。「お願いだから、彼女をからかうのはやめて」それからなおも笑いながら、アーダの顔のむくみを私が巧みにまね、異様な様相をうまく表していると打ち明けた。私にはそれがわかっていた。なぜなら、アーダをまねることで、彼女を抱きしめているような気になったから。私はひとりになると、欲望と嫌悪を同時に感じながら、その動作を何度も繰り返した。

午後、グイードが来ていることを期待して事務所に行った。そこでしばらく待ってから、彼の自宅へと向かった。オリーヴィに金を用立ててもらう必要があるかどうか、知りたかったのだ。私は自らの義務を果たさねばならなかった。感謝するとますます顔がゆがむアーダにまた会うのは、まったく気が進まなかったのだが。彼女にまたどんなに驚かされることになるか、わかったもんじゃない!

グイードの家の階段で、のそのそと上がってくるマルフェンティ夫人に出くわした。夫人は、グイードの件でそのときまでに決まったことを私に逐一語って聞かせた。壊滅的な不幸に見舞われたグイードを救わねばならないという点では、前夜の段階ではみなの意見が一致していた。ところがアーダが、朝になってから初めて、グイードの損失の一部を私が背負うことを知り、断固それに反対したのだった。マルフェンティ夫人は娘の態度をわびた。

「どうすればいいかしら？　あの子は、お気に入りの妹を困窮させて、後悔するのがいやなのよ」

夫人は踊り場で立ち止まり、一息ついてからまた話を続けた。誰にも損害を与えることなく事態は収まるだろうと、彼女は笑いながら言った。昼食前に、夫人とアーダとグイードの三人で、ある弁護士のもとに相談に行ったのだという。それは家族の古くからの友人であり、今は幼いアンナの後見人も務める人物だった。弁護士は、法律によって義務づけられているわけではないので、金を払う必要はないと言った。グイードは、名誉と義務に反すると言って、その意見に強く反対した。しかしながら、アーダを含めて全員が支払いを拒むことを決めれば、彼もあきらめてそれに従わざるをえないだろう。

「しかし彼の会社は、証券取引所で破産宣告を受けるのでは？」私は困惑して尋ねた。

「おそらくはね！」マルフェンティ夫人は、最後の階段を上りきる前に、ため息をつきながら言った。

グイードは昼食後に昼寝をする習慣があったので、私のよく知るあの小部屋で、私たちはアーダひとりに迎えられた。アーダは私の姿を見て、一瞬、ほんの一瞬だけ困ったような顔をしたが、私はかまわずに彼女を抱き寄せた。まるで、彼女の当惑を察知したかのように決然として。それから彼女は気をとりなおし、それまで感じていた女性的なためらいを脱ぎ捨てるかのような男性的な断固とした態度で、私に手を差し出した。

彼女は私に言った。

「アウグスタから聞いたと思うけれど、私はあなたにとても感謝しています。いま私は混乱しているから、自分の感情をうまくあなたに伝えることができないの。それに私は病人ですしね。そうなの、病気は重いのよ！　またボローニャの療養所に行くことになりそうだわ！」

彼女はそこで嗚咽をもらした。

「あなたにお願いがあるの。どうかお願いだからグイードに言ってちょうだい、あなたもあのお金を彼に渡すつもりはない、と。そうすれば彼もすぐに納得して、弁護士の言うとおりにするはずよ」

最初の嗚咽は、自分の病を思い出してのことだったが、ここで夫の話を続けようとして、またもすすり泣いた。

「彼はまだ子供なの。だから子供として扱わなければだめね。あなたがお金を渡すことに同意しているともし彼が知れば、ますます自分の考えに執着して、残りの分までむだにしてしまうでしょう。むだというのは、証券取引所で破産宣告を受けても違法にはならないという確証を、私たちは得たからよ。弁護士にそう言われました」

彼女は私の意見も聞かず、別の権威の見解を私に伝えたのだ。証券取引所に古くから通う者として、私の見解は、弁護士のそれと比べても、それなりの重さをもつはずだった。しかしながら、私には自分の意見がひとつあったにもかかわらず、それを思い出せなかった。一方、私がむずかしい立場に置かれていることを思い出した。グイードと交わした約束を取り消すことはもはやできなかった。その約束のおかげで、私は彼の耳元で罵詈雑言を浴びせる権利を手に入れたと思えたのだから。私がもはや提供せざるをえなくなった資本金にたいする、それがせめてもの利子であった。

「アーダ！」私はためらいがちに口を開いた。「いきなり前言を撤回するようなことはぼくにはできない。あなたがグイードを説得して、あなたの思うようにことを運ばせるほうがよくはないだろうか？」

マルフェンティ夫人は、いつも私にたいして示してきた多大な親愛の情をもって言った。私の特殊な立場は痛いほどわかるが、グイードも、彼に必要な金額の四分の一しか自由にならないことを知れば、自分たちの意向に従わざるをえないだろう、と。

しかしアーダの涙はまだ枯れてはいなかった。ハンカチで顔を隠して泣きながら言った。

「あなたはまちがっていたんです、ほんとうに大きなまちがいをした、あのようなとほうもない金額の提供を申し出るなんて！　それがどれだけのまちがいか、もはや明確だわ！」

彼女は、深い感謝と大きな恨みの板ばさみになっているようだった。それから、私の資金提供についてはもう話題にしたくないから、その金を工面するのはやめてほしいと私に頼んだ。いずれにせよ彼女自身が、その金がグイードに渡るのを阻止することになるだろう、あるいは、グイードが受け取らないように妨害するだろう、というのだった。

私は困惑のあまり、嘘をついた。金の用意はすでにできていると彼女に伝え、薄っぺらい封筒の入った胸ポケットを指さした。すると今度は、心から感嘆したような顔で私を見たが、彼女の感嘆に私が値しないことに私が気づいていなければ、きっと私は喜んでいただろう。なぜこんな嘘をついたのか、アーダの前では実際の自分以上に立派に見せたいという私の奇妙な傾向以外に説明がつかないのだが、いずれにせよ、この私の奇妙な嘘のせいで、グイードを待たずに彼の家から出て行くはめになったのだ。それに、まもなく状況が一転して、私が所持していると言ったその金を渡すように求められないともかぎらない。そうなれば、どんなに顰蹙をかうことになるだろうか？　そこで、事務所に急用ができたと言って、私は急いで立ち去った。

アーダは私を玄関まで見送った。彼女は、グイードを私のもとに来させ、厚意に感謝したうえでそれを断るように説得すると確約した。そう明言した彼女のあまりにもきっぱりとした態度に、私はおののいた。そのようにゆるぎない決意が、部分的には、私も攻撃の対象としているような気がした。いうまでもなく、そのときの彼女は私を愛してなどいなかった！　私の善意の行為は大きすぎたのだ。私の善意の対象となる人々は、それに押しつぶされてしまい、彼ら恩恵を与えられた人々が反抗してもふしぎはなかった。事務所に向かいながら、アーダのふるまいに起因する不快感を払拭しようと努めた。私はグイードのために犠牲を払おうとしているのであり、ほかの誰のためでもないと自分に言い聞かせながら。アーダになんの関係があっただろう？　機会がありしだい、私はそのことをアーダにわからせてやろうと心に誓った。

また嘘をついたことへの後悔からまさに逃れるために、私は事務所に行った。私を待ち受けるものは何もなかった。朝から細かい雨が降り続き、到来の遅い春の空気を清めていた。自宅まですぐのところに来ていた。一方、事務所に行くには、道のりがはるかに長く、かなりめんどうではあった。だが、約束は果たすべきだと私は思った。

まもなくグイードがやって来た。私とふたりきりになるために、彼はルチアーノを外出させた。その顔には、私にもなじみのあの例の錯乱した表情が浮かんでいたが、妻との言い争いでもこの表情に彼は助けられたはずだ。きっと彼は泣き叫んだにちがいない。

グイードは、妻と義母の計画を私がもう聞いていることを知っていたので、どう思うか私に尋ねた。私が答をためらっているように彼の目には映ったらしい。あのふたりの女性の意見とくいちがうような意見を私は述べたくなかったし、もし私がふたりの意見に同調すれば、グイードから新たな非難を浴びかねない。それに、私が援助をためらっていると思われるのは、まったく心外だった。結局、私ではなくグイード本人が決断すべきだというアーダの意見に、私たちは同意することになった。私は彼に、他人の意見にも耳を傾け、分析し、見極めるべきだと説いた。私は、このように重要な案件について忠告ができるほどの実業家ではなかった。そこで時間の節約のため、オリーヴィに相談してはどうかとグイードに言った。

これを聞くやいなや、彼は大声を出した。

「あんな愚か者なんかに誰が!」と叫んだ。「頼むから、あいつの名前は口にしないでくれ!」

オリーヴィを積極的に弁護するつもりはまったくなかったが、いくら私が冷静でも、グイードの気持ちは収まらなかった。私たちは前日と同じ状況下にあったが、前日とは異なり、叫んでいるのが彼で、私が黙る番だった。それは置かれた立場の問題だった。

私は困惑のあまり、手足が麻痺したように固まった。

ところがグイードは、何が何でも私の意見を聞き出そうとした。神から霊感を授かったごとくに、私はこのうえなく巧みに話した。私の言葉がほんの少しでも効果を及ぼしていれば、このあとに続く破局は避けられていただろうとさえ思われた。私なら、十五日の清算と月末の清算、ふたつの案件を分けて考えると彼に言ったのだった。その代わりに、十五日はさほど多くの金額を払う必要がないため、大きくはない損失を受け入れるようにふたりの女性を説得せねばならない。そうすれば次の清算にしっかりと備えるだけの時間を稼げるだろう、と。

グイードは私の言葉をさえぎって尋ねた。

「アーダから聞いたんだ、きみがもうポケットに金を用意しているって。金は今もっているのかい？」

私は赤面した。しかし即座にもうひとつの嘘をつき、その場をしのいだ。

「きみの家に行ったら、その金を受け取ってもらえなかったんで、さっき銀行に預けてきたところさ。だけど必要とあれば、すぐにまた引き出せるよ、早ければ明朝にでも」

すると彼は、私が態度を変えたことを非難した。すべてを正常化するために月末の第二の清算を待つ必要はない！　そう私は前日に公言したばかりではないかという。そして彼は激怒したあげく、しまいには力なくソファにへたりこんだのだ！　彼を株取引に引きずりこんだニリーニやほかの仲買人を事務所からたたき出してやりたいと息まいた。やれやれ！　彼は投機をしながら、破滅の可能性を想定していたのかもしれない。だが、何ひとつ理解できない女たちに服従することは、予想外だったにちがいない。

私は彼に近寄り、手を握りしめた。彼が望めば、抱きしめていたところだ。私が望んでいたのは、ほかでもない、彼が以下のような決心までたどり着くことだった。つまり、いっさい投機はやめて、毎日の仕事に精を出すことである！

これこそ私たちの未来であり、彼の独立を意味するはずだった。今しばらくはつらい時期が続くにしても、いずれすべてがうまくいくだろう。

うちひしがれてはいたが、落ち着きをとりもどした彼は、まもなく帰路についた。優柔不断な彼もまた、強い決意を固めていたのである。

「アーダのもとへ戻るよ！」とつぶやいて、どこか納得したような、苦笑いを浮かべた。

私は彼を戸口まで見送った。もし彼が外に馬車を待たせていなければ、自宅まで送っていただろう。

彼は復讐の女神に追いつめられていた。彼と別れて三十分ほどたってから、私のほうから彼の自宅におもむき、念のために彼のそばにいるべきではないかと考えた。彼の身に危険が迫っていると思ったわけではないが、今やすっかり彼の味方となった私が、彼を助けるようにアーダとマルフェンティ夫人を説得できたかもしれない。株取引の失敗はむろん私の望むところではなく、損失は四分割しても少なくはなかったが、私たちの誰かが破産するほどではなかった。

その後、私の最大のつとめは彼のそばにいることではなく、翌日までに彼に約束した資金を用意することであると思い出した。すぐにオリーヴィをさがしに行き、新たな戦いにそなえた。莫大な額を何年もかけて自分の会社に返金する方法を、私は考えてあった。それから数ヶ月間にわたり、母の遺産でまだ残っていた金をすべてつぎこむのである。オリーヴィが異を唱えないように願っていた。というのも、そのときまで、こちらがもらうべき利益と利子のほかには何も彼に要求してこなかったし、今回のような要求によって彼を煩わせることは二度とないと約束できたからである。いうまでもなく、少なくとも金額の一部はグイードから返してもらうことは期待していた。

その夜、オリーヴィには会えなかった。私が彼の事務所に着いたとき、ちょうど外出したあとだった。証券取引所に行ったのではないかと考えられたが、そちらでも姿を見かけなかった。そこで彼の自宅まで足を運ぶと、彼が名誉職を務める経済団体の会議に出席していることがわかった。そこまで追いかけることもできたが、もう時刻は遅く、道路が幾筋もの小川に代わるほど大量の雨が休みなく降っていた。

土砂降りの雨は夜どおし続き、その後何年も記憶に残る豪雨となった。雨は静かに、じつに静かに降っていた。雨粒は天から垂直に落下しているようにさえ見えたが、雨量の多さはずっと変わらなかった。町をとり囲む丘からは土砂が流れこみ、都市の日常生活で排出されるごみと混ざりあい、市内を流れるわずか数本の運河をふさいだ。しばらく雨宿りをしたが一向にやむ気配がなく、天候の変化は望めないことがはっきりすると、私は帰路につく決意をした。舗道のいちばん高いところを歩いても、水浸しになった。私は悪態をつきながら、骨の髄までびしょびしょになって家まで走った。悪態をついたのは、オリーヴィに会うための貴重な時間をむだにしたからでもあった。私の時間がさほど貴重なものとはかぎらないが、明らかなむだ働きだったとわかれば、私とてたいへん悔しいのはたしかである。私は走りながら考えた。「すべて明日にまわそう。雨もやみ、よく晴れた一日になるだろうから。明日、オリーヴィのところに行ってから、グイードに会いに行こう。できれば明日は早起きしよう、雨はやみ、晴れるだろうから」私は自分の決断が正しいと確信していたので、全員の決定はすべて翌日にもちこされたとアウグスタに言った。私は服を着替え、体を乾かし、暖かいふかふかのスリッパをはいて冷えきった足を休めた。それから夕食をとり、床について翌朝までぐっすりと眠った。私の部屋の窓ガラスに、太いロープのような雨が叩きつけていた。

このため、その夜のできごとを私が知ったのは、かなり遅い時間になってからだった。まず知らされたのは、豪雨によって市内の数ヶ所が浸水したこと、それから、グイードが死んだことである。

だいぶ時間がたってから、なぜそのような事態が起きたかを知った。前夜の十一時頃、マルフェンティ夫人がいなくなってから、グイードは妻に、ヴェロナールを大量に飲んだと告げ、自分がまもなく死ぬことを伝えようとした。そして妻を抱きしめ、接吻をし、さんざん苦しませたことをわびた。それから、舌がもつれる前に、生涯愛したのは彼女だけだと明言した。彼女はそのとき、そんな夫の言葉も、彼が致死量の毒をあおったとも信じなかった。彼が意識を失ってもまだそれが信じられず、また金をもらうために、そんなふりをしているだけだと思った。

それから一時間がたち、夫の眠りがますます深くなるのを見て、アーダは恐怖をおぼえ、自宅からさほど遠くないところに住む医師を呼びにやった。彼女はその伝言に、夫が大量のヴェロナールを飲んだため、至急の手当てが必要だと書いた。

そのときまで、家族のなかでは大きな動揺が見られず、ことの重大性が、伝言を託された女中にも充分に伝わっていなかった。彼女は、この家に来てまだ日の浅い老女だった。

あとは雨のせいだった。女中は膝まで水につかって歩くうちに、伝言のメモを失くしてしまった。彼女は医師を前にして初めてそれに気づいた。ともかくも彼女は、急を要するのでいっしょに来てほしいと医師には伝えた。

マーリ医師は五十歳くらいで、とびきりの名医ではなかったが経験があり、つねに自らの義務をできうるかぎり果たしてきた。自分自身の患者は多くはなく、大勢の社員のいる会社の嘱託医として忙しく働いていたが、報酬には恵まれていなかった。彼は帰宅したばかりで、ようやく暖炉にあたり、体を温め、乾かしているところだった。そのとき彼がどんな気持ちで暖かな部屋をあとにしたか、容易に想像がつく。私が哀れなグイードの死因を詳しく調べ始めたとき、マーリ医師がどんな人物か知りたいと思った。知りえたのは以下のことのみである。彼が表に出て、傘をさしても雨で濡れることがわかると、農民は雨が降れば家から出ないことを思い出し、農業ではなく医学を修めたことを後悔したという。

医師がグイードの枕元に行くと、そこには、すっかり落ち着きをとりもどしたアーダがいた。医師がそばに来ると彼女は、数ヶ月前にグイードがいかに自殺を偽装して彼女をだましたかを、よりはっきりと思い出した。責任はもはや彼女ではなく、医師のほうにあった。偽装自殺だと思われる理由も含め、すべての情報が伝えられるはずだから。医師は、道路を掃き清める波のような豪雨に耳を傾けながら、偽装自殺の理由をひとつずつ聞いた。服毒の治療のために呼ばれたことが伝わっていなかったので、必要な器具をいっさいもってきていなかった。彼はそれを嘆き、アーダが聞きとれないようなつぶやきをもらした。最悪の事態は、胃の洗浄に必要なものを誰かにとりに行かせられず、彼自身がとりに帰らねばならないことだった。同じ道を二度も往復するはめになったのだ。医師はグイードの脈をとり、いたって正常であることを確認した。そしてアーダに、グイードの眠りはつねに深かったかどうかと尋ねた。アーダは、夫の眠りが深いのはたしかだが、ここまでではないと答えた。医師がグイードの目を調べると、光にすぐに反応した！　濃いコーヒーをときどきスプーンで飲ませるように指示して、医師は出て行った。

彼が表に出ると、怒りをあらわにこうつぶやいたことも、私はあとから聞かされた。

「こんな天気のときに自殺を偽装するなど、許されざる行為だ！」

私は医師と会ったとき、その怠慢をあえて非難するようなことはしなかったが、彼は私の思いを察して弁明した。医師は私に言った。朝、グイードが死んだと聞き、驚きのあまり、グイードがいったん意識をとりもどしてから再びヴェロナールを飲んだのではないかと疑ったほどだ、と。さらにこうつけ加えた。診療において、自分の命のことしか考えていない患者たちの攻撃からどのように身を守るか、医学の素人には想像もできないだろう、と。

一時間あまりが過ぎると、アーダはグイードの閉じた口のなかにむりやりスプーンを押しこむことに嫌気がさしてきた。彼がコーヒーを徐々に飲まなくなり、口からこぼれて枕を濡らすのを見て、アーダはまたも驚き、パオリ医師を呼んでくるように女中に頼んだ。今度は女中も、なくさないように伝言のメモをしっかりと身につけた。しかし、医師の自宅にたどり着くまで、一時間以上かかった。雨が強くなれば、屋根つきの廻廊の下でときおり雨宿りをするのもむりはない。このような豪雨に遭えば、体が濡れるだけではなく、鞭で打たれるような痛みを感じるものだから。

パオリ医師は不在だった。少し前にほかの患者に呼び出され、すぐに帰宅できそうだと言い残して出かけたのだったが、この患者の家で雨がやむのを待ったらしい。一方、医師の家では人のよい年配の家政婦が、アーダの女中を暖炉のそばに坐らせて、体を温めさせた。医師は患者の住所を知らせずに出かけたので、ふたりの女は暖炉の前で数時間を過ごした。雨がやんでから、ようやく医師が帰宅した。彼が以前グイードの治療に使った器具をすべてもってアーダの家に着いたときには、もう夜が明けようとしていた。グイードの枕元で彼がすべきことはひとつだけだった。グイードが死んだことをアーダに隠し、彼女が夫の死に気づく前にマルフェンティ夫人を呼んで来させ、娘の悲しみをなぐさめてもらうことだった。

このため、訃報が私たちに知らされたのはかなり遅く、しかも不正確なものだった。私はベッドから起き上がると、哀れなグイードにたいして、最後の怒りの衝動をおぼえた。彼は喜劇を演じることによって、ありとあらゆる不幸を複雑にするからである！アウグスタは子供をそのまま置き去りにはできないので、私ひとりが家を出た。表に出ると、ある疑念にかられた！　銀行が開き、オリーヴィが彼の事務所に来るのを待つほうがよいのではないか？　そうすれば、私が約束した金を用意してグイードの前に現れることができるだろう。グイードの状況が悪化したとの知らせは届いてはいたが、私はまともにそれを信じてはいなかった。

階段で出くわしたパオリ医師から私は真実を聞いた。衝撃のあまり、私は階段からころげ落ちそうになった。私がグイードのかたわらで生きるようになってから、彼は私にとって最も重要な人物となっていたのである。彼の存命中、私は彼をある光のなかで眺めていた。その光は、私の日々の生活の一部となっていた。彼が死んで、その光は、まるで突如プリズムを通過したかのように変化したのだった。私がめまいを感じたのは、まさにこのためだった。彼はまちがっていたが、彼が死んだ今、そのあやまちは何も残らないことに私はただちに気づいた。私の考えでは、彼は愚か者なのだ。賛辞で飾り立てられた碑銘の並ぶ墓地で、罪びとたちはあの世でどこに埋葬されるのかと尋ねたあの道化も同然だった。グイードはもはや潔白だった！　死が彼を浄化したのである。

医師は、悲しみに沈むアーダにつきそい、心動かされたようすだった。彼女が過ごした恐ろしい夜について、その一部を彼は私に語った。グイードの飲んだ毒の量が多く、いかなる救命措置も効果がなかったと、彼女は納得させられていた。もしそうでなければ、たいへんなことになっただろう！

「しかしながら」と医師はつけ加えた。「もし私があと数時間早く着いていれば、助けられたのに。毒物の空きびんを何本か見つけましたよ」

私はその空きびんを調べた。かなりの服用量だったが、前回とさほど変わらなかった。医師は私にほかのびんを見せたが、そのラベルにはヴェロナールと印刷されていた。つまり、彼が飲んだのはヴェロナール・ナトリウムではなかったのだ。グイードに死ぬつもりがなかったことを、そのとき私は誰よりも強く確信した。だがそのことは誰にも話さなかった。

　パオリ医師は私に、しばらくはアーダに会わないようにと言った。彼は強い鎮静剤を彼女に処方したので、まもなくその効果が現れるだろうとのことだった。

　廊下に出ると、私が二度アーダの出迎えを受けたあの小部屋から、静かな鳴き声が聞こえてきた。とぎれとぎれの言葉を理解するにはいたらなかったが、その悲しみは痛いほど伝わってきた。「彼」という言葉が何度も繰り返されたことから、言わんとするところを想像した。哀れな死者との関係をたどりなおしていたのだ。それは、彼が生きていたときの関係とは似ても似つかぬものだったにちがいない。私に言わせれば、生前の夫との彼女の関係は明らかにまちがっていた。彼は、一家がこぞって犯した罪のために死んだのだった。なぜなら、彼ら全員の同意のもと、彼は株の投機を行ったのだから。ところが彼がそのつけを支払うときになって、みなが彼を見放した。それで彼は支払いを急いだ。親族のなかで私だけが、実際はなんのかかわりもないのに、彼を救う義務を感じたのである。

　夫婦の寝室に置き去りにされた哀れなグイードが、シーツにくるまれて横たわっていた。すでに硬直が進み、活力はなく、自らは望まない死をとげたことの大きな驚きが、そこに現れていた。彼の褐色の美しい死に顔には、非難が刻まれていた。もちろんそれは、私に向けられたものではなかった。

私はアウグスタのもとへ行き、姉につきそうように頼んだ。私はかなり動揺し、アウグスタは、私に抱きつきながら泣いた。

「あなたは、彼にとっては兄弟も同然だった」と彼女はささやいた。「グイードの思い出を清めるために、私たちの財産の一部を犠牲にするというあなたの意見に、遅ればせながら私も賛同します」

私は哀れな友人の名誉を回復することに努めた。まず事務所の扉に、「社主の死去により閉鎖」の告知を貼りだした。死亡通知も私が書いた。しかし葬儀の詳細は、翌日アーダと相談してから決めた。そのとき初めて、アーダが墓地まで棺につきそう決心であることを知った。できるかぎり愛情の証しを立てようとしていたのだ。かわいそうに！墓前での後悔がいかに苦しいものであるか、私も知っていた。父が死んだときは私もひどく苦しんだのだから。

その日の午後は、ニリーニとふたりで事務所にこもった。そこで、グイードの財政状況を確認するために、私たちは簡単な貸借対照表を作ってみた。すると驚くべきことがわかった！　彼は会社の資本金を使い果たしていただけではなく、資本金と同額の借金を抱えていたのだ。もし借金を全額返すことになれば、ではあるが。

私は働かねばならなかった。今は亡き哀れな友人のために、本気で働くべきところだったが、空想にばかりふけっていた。私が最初に考えたのは、彼の事務所で一生を犠牲にしてでも、アーダとその子供たちのために働くことだった。だが私には、それをやりとおすだけの自信があっただろうか？

ニリーニはいつものようにしゃべり続けていたが、私ははるか遠くを眺めていた。彼もまた、グイードとの関係を根本から変える必要を感じていたのだ。ようやく彼はすべてを理解したのだった！　彼が言うには、彼をないがしろにしたときから、哀れなグイードは自殺へと誘う病にとりつかれていたのである。したがって、彼はもはやすべてを水に流し、誰のことも恨んではいない。グイードのことはずっと好きだったし、今でも好きだという。

結局、ニリーニの夢は私の夢と合致し、重なり合ったのだった。あのような大損をとりもどすのに悠長な商売では間に合わず、株に頼らざるをえない。ニリーニは、最後の瞬間に掛け金を二倍にして命拾いをした彼の親しい友人の話を私に語った。

私たちは何時間も話し合ったが、正午をやや過ぎた頃、最後の最後になってニリーニが、グイードの始めた投機を続けようと提案し、すぐに私は同意した。私はその提案を大きな喜びとともに受け入れた。あたかも、それによってグイードを生き返らせることができるかのように。こうして私はグイードの名義で、リオ・ティントやサウス・フレンチといった、奇妙な名前のほかの株を大量に買うことになったのである。

かくして、私の生涯で最も集中して働いた五十時間が始まったのだ。まずは、夜まで居残り、事務所を大股で動きまわりながら、私の指示が実行されているかどうか確認するまで待機した。私が心配していたのは、グイードの自殺が取引所で知られ、彼の名前が無効とされて、これ以上の売買ができなくなることだった。しかし数日間は、彼の死が自殺によるものだと知られずにすんだ。

それからようやく、私の指示がすべて実行されたとニリーニから報告を受けたが、そのときから私の本当の不安は始まった。契約書を受け取ったとき、すべての銘柄でかなりの損を出していると知らされて、不安はさらにつのった。今もおぼえているが、あのときの動揺はまさに苦役であった。私の記憶のなかでは、カードをためつすがめつしながら五十時間も中座することなく賭博台に坐ったような奇妙な印象が残っている。そのような労苦に何時間も耐えられた人物を私はほかに知らない。株のいかなる値動きも見過ごすことなく記録したうえで、(正直に言えば)私というよりも、私の哀れな友人の都合のいいように、頭のなかで価格を上げたり下げたりしていたのだ。私は不眠の夜を過ごした。

私の救済措置を家族の誰かがはばむことを恐れて、月半ばの返済にかんしては、期日が来ても誰にも言わなかった。全額を私が支払った。なぜならみんなが埋葬を待つ遺体のまわりに集まって、返済義務のことなどほかに誰もおぼえていなかったからである。しかも私は幸運に恵まれて、返済は当初に定められた額よりも少ない額ですんだ。私はグイードの死に心を痛めており、心痛をやわらげるには、私の署名を使ったり、私の持ち金を犠牲にしたり、あらゆる手段を講じて自らを危険にさらすべきだと考えていた。彼のそばでずっと以前にいだいた善意の夢が、ここで再び顔を出したのだ。このように大きな不安にさいなまれた私は、自分のためにはいっさい株取引をしなくなった。

しかし、この「投機熱」のせいで、ついに私はグイードの葬儀にも出ずじまいだった。それは以下のような経緯による。ちょうど当日、私たちが購入した銘柄の株価が跳ね上がったのである！　ニリーニと私は、損失をどれだけとりもどしたかの計算に時間を費やした。シュパイエル老人の資産は、半分まで回復したのだ！　すばらしい結果に、私は誇らしい気分になった。ニリーニが自信なげではあるが予測したとおりになったのだから、そのときの言葉を繰り返す彼の口調からは、当然ながらためらいが消え、あたかも信頼できる予言者のようだった。私が思うに、彼はこのような結果とともに、その逆も予測していたはずだ。いずれにせよ、彼が予測をまちがえたことにはならない。だが私はそのことを口にはしなかった。なぜなら、彼にはこのまま野心をもって仕事に取り組んでほしかったからである。彼の願望もまた、株価に影響を及ぼさないともかぎらないではないか。

私たちは三時に事務所を出ると、走り出した。そのとき初めて、葬儀が三時四十五分に始まることを思い出したからである。

キオッツァの柱廊あたりで、遠くの方に葬列が見えた。アーダのために葬儀用に仕立てられた友人のものらしき馬車も見分けられた。私はニリーニといっしょに広場の馬車に飛び乗り、葬列を追いかけるように御者に指示した。馬車のなかでも、私たちは損得勘定を続けた。哀れな故人のことに思いを寄せるどころか、私たちは馬車の速度が遅いことに不平をもらした。私たちがいないあいだに、証券取引所で何が起きていたことやら！　しばらくするとニリーニが、私をじっと見つめながら、なぜ私が自分のために株取引をしないのかと訊いた。

「今のところは」と私は言い、なぜか顔を赤らめた。「哀れな友人のために働くのみです」

それから、ためらいがちにつけ加えた。

「しばらくしてから私自身のことは考えますよ」このまま交友関係はなんとか保つ必

要上、私にも投機をさせたいという彼の期待を裏切りたくなかった。だが口にこそ出さなかったが、心のなかではこうつぶやいていた。「その手にはのるものか！」彼は私を口説き始めた。

「こんな機会がまた来るとはかぎらない！」相場では一時間ごとに機会が巡ってくると私に教えたことなど、彼はすっかり忘れていた。

馬車が通常は止まるところまで来たとき、ニリーニは窓から頭を出し、驚きの叫びを発した。馬車が葬列のあとをなおも進み、ギリシア人墓地に向かったからである。

「グイードさんは、ギリシア人？」彼は驚いて尋ねた。

たしかに、葬列はカトリックの墓地を通り過ぎ、別の墓地へと向かっている。ユダヤ人、ギリシア人、プロテスタント、セルビア人の墓地へ。

「プロテスタントだったかもしれない！」そう言ってからすぐに、カトリック教会で行われた彼の結婚式に参列したことを思い出した。

「何かの手違いにちがいない！」不適切な場所に彼を埋葬するのではないかと最初は思い、私は大きな声を出した。

いきなりニリーニが笑い出した。笑いを抑えられずに、小さな顔の口を大きく開けたまま、馬車の背もたれに力なく寄りかかった。

「我々がまちがえたんだ！」と彼は叫んだ。快活な笑いを抑えると、私を責め始めた。葬儀の時刻と参列者の顔を知っているのは私だから、行く先をよく確かめるべきだったという。それは、別人の葬儀だったのだ！

私は腹が立ち、彼といっしょになって笑えなかった。それどころか、彼の非難はまったく受け入れがたかった。彼のほうこそ、もっと注意していればよかったではないか！私の怒りが静まったのは、葬儀よりも相場のほうが大切だったからにすぎない。どちらに進めばよいか見定めるために私たちは馬車から降り、カトリック墓地の入り口のほうへ歩いて行った。馬車はうしろをついてきた。別の葬儀の遺族たちが、私たちを驚いて見ていることに私は気づいた。今の今まで故人に敬意を表してついてきたのに、最後の最後で見放す理由が解せなかったのだ。

ニリーニはがまんできずに私の前を歩き出した。彼はややためらってから守衛に尋ねた。

「グイード・シュパイエル氏の葬列はもう到着しましたか？」

私には滑稽に思われた質問に、守衛は驚いたようすもなかった。彼は知らないと答えた。この三十分間にふたつ葬列が敷地内に入ったことだけは知っていると言った。

困り果てた私たちは話し合った。当然ながら、葬列がすでに墓地のなかなのか、まだ外なのかはわからなかった。そこで私自らが判断した。すでに始まっているかもしれない葬儀にあとから加わり、邪魔をしてはならないと思った。したがって、墓地のなかには入らないことにした。だがその一方で、引き返す途中に葬列にばったり出くわすのも避けたかった。そこで埋葬に立ち会うのはやめて、セルヴォラ地区の向こう側を大回りして町なかにもどることにした。アーダとも知り合いのニリーニは、葬儀に顔を出すことにこだわったので、私は馬車を彼にゆだねた。

私は誰にも会わないように速足で、集落へ通じる田舎の坂道を登った。葬儀をまちがえたことも、哀れなグイードに最後の別れを告げられなかったことも、もはやいっこうに気にならなかった。宗教儀式に時間をとられたくはなかった。別の義務が私を待っていた。友人の名誉を挽回し、未亡人と子供たちのためにその財産を守るという義務である。損失の四分の三を私がとりもどした(私は頭のなかで何度も計算していた。グイードは父親の財産の二倍に相当する損を出していたが、私が介入したおかげで、損失は財産の半分に減ったのだ。ゆえに計算は正しい。ちょうど損失の四分の三を私がとりもどしたことになる)とアーダに伝えれば、彼の葬儀に参列しなかったこともきっと許してくれるにちがいない。

その日のうちに天気は回復した。春のすばらしい陽光がふりそそぎ、まだ雨で濡れている田園は、すがすがしい澄んだ空気に包まれていた。ここ数日、運動ができずにいた私の肺は、大きくふくらんだ。健康な全身に力がみなぎった。健康は、比較を通してしか浮かび上がらない。私自信を哀れなグイードと比較したところ、彼が敗北したその同じ戦いにおいて、私が勝者として浮上したのである。私のまわりのすべてが健康に恵まれ、力があった。田園もまた、若草におおわれていた。たっぷりと水を含んだ草原の広がりと、前日の災害は、今や幸運の兆しにしか見えなかった。輝く太陽は、いまだ凍りついた大地が望むぬくもりだった。天災が遠のけば遠のくほど、その青空は、タイミングよく曇ることがなければ、きっとかえってわずらわしく思われただろう。しかしこれは、私が体験したことの推測であり、それをずっと記憶していたわけではない。これを書いている今になって初めて思い出したのである。あのときの私の心には、私の健康と大自然への讃歌だけがあった。永遠の健康への讃歌である。

私の足どりはさらに速くなった。ますます軽くなったようで気分爽快だった。セルヴォラの丘を、ほとんど駆け足で降りた。平地のサンタンドレーアの散歩道まで来ると、再び歩速をゆるめたが、大きな幸せはなおも感じていた。まるで空気に乗っているような気持ちだった。

最も親しい友人の葬儀からの帰りであることを、すっかり忘れていた。私は勝者のように歩き、息をしていた。だが勝利にたいする私の喜びは、利益を出すために私が奔走した哀れな友人への敬意の表れだった。

引け値を見るために、私は事務所に走った。いくらか値を下げていたが、心配するほどではなかった。このまま投機を続ければ、目的を達成できると確信していた。

ついにアーダの家に行くことになった。ドアを開けに来たのはアウグスタだった。彼女はすぐに私に尋ねた。

「なぜ葬儀に来なかったの？　あなたは、家族のなかでたったひとりの男なのに」

私は傘と帽子を置くと、やや困惑しながら彼女に言った。同じ説明を繰り返したくないから、アーダもいる前で話したいと。アーダを待つあいだ、葬儀に欠席したのにはそれなりの理由があることだけは伝えてアウグスタを安心させた。だが私は自信がなくなり、疲れたせいもあるのか、突然わき腹が痛くなった。アウグスタの厳しい目がその原因だったのかもしれない。彼女の目を見ていると、物議をかもしたにちがいない私の不在を正当化することが、むずかしそうに思われてきたのだ。葬儀の参列者全員が、私がどこに行ったのかを話題にして悲しみをまぎらわす場面が私の目に浮かんだ。

アーダは来なかった。あとでわかったのだが、私が彼女を待っていることすら知らされていなかったらしい。私を出迎えたマルフェンティ夫人は、これまで見たこともないような厳しい顔つきで話し始めた。私は弁解を迫られた。自信をもって墓地から町なかに舞い戻ったのに、その自信が崩れ去った。私は口ごもった。真実を補うために、事実とはいささか異なることも彼女に語った。私はグイードのためを思って証券取引所で大胆な行動をとった、と。すなわち、葬儀が始まるわずか前にパリに発注の電報を打ち、返事が来るまで事務所を離れたくなかったのだ、と。たしかに、ニリーニと私はパリに電報を打ったが、それは二日前のことであり、返事を受け取ったのも二日前だった。要するに、真実を言うだけでは十分な弁解にならないことが私にはわかっていたのだ。おそらくそれは、真実をすべて明らかにして、これほど重要な株取引について語ることは不可能だったから。私が、自らの意志力によって、世界の株式市場を操作することを数日来もくろんでいるとも言えなかった。しかしマルフェンティ夫人は、グイードの損失がどれほどまで減ったかを聞いて、私に謝った。そして目に涙をためて礼を言った。私はまたもや、家族で唯一の男であるばかりか、最も頼もしい男になったのである。

夫人は、夕方アウグスタといっしょにアーダに会いにくるように私に言った。それまでに夫人から長女にすべてを説明しておくという。今のところアーダは誰にも会うつもりはないとのことだった。言われるがままに私と妻は帰宅した。妻もまた、実家を辞去する前に、アーダに挨拶するのはひかえるほうがよいと考えていた。絶望の涙を流す段階を過ぎて、今や悲しみのどん底に沈む姉は、誰に話しかけられているかもわからない状態だったからである。

　私に希望が芽生えた。

「ということは、アーダはぼくが葬儀にいなかったことに気づいていないのかな?」

　するとアウグスタは、黙っているべきかもしれないがと断ったうえで、私の不在を嘆く彼女のようすが不自然に思われたと打ち明けた。アーダは妹にその説明を強く求めたものの、アウグスタは、私にまだ会っていないので何もわからないと答えざるをえなかった。するとアーダは、またも絶望にうちひしがれて、グイードがこんな最期をとげたのは家族全員に憎まれていたからにちがいないと叫んだという。

　私からすれば、アウグスタにはもっと私を弁護してもらいたかった。しかるべき方法でグイードを救うことができたのは私だけだと主張してほしかった。グイードが私の言うことを聞いていれば、彼が自殺を試みることも偽装することもなかったはずなのだ。

　ところがアウグスタは、そうは言ってくれなかった。アーダの落胆ぶりにすっかり動揺して、反論すれば姉を傷つけることになると恐れたのだ。それに妻は、マルフェンティ夫人の説明によって姉が私を誤解していることに気づくだろうと信じていた。私もまたそう信じていたと言わねばならない。正直に言えば、アーダはその説明を聞いて驚き、私に感謝するにちがいないと確信していたのだった。いうまでもなくアーダは、バセドウ病が原因ですべてにおいて過敏だったのだから。

再び事務所に戻り、相場がまたわずかに上昇の気配を見せていることを知った。ほんのわずかな上昇ではあったが、翌朝の始め値に十分に期待できるものだった。

夕食後、私はひとりでアーダに会いに行くことになった。娘のぐあいが悪く、アウグスタがいっしょに来られなくなったからだ。私を出迎えたマルフェンティ夫人は、台所で用事があるから、アーダには私ひとりで会うように言った。そのあとで夫人は、私とふたりきりにしてほしいとアーダに頼まれたのだと打ち明けた。誰にも聞かれたくない話があるという。すでに二度アーダと会ったことのある例の小部屋に私を通した夫人は、別れぎわに笑いながら言った。

「ほんとうはね、グイードの葬儀にあなたが来なかったことを、アーダはまだ許そうとしないのよ……でも……もうほとんど！」

その小部屋でまたも私の胸は高鳴った。しかし今回は、私が愛してもいない人に愛されるのがこわかったからではない。今しがたマルフェンティ夫人が言った言葉によって、哀れなグイードの思い出を私がいちじるしく損なったことに気づかされたからである。アーダ本人が、私の非礼が財産をとりもどすためだったという申し開きを聞いても、私をすぐには許せないのだから。私は坐ってグイードの両親の肖像画を眺めた。老父は、満足げな表情を見せていたが、それが私の果敢な行動によるものだと思われた。一方、グイードの母親はやせていて、袖のゆったりした服をまとい、豊かな髪に小さな帽子をのせた姿が、いかにも厳格そうだった。まさにこのとおり！　写真機の前では、めいめいが別の表情を見せるのである。私はふたりの顔の表情をさぐっている自分自身に憤りを感じて、目をそらした。母親は、私が息子の埋葬に立ち会わないとは、まさか思いもしなかっただろう！

しかしアーダは、私に驚くほどつらくあたった。彼女は私に言いたいことを、時間をかけて考えたにちがいない。ところが、私の説明や私の反論、私の訂正には耳を傾けなかった。それを想定しておらず、急には対応できなかったのだろう。彼女は不意をつかれた馬のように、行く着くところまで己の道を突っ走った。

アーダは、黒いガウンを着ただけの簡素な恰好で部屋に入ってきた。髪型がひどく崩れていた。手でかき乱したらしかった。何かをかきむしらなければ、気を静められなかったのかもしれない。私が坐るテーブルまで来ると、手をつき、私の顔をまじまじと見た。彼女の小さな顔はまたやつれ、彼女を別人のように見せていた、あの不自然な頰のふくらみは消えていた。グイードをとりこにしたときのように美しくはなかったが、彼女を見ても誰も病気だとは思わなかったにちがいない。病の痕跡は消えていた！　そのかわりに、大きな悲しみにすっぽりと包まれていた。私にはその悲しみの大きさがよくわかったので、何も言えなかった。私は彼女を見つめながら考えた。『彼女をなぐさめ、涙とともに真情を吐露してもらうには、どんな言葉をかければ彼女を妹のように抱きしめるかわりになるだろうか？』このあと私が彼女から責められたとき、弁解を試みたが、それがあまりにも弱々しく、彼女には私の声も聞こえないほどだった。

彼女は、しゃべりにしゃべった。私にはその言葉をすべて繰り返すことはできない。記憶にまちがいがなければ、彼女はまず、真摯ではあるがじつに冷ややかな態度で、私が彼女と子供たちのために尽くしたことに礼を言った。それからすぐに私の非難を始めた。

「あなたのせいで彼は死んだのよ、死ぬ理由なんかこれっぽっちもなかったのに！」

それから、私に言ったことを秘密にしてほしいと言わんばかりに声を落としたが、その声はさらに熱を帯びた。それは、グイードへの愛情と（ひょっとすると）私への愛情によるものだったにちがいない。

「あなたが葬儀に来なかったことは許しましょう。あなたには来られない理由があった。だから許します。彼もまた、もし生きていたらあなたを許すでしょう。でもあなたが葬儀に来ていたら何をしたかしら？　彼を愛していなかったあなたは！　あなたはいい人だから、私のために、私の涙を見て泣いてくれたことでしょう、でもそれは、あなたが……憎んでいた彼のためではない！　かわいそうなゼーノ！　私の兄弟よ！」

真実をまげてそんなことが言えるとは、度を越していた。私は反論したが、彼女は聞く耳をもたなかった。私はそのとき大声を出したのだと思う。少なくとも、のどを強く震わせたのはたしかだ。

「それはちがう、嘘だ、中傷もはなはだしい。よくもそんなふうに考えられるな！」

彼女はなおも小声で話し続けた。

「だけど私も彼を愛することができなかった。彼を裏切ろうとは夢にも思わなかったけれど、彼を守ってあげる力が私にはなかったのよ。私はあなたがた夫婦の関係を見ていて、うらやましかった。私たち夫婦よりも幸せそうだったから。葬儀に参列しなかったことを、むしろあなたに感謝しなくてはいけないわ。さもなければ、私はいまだに何も気づいていなかったでしょうね。でもこれですべてがはっきりした。私も彼を愛してはいなかったのよ。そうでなければ、彼のヴァイオリンまで嫌いになるはずがないわ、彼の広い心の表現だったのに！」

そのとき、私は頭を腕にもたせかけて顔を隠した。彼女の非難は正当性を欠いており、あえて反論するまでもなかったが、その不当な非難も彼女のやさしい口調によってやわらげられて、彼女を言い負かすには甘い顔を見せるべきではなかったにもかかわらず、私も厳しい反応を示せなかった。それに、悲しみの傷口をこれ以上大きく広げないための、アウグスタの慎み深い沈黙を見習うべきだった。しかし目を閉じると、暗闇のなかで見えたのは、彼女の言葉によって創造された、まるですべて嘘いつわりであるかのような新しい世界だった。私もまたグイードをつねに憎んできたような、彼のそばにいて、彼を攻撃する機会をたえず狙っていたような気がしてきた。それに、グイードと彼のヴァイオリンを結びつけたのは彼女だった。彼女が自らの悲しみと後悔のなかを手探りで進んでいたことに私が気づかなかったならば、グイードにたいする私の憎しみの根拠として、彼女がヴァイオリンをもちだしたのだと思っていたかもしれない。

それから、暗闇のなかに、グイードの遺体が浮かび上がった。生気のない彼の顔には、そこに横たわっていることの驚きが刻まれていた。私はびっくりして顔を上げた。不当だとわかっている非難をアーダにぶつけられるほうが、暗闇の奥を見つめることよりもまだましだった。

「かわいそうなゼーノ、あなたは彼を憎んでいるとも知らずに、彼のかたわらで暮らし続けた。あなたは私への愛情のために、彼に尽くしたのよ。しょせんそれは無理な話！　こんな結果になるのは目に見えていた！　かつては私もまた、あなたが私にいだき続ける愛情に気づき、あなたの愛を利用できると思ったわ。彼のためになるような保護を手厚くするために。でも彼を愛する人しか彼を守ることはできなかった。私たちはふたりとも彼を愛していなかったのよ」

「彼のために、ぼくはこれ以上何ができるだろう？」熱い涙を流しながら私は訊いた。私の無実を彼女と私自身に納得させるために。ときに涙は、叫びの代わりを果たす。私は叫びたくはなかったし、何かを言うべきかどうか迷っていた。だが彼女の主張はしりぞけなければならず、泣いたのだった。

「彼を救えればよかった、わが兄弟よ！　私とあなたで彼を救うべきだったのに。私は彼のそばで暮らしながら、彼への愛情が足りず、それがかなわなかった。あなたはずっと遠いところにいて、彼が埋葬されるときも不在だった。それから、愛で身を固めて自信たっぷりにあなたは現れた。でもその前は、彼のことなど眼中になかった。それでもあの日は夜まで彼はあなたといっしょだった。だからあなたには予想できたはず、彼のことが心配だったなら、何か深刻なことが起きようとしている、と」

涙のせいで私はうまく話せなかったが、事実を明らかにするために、口ごもりながらなんとかつぶやいた。彼は前夜沼地に行って狩りを楽しんだばかりで、次の日の夜中をこのようなことのために使おうとは、まさか誰も予想できなかったのだ、と。

「彼には狩りが必要だった、彼はそれを必要としていたんだわ！」彼女は大きな声で私を叱責した。それから、大声を出しすぎて力尽きたかのように、いきなり床に崩れ落ちて気を失った。

マルフェンティ夫人を呼ぶのを、ほんの一瞬ではあるがためらったことをおぼえている。彼女の失神が、彼女のしゃべったことを解き明かすように思われたからである。

マルフェンティ夫人とアルベルタがかけつけた。夫人はアーダを抱きかかえながら私に尋ねた。

「例の幸運な株取引について、あなたから話を聞いたせいかしら？」さらにこう続けた。「気絶するのは今日これで二度目よ！」

しばらくその場を離れるように頼まれた私は、廊下に出て待った。また部屋に入るべきか、立ち去るべきかわからなかったから。そのあいだ、アーダにこれからどのような説明をすべきか考えた。彼女は忘れていたのだった。私が提案したようにことが進められていれば、災難が確実に避けられたことを。これさえ言えば、私にたいするあらぬ誤解を解くには充分だろう。

まもなくマルフェンティ夫人が私のもとへ来て、アーダが意識をとりもどし、私に挨捗したがっていると告げた。彼女は、少し前まで私が坐っていた長椅子で休んでいた。私を見ると泣き始めた。彼女が涙を流すのを見たのはそれが初めてだった。彼女は汗で濡れた手を差し出した。

「さようなら、親愛なるゼーノ！　お願いだからおぼえていて！　ずっとおぼえていて！　彼のこと忘れないで！」

マルフェンティ夫人がそこで口をはさみ、アーダは私に何をおぼえておくように頼んだのか訊いてきた。証券取引所でのグイード名義の取引をすべて清算することだと私は答えた。私は自分の嘘に赤面し、アーダに否定されないか心配になった。ところが彼女は否定するどころか、こう叫んだ。

「そうよ！　そうなの！　すべて清算しなくちゃだめ！　あんなに恐ろしい証券取引所のことなどもう聞きたくもない！」

アーダの顔からまた血の気が引き、マルフェンティ夫人は彼女を落ち着かせるために、すぐにすべてが彼女の希望どおりになるだろうと言って安心させた。

それからマルフェンティ夫人は私を玄関まで送り、ことを急がないように頼んだ。グイードの利益になるよう、私が最善と信じることをしてほしい、と。しかし私は、もう自信がないと答えた。危険が大きすぎた。危険を冒してまで、他人の利益にあのような方法でかかわることは、もはや私にはできなかった。もはや株式投機を信用していなかった。少なくとも、私の操作が相場の成り行きに影響を与えうるというような自信はなくなっていた。だからこそ、このような事態の進展を幸いに、私はすべてをただちに清算せねばならなかったのだ。

私はアーダの言葉をアウグスタには繰り返さなかった。なぜ妻まで苦しめる必要があっただろう？　だが、彼女の言葉をほかの誰にも伝えなかったからでもあるが、それは私の耳のなかでたえず鳴り響き、長年にわたり、つきまとって離れなかった。今もなお私の心のなかで鳴り響いている。そして今日もなおそれを私は分析している。グイードを愛したとまではたしかに言えないにしても、それはただ、彼が風変りな男だったからにすぎない。しかし、私は兄弟のように彼のそばにいて、できるかぎり彼を助けた。それゆえ、アーダの非難は的はずれである。

その後は、彼女とふたりきりになる機会がなかった。彼女は私にこれ以上何も言う必要を感じていなかったし、私からあえて説明を求めることもなかった。それはきっと、彼女にさらなる苦しみを味わわせたくなかったからかもしれない。

相場は私の予想どおりになった。グイードの父は、最初の電報で全財産を失ったことを知らされたあと、その半分が無事だったことを知り、きっと喜んだにちがいない。それは私の功績ではあったが、予期していたような喜びを私は味わえなかった。

アーダは、亡父の家族の住むブエノスアイレスに子供を連れて出発するまでのあいだ、ずっと私にはやさしかった。私とアウグスタと過ごす時間を何よりも大切にした。彼女のあのような発言はすべて、常軌を逸したとさえいえる苦しみの発作によるものであり、本人もそれをおぼえていないのではないか。そう考えたくなるときが私にはあった。しかし彼女は一度、私たちのいる前でグイードの話をしたことがあった。そのとき、以前私に言ったことを繰り返し、再び短くこう言ったのである。

「誰からも愛されてなかった、かわいそうに!」

アーダは船に乗るとき、体調を少し崩した子供を抱きかかえながら、私にキスをした。それから、そばに誰もいなくなるとこう言った。

「さようなら、ゼーノ、私の兄弟。彼を充分に愛せなかったことはいつまでも忘れないわ。あなたもおぼえていてね! 私は喜んで故郷を捨てます。私の後悔から遠ざかるような気がする!」

そんなふうに自分を責めるべきではないと私は彼女をさとした。彼女がよい妻だったことはよく知っているし、そう断言できると私ははっきり言った。だが彼女が納得したかどうかはわからない。彼女はむせび泣いて言葉をつまらせ、口を閉ざした。ずっとあとになってから、私は思うことがあった。彼女が私に別れを告げたとき、あのようなことを言って、私への非難を新たにしたかったのではないか、と。しかし、彼女が私を誤解していたことはわかっている。きっと、グイードを愛さなかったことで私は自分を責めるべきではないのだ。

暗く陰鬱な一日だった。雲がひとつかかっていたが、空全体をおおうほどではなかった。港から大きな帆船が漕ぎ出ようとしていた。マストから帆が力なく垂れていた。ふたりの男だけでオールを力いっぱい漕ぎ、ようやくその大きな貨物船が動きだした。沖では順風に恵まれることだろう、きっと。

アーダは蒸気船の甲板からハンカチを振って別れの挨拶をした。それから背をくるりと向けた。グイードが眠る聖アンナ墓地の方角を見ていたにちがいない。遠ざかるにつれて、彼女の姿はますます小さくなり、美しさを増していった。私の目は涙でくもった。こうして彼女は私たちのもとから去り、私の無実を証明することがもはやできなくなったのである。

8　精神分析

一九一五年五月三日

精神分析をこれで終えることにする。まるまる六ヶ月も休まずこれを続けてきたが、私の症状は前よりもかえって悪くなった。まだS医師を解任してはいないものの、私の決意は固い。とりあえず昨日は医師に、用事があって行けなくなった旨を伝えたが、数日間は彼を待たせておこう。そのあいだに、腹も立てずに彼のことを笑って話せるようになれば、また会ってもよいだろう。だが、いざ会ってみれば、彼をなぐりつけないか心配だ。

大戦が勃発してから、この町の暮らしは以前よりも退屈になった。そこで私は、精神分析の代わりに、また文字を連ねることにする。一年前から私はひとことも書いておらず、これもほかのこと同様に、S医師の指示に従ってのことである。彼が言うには、治療中に私が内省するときは、必ず彼がそばにいなければならない。彼が監視することなく私が内省すれば、強い抑止力がはたらいて、私の誠実な態度が崩れ、医師に身をゆだねなくなるというのだ。しかし今、私はこれまで以上に精神のバランスを崩し、病んでいる。したがって、書くことによって、これまでの治療よりも容易に病を治せると思いたい。少なくとも私は確信している。書くことこそが、もはや悩みの種ではない過去に再び重要性を与え、退屈な現在を一刻も早く追い払うための真の手段だと。

私は医師をとても信頼して身をゆだねてきたので、彼が病気は治ったと言えば、全幅の信頼を寄せてそれを信じてきた。たとえ痛みに襲われても、それを認めようとせず、「こんなの痛みじゃないさ！」などと自らに言い聞かせてきた。だがもはや疑いようがない！　これはまさしく痛みにほかならない！　私の両脚の骨が、魚の棘と化して振動し、脂肪と筋肉を傷つけているのだ。

しかしそれは私にとってたいしたことではない。これが治療をやめる理由ではない。医師のもとでの私の内省の時間が、驚きと感動をたえずもたらす興味深いものであれば、私はそれをやめることはないだろう。やめるにしても、戦争が終わるのを待ってからにしただろう。戦争に阻まれて、私はほかのいかなる活動もできないのだから。だがすべてを理解した今、すなわち、それがばかげた幻想であって、せいぜいヒステリックな老女を感動させるのに有効なトリックにすぎないことがわかった今、この愚かな男につきあうことなど、どうしてがまんできようか？　あのさぐるような目にも、自分の偉大な新理論が神羅万象に通じているといわんばかりの傲慢さにも、とうてい耐えられない。私に残された自由な時間を書くことにささげよう。私の治療の物語をまじめに書くことにしよう。私と医師との信頼関係がなくなり、私はほっとしているところだ。もはやいかなる強制も課せられることはない。むりに信頼する必要もなければ、信用しているそぶりを見せることもない。ほかでもない、私のほんとうの考えをうまく隠すために、卑屈なほど彼に従順なところを見せるべきだと思っていた。そして彼は、日ごと何か新しいものを発明するためにそれを利用していた。私の治療が中断されるべきだったのは、私の病が発見されたからである。あろうことか彼は、かのソフォクレスが哀れなオイディプスに下した診断(エディプス・コンプレックスのこと)を、彼なりに私に適用したのだ。つまり、私が母を愛しすぎたために父を殺そうとした、というのがそれである。

私は腹も立たなかった！　感心して、その説に聞き入った。この病のおかげで、私の地位は王族にまで高められたのだ。なんと、その起源が神話時代にまでさかのぼるあの有名な病とは！　ペンだけを手にもってここにいる今ですら腹は立たない。心から笑える。私がその病にかかってはいないことの何よりの証明は、私の健康が回復していないという事実にある。この証拠は、医師をも納得させるだろう。どうか安心していただきたい。彼の言葉が、私の青春の思い出をいささかも損なうことはなかったのだ。目を閉じれば今でもすぐに見える。純真で、子供らしく、けがれのない、母親への愛情と父親への深い敬愛の念が。

医師は、私のあのいまわしい告白録にも過大な信頼を寄せており、それを読み直したいからと言って私に返却しようとしない。やれやれ！　彼は医学しか学んでこなかったので、私たちがイタリア語で書くことの意味を理解していないのである。私たちは方言を話しはするが、方言で書くことはできないのだ。したがって、文字で書かれた告白はつねに嘘である。私たちはトスカーナの言葉を使うたびに、嘘をついていることになるのだ！　彼にわかってほしいものである！　いかに私たちが、すぐに文章にできるような事実をもっぱら好んで語るかを。そしていかに私たちが、辞書を引かなければ語れないようなことは避けがちかを！　まさにこのようにして、私たちは人生から注目すべきできごとを選択しているのだ。当然のことながら、私たちの人生がもし私たちの方言で語られることになれば、まったく別の様相を呈するはずである。

医師は私に次のように告白した。医師としての長い経験において、彼が私のイメージをうまく呼び起こしたと確信したとき、私ほどはげしい動揺を示した症例はなかった。だからこそ、自信をもって私の病が治ったと宣告したのだ、と。

私はあのとき動揺したふりをしたのではない。それどころか、生涯を通じて、最も深く心を動かされたのはこのときだったのだ。私がイメージを作り上げると汗をびっしょりかき、それがわがものとなったとき今度は涙があふれた。私は以前から、純真無垢な日をよみがえらせたいという希望をずっと温めていた。何ヶ月にもわたり、そのような希望が支えとなって私を励ましたのだった。それはきっと、生き生きとした記憶によって、真冬に五月のバラを咲かせることではなかったか？　やがて記憶は研ぎ澄まされて完全なものとなり、私の人生に新たな一頁がつけ加えられるだろうと、医師自身が明言した。バラは強い香りを放つと同時に、棘をもつことになるだろう。

こうして、それらのイメージを追いかけた結果、私はそれらを獲得するにいたった。それは、私が作り上げたイメージであることを今は知っている。しかし作り上げることは創造であって、嘘をつくことではない。私のイメージは、熱に浮かされたときのそれに似ている。あらゆる側面から見られるように、そしてさわることもできるように、部屋のなかを歩きまわるようなものである。それらは、堅さと色、そして生きているものに固有の傲慢さをもっている。欲望の力によって私は、私の脳のなかにしか存在しないイメージを、私が見ている空間のなかに投射した。それは私が、空気と光を感じる空間である。私は空間があるところ、必ずどこかの角に体をぶつけてしまうが、そのような片隅もそこにはあった。

幻想を見やすい麻痺状態に達したとき、麻痺とは、多大なる努力が果てしない惰性と結びついて起こる現象にほかならないが、そのようなイメージが、はるか昔の日々の正確な再現だと思われた。だが、そうではないかもしれないという気もした。というのは、それらのイメージが消えたあと、すぐに思い返しても、なんの興奮も感動も伴わなかったからである。まるで、そこに居合せなかった人が語ったできごとを思い出すかのようだった。もしそれらのイメージが実際に起きたことの再現だったとしたら、その場にいたときと同じように、笑ったり泣いたりしただろうから。医師は記録をとりながら、「こんなこともあった、あんなこともあった」とつぶやいていた。しかし実のところ、私たちが記録していたのは、図像化された記号にすぎず、イメージの骨格でしかなかった。

それが私の幼年期の回想であると私は信じるにいたった。なぜなら、最初のイメージは、比較的最近の時代にかかわるものだったが、そのイメージと合致するかすかな記憶を以前にもいだいたことがあったからだ。私が思い出した時間は、私だけが学校に通い、弟がまだ学校に上がっていなかった一年間に属すると思われる。春の陽光がふりそそぐある朝、私が自分の家から出てくるところが目に浮かんだ。老女中のカティーナに手を引かれ、わが家の庭を通り、市街へとどんどん降りてゆくところだ。私の弟は、私が見た夢のなかには現れなかったが、その主人公だった。私が学校に行くあいだ、弟が自由で幸せだと私は感じていた。だから私は泣きたいのをがまんして、心に強い恨みをいだきながら、いやいや通った。私が思い浮かべたのは、たった一回の通学の場面にすぎないが、心にいだく恨みが、日ごと私は学校に行き、弟は毎日家にいると思わせたのだった。それが永久に続く気がしていたが、今思えば実際は、たったひとつしか年の差がない弟も、やがて学校に通い始めたはずである。しかし当時は、夢の真実性は疑いようがないと思われた。私が永遠に通学する罰を受けたのにたいし、弟は家にいることが許されたのである。カティーナと並んで歩きながら、この拷問がいつまで続くのか計算した。昼までだ！　弟は家にいるというのに！　そんなことを思ったのも、その日までに私が学校で脅されたり、叱られたりして嫌な気分を味わったからにちがいない。だからそのときもこう考えていた。弟がこんな目に遭うことはないだろうと。それは、きわめてはっきりとしたイメージだった。小柄だったカティーナが、とても大きく見えた。もちろんそれは、私がまだ小さかったからだが。そのときも彼女がとても老けて見えたが、幼い者にとってはつねに、年長者はみな老人のように見えるものである。私が学校に行くときに通ったはずの道で、あの奇妙な列柱もちらっと見えた気がする。当時のトリエステには、舗道の縁に小さな柱が並べられていたのだ。たしかに、私はずいぶん昔の生まれだから、大人になってからもまだ、中心街の道路にはあの列柱が残っていた。だが、あの日カティーナといっしょに通った道には、私の幼年期が終わる頃にはもうとっくにあの柱はなかったはずである。

このようなイメージが真実であるという確信は、私の心のなかでしばらく続いた。それは、私の冷静な記憶力がそのような夢に刺激されて、その時代についてのほかの細部を発見したときも変わらなかった。その細部の主なものが、弟もまた、学校に通う私のことをうらやんでいたということだ。私がそのことに気づいていたのはまちがいないが、即座にそれが、夢の信憑性を無効にするほどではなかった。その信憑性を剝奪したのは、もっと時間がたってからだった。嫉妬は実在したが、夢のなかで移動させられたのだった。

第二のイメージもまた、最近の時代へと私を導いたが、最初のイメージよりはだいぶ昔だった。わが家の一室ではあるが、どの部屋かはわからない。というのも、実在するどの部屋よりも大きいからである。ふしぎなことに、私はその部屋に閉じこめられており、単なる夢想には現れえないひとつの細部に気づいた。その部屋は、あの当時私の母とカティーナがいた場所からは離れていたのだ。それに、私はまだ学校に入る前だったのである。

その部屋全面がまっ白だった。これほど白く、日差しをまともに浴びた部屋を、私はかつて見たことがなかった。あのときは、日光が壁を突き抜けていたのだろうか？　太陽がすでに高い位置にあったことはまちがいないが、私はカップを手にもったまま、まだベッドのなかにいた。カフェラッテを全部飲んでしまってからも、スプーンでカップの底にたまった砂糖をすくっていた。やがてスプーンで砂糖が取れなくなると、今度は自分の舌で底をなめようとした。しかしうまくいかなかった。こうして結局、片手にカップ、もう片方にスプーンをもったまま、私はとなりのベッドに寝ている弟をじっと眺めることになった。弟は、まだぐずぐずと、鼻づらをカップに入れて自分のコーヒーをすすっていた。ようやく弟が顔を上げると、直射日光をまともに浴びて顔をしかめた。一方、私の顔はなぜか（その理由は神のみぞ知る）影に包まれていた。弟の顔は青白く、あごがやや前に突き出ていたために、いくぶん醜く見えた。弟は私に言った。「スプーンを貸してくれない？」

そのとき初めて私は気づいた。カティーナが、彼のスプーンをもってくるのを忘れていたことに。即座に私はなんのためらいもなく答えた。

「いいよ！　そのかわりに、砂糖をちょっとくれないか」

私はスプーンを高く掲げた。まるでその価値をひけらかすように。だがすぐにカティーナの声が部屋に響いた。

「恥ずかしくないの！　けちだね！」

驚きと恥ずかしさで私は現在に連れ戻された。できればカティーナに言い返したいところだったが、彼女も弟も、そして当時子供だった無邪気でけちな私も、過去の深淵のなかに消えてしまった。

私がさんざん苦労して作り上げたイメージをこわしてしまったことが、どうしようもなく恥ずかしく、悔やまれてならなかった。私はなんの見返りも求めず、おとなしくスプーンを渡し、おそらく私が犯した最初の悪行を素直に認めるべきだったのだ。カティーナはきっと、私に罰を科すために母の助けを求めたかもしれない。そうなれば、ついに私は母に再会できたかもしれないのに。

ところが、それから数日後に私は母に会った。あるいは、母に再会したと思った、と言うべきか。それが幻想にすぎないことにすぐに気づくべきだった。なぜなら、私が思い浮かべた母の姿は、私のベッドの上にある母の肖像画にあまりにもよく似ていたからである。とはいえ断言するが、母が現れたときは、まるで生きている人のように動いたのだった。

とても強いまばゆいばかりの日差し！　私が青春と判断するものは、つねに強い日差しとともに現れるので、それは疑いようのないできことだった。午後のわが家の食堂である。私の父が帰宅してソファに腰かけた。となりに坐る母は、テーブルの上に散らばるたくさんのリネン類に、消えないインクでイニシャルを書いている。私はテーブルの下で、ボール遊びをしている。私はしだいに母との距離を詰める。きっと母にも遊びに加わってほしいから。まもなくふたりのあいだに入った私は、立ち上がろうとして、テーブルから垂れ下がるシーツにつかまった。そのときだ、災難が降りかかったのは。インク瓶が私の頭に落ちて、私の顔も洋服も、母のスカートもインクで濡れてしまったのだ。父さんのズボンにもうっすらと染みができている。父は片足を上げて、私を蹴ろうとした……。

しかしながら、私は遠い過去の旅からの帰還に成功し、ぶじ現在の大人、老人に戻ったのだ。断っておかねばならない！　一瞬だけ私は、お仕置きを食らいそうになって苦痛をおぼえたが、母さんが私をかばうだろうと思っていたのに、そのような場面に立ち会えなかったことが、ほどなくして悲しくなった。いったい誰がそのようなイメージをつかまえられるだろう？　空間とほとんど同化した時間をとおって逃げてゆくイメージを。これが、そのようなイメージの信憑性を信じていた私の考えだった！　だが今はあいにく（ああ、なんてつらいことだろう！）、そのようなことはもう信じてはいない。過ぎ去っていったのがイメージではないことを私は知っている。逃げ去ったのは、幻影の入る余地のない真の空間を再び見つめる私のくもりのない目なのである。

別の日のイメージについてさらに語ることにしよう。このイメージを医師は重視して、私の病が治ったと明言したのだった。

うたた寝の最中に夢を見て、悪夢のように体が硬直したことがあった。子供に戻った私自身の夢を見たのである。子供の彼もまた夢を見るのかどうか、ただ単に知りたくて。彼は、小さな体からあふれ出る喜びのとりことなって、黙って横たわっていた。はるか昔の欲望がついに満たされたように感じていた。とはいえ、ただひとり、そこにとり残されたように横たわっていたのだった！　しかしながら、夢のなかでは、遠く離れたのも見たり聞いたりできるものだが、彼もきわめてはっきりとものが見え、聞くことができた。子供はわが家の一室に横たわりながら、わが家の屋上にひとつの檻があるのを見ていた(どのようにかはわからない)。堅固な土台に築かれ、壁に埋めこまれた檻には、扉も窓もなかったが、このうえなく心地よい光と、清くかぐわしい空気で満たされていた。子供は、その檻までたどり着けるのは自分だけだとわかっていた。彼がわざわざ向かわずとも、檻のほうから彼のもとにやって来ることも。檻のなかには、家具がひとつだけあった。それは一脚の肘かけ椅子で、そこに見目麗しい豊満な女が坐っていた。黒い服をまとい、金髪で、大きな目は青く、手は純白だった。エナメルの靴を履いた小さな足は、スカートの下から、かすかな光を放っていた。その女が、黒い服とエナメルの靴と一体であるように私には見えたと言わねばならない。それ全体が彼女だったのだ！そしてその子は、その女をわがものにすることを夢見ていた。それも奇妙な方法によって。つまり、彼女の体の一部、頭のてっぺんとつま先を食べられるはずだと思ったのだ。

今考えてみて驚かされるのは、医師が私の手記を、彼が言うには、細心の注意を払って読んだにもかかわらず、カルラに会いに行く前に私が見た夢のことをおぼえていないことだった。それからしばらくして再び考えてみたところ、私にはこの夢が、少し内容が異なり、もっと子供っぽいとはいえ、もう一方の夢とほとんど同じに思われた。ところが医師は、すべてを子細に記録してから、やや間の抜けた顔で私にこう尋ねたのである。

「あなたのお母さんは金髪で豊満でしたか？」

この質問に私は驚き、祖母もそうだったと答えた。だが彼によれば、私の病は癒えていた。私は全治したのだった。私は口を大きく開けて彼と喜びを分かち合い、今後すべきことにそなえた。つまり、調査、研究、瞑想のたぐいはこれで終わり、これからは、健康な人としての再教育が大切なのだ。

このときから、彼の診察を受けることが、耐えがたい苦痛となったものの、私は治療を継続した。それはただたんに、私がいったん動き出すと止まるのがむずかしいから、あるいは、立ち止まっているときに動き出すのがむずかしい性格だからにすぎない。彼がときにあまりに大げさなことを言うと、私はあえて反論した。彼が信じているように、私の言葉や私の考え方は、けっしてすべてが犯罪的ではなかった。すると彼は目を大きく見開いた。きみの病は治っているのに、なぜそれに気づこうとしない！　これこそ無知以外の何ものでもない。きみが父から妻——つまりきみの母だ！——を奪おうとしたことを知りながら、きみには治癒した自覚がないというのか？　私はいつになくかたくなだった。私の再教育が終われば、私の病状は好転するだろうと先生も認めたではないか。再教育の結果、そのようなこと(父を殺し、自らの母親と接吻したいという願望)にまったく罪悪感をもつべきではなく、良心の呵責に悩む必要などないと考えるようになるだろう、なぜなら、もっとよい家庭においても頻繁に起こりうることなのだから、と。つまり、私が気に病むほどのことはないのだった。彼はある日私にこう言った。私はすでに回復期の病人であり、熱がない状態にまだ慣れていないだけなのだ、と。よろしいそれならば、慣れるまで待つことにしよう。

彼は私をまだ充分に掌握したとは感じておらず、再教育だけではなく、ときどき治療を行うことがあった。彼は再び夢を聞き出そうとしたが、私たちにはもはや、語るべき本当の夢がなかった。期待されることに疲れて、私は見てもいない夢をひとつ作った。夢を偽装することの困難さを予想できていたら、私はそんなまねをしなかっただろう。本当に夢うつつのときのように口ごもり、汗びっしょりになって青ざめ、本心を隠すのは至難の業である。赤面しないまでも、ぼろを出さないように努めるあまり、頰に赤みがさすこともあるだろう。私は、檻のなかの女の夢をまた見ているかのように話した。小部屋の壁に突然あいた穴に片足を入れるように、彼女を説き伏せている夢だ。そうすれば、その足を私が舐めたり食べたりできるようになるから。「左足ですよ、左足！」とつぶやいて、以前の夢とより似通ったものにするために、興味深い細部をつけ加えた。こうして、医師が私に求めている病を、完全に私が理解しているところを見せたのでもあった。幼いオイディプスは、まさにこうだった。母親の左足をなめて、右足は父親のために残しておいたのだ。実際に夢を見ているように努めながら(これは矛盾でも何でもない)、私は自分自身をも欺いて、足の味を感じたのだった。私は吐きそうになった。

医師だけではなく私もまた、わが青春のなつかしいイメージを、できれば思い浮かべたいと思った。その信頼性はともかくとして、でっち上げなくてもよかったからだ。医師のそばではそれらのイメージが浮かばないので、私は彼から離れたところで思い出そうとした。単独ではそれらを忘れる危険もあったが、私はもはや治療を期待してはいなかった！　私はまだ、十二月に咲く五月のバラを望んでいたのだ。かつて私はそれを手に入れたことがあったのだから、再びそれを手にできないはずがないではないか。

ひとりでいることもまたそれなりに退屈ではあったが、それらのイメージをしばらく置き代える何かが思い浮かんだ。単純に私は、重要な科学的な発見をしたのだと信じた。生理学的色彩論を完成させる使命を帯びたのだと私は思った。ゲーテとショーペンハウアーという私の先達は、補色をうまく扱うにはどうすればいいかまでは思いがいたらなかったのである。

これは私の習慣だが、書斎の窓の正面に置かれたソファに身を投げ出して、海と水平線の断片を眺めながらときを過ごすことがあった。ある日のたそがれどきのこと、ギザギザの雲に縁どられた空が夕日に染まり、私は長いこと、ひとつの澄んだ雲のひだに見とれていた。それは混じりけのない、柔らかなすばらしい緑色だった。西の空に浮かぶ雲は、強烈な赤で縁どられていたが、その赤は、白い直射日光を浴びて色あせ、まだ青白さが残っていた。しばらくしてから、まぶしくなって目を閉じると、私の注意力と関心が緑に向けられていたことがわかった。なぜなら私の網膜のうえでは、緑の補色である、まばゆいばかりの赤が生み出されていたからである。それは、空を染めている明るいけれども青白い赤とはまったく異なる色だった。私の作り出したその色を私は眺め、やさしくなでた。目を開けたとき、私は大いに驚いた。燃えるような赤が空を覆いつくしているのを見たのだ。エメラルドグリーンもまた覆われ、私が再び緑を目にすることは長らくなかった。つまり私は、自然を染める方法を発見したのである！　もちろんこの実験を私は何度も試した。おもしろいのは、そのような着色に運動も伴うことだった。再び目を開けたとき、空は私の網膜から色をすぐに受け入れなかった。むしろ、一瞬のためらいがあり、私はまたあのエメラルドグリーンを目にすることになった。あの燃えるような赤を生み出し、それによって消滅したあの緑だ。赤色は、いきなり奥底からわき出して、すさまじい勢いの火事のように広がった。

私は自らの観察の正確さに自信をもち、医師にそれを伝えて、私たちの退屈な診察を活気づけたいと思った。医師はこれを私の煙草のせいにし、ニコチンが原因で私の網膜が鋭敏なのだと言った。私は口を滑らして、それならば、私の子供時代におけるできごとの再生と私たちがみなしてきたイメージもまた同じ毒の効果に起因するものかもしれない、と言いそうになった。しかしそんなことを言ってしまえば、私がまだ治癒していないことを明かすようなものであり、彼は、最初から治療をやり直すように私を説き伏せようとするにちがいない。

しかしながら、このやぶ医者は、私がそこまで毒に侵されているとつねに思っているわけではなかった。それは、彼が言うところの私の喫煙病を治すために、彼が試みた再教育からもわかる。彼は、喫煙が私の健康に悪いわけではなく、無害であることを私が確信していれば実際に無害となるだろう、と言った。さらにこう続けた。私の父との関係が白日の下にさらされ、大人の私の判断にゆだねられた今、父と競うために私が喫煙の悪習を身につけたと考えられる。そして、彼と競争する私を罰しようとする倫理的感情が心に生じたために、私が煙草に毒性の効果を付与したのだ、と。

その日、私はトルコ人のように立て続けに煙草をふかしながら、医師の家をあとにした。それはひとつのテストであり、私は喜んでそれに加わった。一日じゅう私は、たえまなく煙草を吸い続けた。その結果、夜は一睡もできなかった。慢性気管支炎が再発したのである。それは疑いようがなく、痰つぼの中身を見れば一目瞭然だった。

翌日、私は煙草を大量に吸ったが、もはやまったく気にならないと医師に伝えた。医師は笑いながら私を見た。彼は胸を張り、得意満面のように見えた。そして穏やかに再教育を再開したのだ！　自分の足で土を踏めば必ずや花が咲く――そんな自信をもって彼は治療を行ったのである。

その再教育については、ほとんどおぼえていない。私が治療を受けて診察室を出ると、水から上がった犬のように身震いした。肌は湿っていても、ずぶ濡れではなかった。

今も怒りとともに思い出すのは、私の教育係である医師が、私の神経を逆なでしたコプロジッヒ医師の私にたいする発言は正しかったと主張したことだ。すると、私の父が死に際に私の横っ面を張ろうとした行為も、もっともだというのか？ もっともだと言ったかどうかはわからない。ところが私が確実にわかっていることもある。私が父の代役をさせたマルフェンティ老人も私が憎んでいると彼が主張したことだ。この世界には、愛情なしに生きられない人がたくさんいる。だが私の場合、彼が言うには、憎しみがなければ心のバランスを失ってしまうのである。マルフェンティの娘のひとりと私は結婚したが、相手は誰でもよかったのだ。なぜなら、彼女たちの父親を、私の憎しみが到達可能な立場に置けばよかったのだから。それから、私がわがものにした一家の体面を、これ以上ないほどに傷つけた。まず私は妻を裏切った。もし可能だったならば、アーダとアルベルタも誘惑したであろうことは明白だ。私はこのことを否定するつもりはない。むしろ滑稽だったのは、こうした事実を私に伝える医師の表情が、アメリカを発見したときのクリストファー・コロンブスに似ていたこと。とはいえ、私がふたりの美女と寝たがっていることを察し、「こいつがふたりと寝たがっているのはなぜか見てみよう」と思ったのは、世界で彼ひとりしかいないはずである。

さらに私にとって耐えがたかったのは、グイードと私の関係について彼が確信していることがらである。私の話の内容から、彼は、私とグイードとの関係は当初から反感を伴うものであったことを見抜いた。彼によれば、そのような反感はけっしてとだえることがなく、アーダが、グイードの葬儀に私が欠席したことをその最後の現れとみなしたとしてもふしぎはないという。彼は、そのとき私がアーダの財産を守るため、愛ゆえの無償の行為に走ったことを、おぼえていなかったのだ。だが私は、それを彼にあえて言うことはなかった。

医師はグイードにかんする調査まで行ったようである。グイードはアーダに選ばれたのだから、私が言うような人間であるはずがないと医師は主張する。私たちが精神分析を行っている家のすぐそばにある大きな材木置き場が、グイード・シュパイエル商会保有であることを彼はつきとめた。なぜそれを私が黙っていたのか?

もし話していたら、すでに充分に難解な私の説明に、さらなる難点が加わることになっただろう。説明を省いたのは、イタリア語による私の告白が完全なものでもなければ真剣なものでもありえないという証明にほかならない。材木置き場にはじつに多種多様な木材があり、トリエステではそれらを、トリエステ方言やクロアチア語やドイツ語、ときにはフランス語に由来する田舎の言葉で呼んでいる(たとえば、モミの木を意味するトリエステ方言のザピンは、フランス語のサパンとは異なる)。誰か私に正しい用語を教えてくれないだろうか？　私のような老人が、トスカーナの材木商と仕事をしないといけないのだろうか？　そもそも、シュパイエル商会の材木置き場は損失しか出していない。それに、活動らしい活動をしていなかったので、私が話題にすることもなかった。唯一の例外は、泥棒が入り、さまざまな異国風の名前の木材を、まるで、降霊術用のテーブルを作るのに必要だと言わんばかりに盗んでいったときくらいである。

私は医師に、私の妻やカルメン、あるいは、今や誰もが知る大商人のルチアーノから、グイードの情報を集めてはどうかと提案した。私の知るかぎり、医師はこのなかの誰とも接触していない。彼らからの情報によって、自らが築きあげた告発と疑惑の体系が崩壊するのを見るのがこわくて、それを避けたのではないかと思われる。いったいなぜ、彼はそれほど私を憎むのだろう？　彼もまた立派なヒステリー患者にちがいない。自分の母親をむなしく追い求めた結果、まったく無関係の人に復讐を図るのだから。

結局、私が診療代を払っている医師と言い合いをしなければならないことに、ひどく疲れを感じるようになった。あのような夢の数々もまた、健康にはよくなかったようだ。

さらに、好きなだけ自由に煙草を吸ったことが、私をすっかり衰弱させることとなった。私はいい考えが浮かんだ。パオリ医師のもとに行ったのである。

彼とはもう何年も会っていなかった。やや白髪が増えていたが、長身でがっしりした体軀は、加齢によって丸くなってはおらず、背中もさほど曲がっていなかった。あいかわらず、愛撫するようなまなざしでものを見ていた。なぜそのように私には見えるのか、そのとき初めてわかった。明らかに彼は、見ることが好きなのだ。美しいものも醜いものも、喜びをもって見ているのである。ほかの人ならば、愛撫するときに感じる喜びをもって。

私が精神分析を続けるべきかどうか尋ねるために、私は彼のもとに行った。だが、取り調べをするような、あの冷徹な彼の目で見られると、それを訊く勇気がなくなった。いい歳をして、この種のいかさまにひっかかったと告げるのは、ぶざまかもしれない。ただ黙っているのも残念だった。というのは、たとえパオリ医師が精神分析を禁じたとしても、私の立場はずっとすっきりしたはずだから。しかしながら、あの彼の大きな目で長いこと愛撫されるのは、耐えられなかっただろう。

私は彼に、私の不眠症や慢性気管支炎、それに当時の私を悩ませていた頬の発疹について、それから、脚の鋭い痛みや奇妙な健忘症のことを話した。

パオリ医師は、私の目の前で尿を分析した。混合物が黒くにごり、パオリ医師は顔をくもらせた。ようやく、精神分析ではない本当の分析が行われたのだ。はるか昔に私が化学者として本当の分析を行っていたことを思い出し、共感と感動をおぼえた。分析するのは私と試験管と試薬だ！　もう一方の分析されるものは、試薬によってたたき起こされるまで眠っている。試験管内の抵抗は存在しない。あるいは、温度のわずかの上昇に反応し、偽装はいっさいない。試験管のなかでは、S医師を喜ばせるために私が行ったようなふるまいは、まったく起こらなかった。ソフォクレスの診断に合致させるべく、私は自らの幼年期における細部をでっち上げたのだった。ところがここでは、すべてが真実だった。分析されるべきものは、試験管のなかに閉じこめられ、つねに同じ状態に保たれて、試薬を待っている。試薬が入れられれば、分析されるものは、つねに同じ言語を話す。精神分析では、同じイメージも同じ言葉もけっして繰り返されることはない。精神分析を、心霊的な冒険と呼ぶことにしよう。まさにそのとおり。精神分析を始めることは、出くわすのが山賊なのか友人なのかわからずに森に行くようなものなのだ。冒険がいつ終わったのかもわからない。この点において、精神分析は交霊術を想起させる。

しかしパオリ医師は、私の症状が糖によるものとは考えていなかった。その液体を分極検査してから、翌日にまた私を診たいと言った。

ところが私は糖尿病だと思いこんで、意気揚々と引き上げた。S医師のところに行き、この病気の原因を特定し、それを除去するために、私の胸を検査してもらおうかと思った。だが、あの男にはもううんざりしていたから、ばかにするためだろうがなんだろうが、顔も見たくなかった。

はっきり言うと、糖尿病は私にとって、たいへん甘美な病だった。アウグスタに話すと、彼女はまたたくまに目に涙をためた。「あなたの話題といえば、いつもきまって病気のことばかり。でもついに、ひとつ病気を得たのね」と言って、私をなぐさめようとした。

私は自分の病気を愛していた。気の病よりも本当の病のほうがよいと言った哀れなコプラーのことを思い出し、共感をおぼえた。今や私も彼と同じ意見だった。本当の病はじつに単純である。なりゆきにまかせればよいのだから。実際に、ある医学書のなかで、この私の甘い病にかんする記述を読んだとき、さまざまな段階にわたるある種の生存プログラム(死ぬためのではなく!)を発見した。もう誓いを立てる必要もない。ついに私は自由の身だ。すべてことはおのずと進むだろう、私がいっさい介入することもなく。

この私の病がたいていは、きわめて安楽であることも発見した。病人は大いに飲み食いし、潰瘍にさえ用心すれば、さほど苦しむこともない。やがて、このうえなく甘美な昏睡状態のまま死に至るのである。

まもなく、パオリが電話をかけてきた。糖の痕跡がないことを告げるためだった。翌日診察に行くと、食餌療法を指示されたが、二、三日しか続かなかった。それに、判読できない字で書かれた処方箋の薬も、ひと月ぶん出された。

「糖尿病と聞いて、だいぶおじけづきましたか?」彼は笑みを浮かべて尋ねた。私は否定したが、糖尿病でないと知ってかえって孤独を感じるとは言わなかった。どうせ私の言葉を信じなかっただろうから。

同じ頃に、私はビアード医師(George Miller Beard, 1839–1883. 神経衰弱の提唱者)の神経衰弱にかんする名著をたまたま入手した。私は彼の処方箋をはっきりとした字で書き写し、彼の助言に従い、一週間おきに薬を変えた。数ヶ月間は、治療の効果が現れたように思えた。コプラーでさえも、そのときに私が感じたような、薬による大きななぐさめを生存中に経験したことはない。その後、この治療への私の信頼は薄れたが、私は精神分析へ戻るのを、ぐずぐずと一日延ばしにしていた。

あるとき、S医師とばったり会った。彼は、治療をやめることに決めたのかと私に尋ねた。だが、彼はとても礼儀正しかった。私の治療をしていた頃よりもずっと。明らかに、私の治療を再開したがってはいた。私は、今は緊急な仕事で忙しく心配な家庭の事情もあるので、状況がおちつきしだい治療に戻りたいと答えた。私の手記を返してもらえないか頼みたかったが、口にはできなかった。それは、治療などもうどうでもいいと言うに等しかったから。私が治療にもはや関心がないことに彼が気づき、諦めるときまで、それを言うのはやめることにした。

別れぎわに彼が私に言った言葉からは、私をとりもどそうという意図が感じられた。

「あなたがご自分の心を見つめ直せば、以前と変わったことがおわかりでしょう。私が比較的短い時間であなたを健康にしたことに気づきさえすれば、きっと近いうちに私のもとに戻ってこられるでしょう」

だが実のところ私は、彼の助けを得て自分の心に向き合った結果、新たな病の数々を導き入れたように思うのである。

私は彼の治療から抜け出すつもりだ。夢も思い出も遠ざけたい。これらが原因で私の頭は変形し、首のうえで安定が保てなくなっている。注意力は驚くほど散漫だ。誰かと話しているとしよう。私があることを言うと、ちょっと前に言ったり行ったりしたのにもう思い出せない別のことを、あるいは、きわめて重大だと思われる私の考えまで、心ならずも思い出そうとしてしまう。それは、私の父が死ぬ直前に、重大だと感じながらどうしても思い出せなかったことに通じる。
　精神病院に入りたくなければ、こんな子供だましとはおさらばせねば。

一九一五年五月十五日

　私たちはルチニーコ（イゾンツォ川西岸の丘に位置する避暑地。ゴリツィア中心街から川をはさんで約一キロの距離。イタリア領内にある）にある別荘で二日間の休暇を過ごした。私の息子、アルフィオは、インフルエンザにかかり、妹といっしょに数週間は別荘にとどまることになろう。私たちは、聖霊降臨祭にまた戻ってくるつもりだ。
　ついに私はすばらしい習慣をとりもどし、煙草をやめることができた。あのばかな医師が私に与えた喫煙の自由を捨ててからというもの、私はずっと体調がいい。ちょうど月半ばの今日、規則的で秩序だった禁煙の誓いを立てるうえで、日程的にいかに困難であるかに私は衝撃を受けた。同じ月はひとつとしてない。己の決心を際立たせるには、何かほかのことといっしょに、煙草をやめることが望ましい。たとえば、月の終わりとともに。だが、七月と八月、十二月と一月を除き、同じ日数の月が対になって連続することはない。これこそまさに時間の無秩序！

私はもっと集中したくて、二日目の午後をひとりイゾンツォ川（一九一五年五月二十四日イタリアはオーストリアに宣戦布告して第一次世界大戦に参戦。イゾンツォ川流域が主戦場となる）の岸で過ごした。精神を集中するには、流れる水を眺めるのがいちばんよい。岸辺にたたずめば、流れる水が、集中するのに必要な安らぎを与えてくれる。なぜなら水は、色も形も一瞬たりとも同一ではないからである。

ふしぎな一日だった。雲がたえず形を変えていたので、きっと上空では強い風が吹いていたにちがいないが、その下の大気は動いていなかった。ときおり、すでに温まった太陽が、動いている雲のあいだにすき間を見つけ、丘のここかしこの斜面や山頂を照らし、風景全体を覆う影のさなかに五月のさわやかな緑をきわだたせていた。気温は高く、上空を逃げ去る雲もまた、どこか春を感じさせた。疑いようがなかった。天気は回復していたのだ！

私は深い瞑想ができた。それは、気ぜわしい日々にはまれにしか訪れないひとときであり、自らを完全に客観視することによって、己が犠牲者だという思いこみからようやく自由になれる瞬間だった。日差しをふんだんに浴びて美しい輝きを放つ緑に囲まれた私は、自分の人生に、そして病にさえほほ笑む余裕ができた。女の果たした役割がきわめて大きかった。おそらく、断片的ではあれ、その小さな足、腰回り、口などが私の日常を満たしてくれた。わが人生を病も含めて振り返れば、いかに私はそれらを愛し、理解したことか！　私の人生はなんとすばらしかったことだろう。いわゆる健康な人たちの人生よりもずっと。彼らは、数日を除きほぼ毎日、自分の妻を叩きかねないような輩である。反対に私は、つねに愛情に包まれてきた。私の妻のことを考えなかったときは、ほかの女たちのことを考えたことを許してもらうために、よりいっそう妻のことを思い出した。ほかの男たちは、妻に失望して見離し、人生に絶望している。私の場合、欲望が人生に不可欠であり、幻想は、難破しても、すぐにまるごとよみがえってきた。手足、声、より完璧なふるまいを夢見ながら。

そのときだった。私があの鋭い観察者であるS医師についた多くの嘘のなかに、アーダが出発してから私が妻を裏切ったことがないという嘘もあったことを思い出した。この嘘についても、彼は自らの理論を押しつけた。しかし、あのイゾンツォの川岸で、いきなり思い出してびっくりしたのは、私があの日から、おそらく治療をやめてからというもの、まちがいなくほかの女たちとつき合う気にはなれなかったということである。これは、S医師が主張するように、私が治ったということだろうか？　私は年寄りなので、もうだいぶ前から、女たちに見られることがなくなった。私が彼女たちを見るのをやめれば、私たちの関係は完全に断ち切られるわけである。

もしこのような疑念が湧いたのがトリエステだったなら、私は難なくそれを解決しただろう。だがここでは、それはかなりむずかしかった。

数日前に私は、カサノーヴァと同時代の愛の遍歴者、ダ・ポンテ（Lorenzo Da Ponte, 1749–1838. モーツァルトのオペラの台本作者として知られる）の回想録を読んだ。彼もまたきっとルチニーコを通ったにちがいない。ペチコートで下半身を隠し、おしろいを塗った彼の貴婦人たちとの出会いを私は夢想した。いやはや！　あんなにごてごてとした衣裳で身を固めた女たちが、いともたやすく、しかもあれほど頻繁に陥落してしまうとは！

ペチコートを思い出すことは、治療中にもかかわらず、私にとってかなり刺激的だったらしい。しかし私の欲望はたぶんに人工的であり、私を落ち着かせるには充分ではなかった。

このすぐあとに、私がさがしていた体験をした。それは私を落ち着かせるには充分だったが、多大な犠牲を伴った。それを体験するために、私の生涯で最も純粋な関係をこわしてしまったのだ。

私はテレジーナにばったり会った。私の別荘のとなりに農地をもつ家族の長女だった。父親は二年前に妻を亡くし、テレジーナが子だくさんの一家の母親役を務めていた。たくましい娘で、朝早くに起き、翌日の仕事にそなえて床に就くまで働き続けた。その日彼女は、ふだんは弟に世話をさせているロバを引き、新鮮な牧草を積んだ荷車のとなりを歩いていた。きっとこの小さな動物には、どんなにゆるやかな坂道であっても、娘を背中に載せるだけの力が備わっていなかったのだろう。

一年前、テレジーナはまだ子供に見えた。私は彼女に、父親のような温かい好意しかいだいていなかった。前日に久しぶりに再会したときも、たしかにその成長ぶりには気づいた。褐色の小さな顔は昔よりも真剣な表情になり、働きづめのせいで身長こそ大きく伸びてはいないものの、胸は丸みを増しつつあり、胸部のうえに華奢な肩が張り出していた。だが私には、あいかわらず未成熟な女の子にしか見えず、その驚くべき仕事ぶりと、弟たちを育てる母性本能にしか私は魅力を感じなかった。あの呪われた治療さえなければ、そして、私の病がどんな状態にあるのかすぐに確認する必要性さえなければ、純真な心をかき乱すことなく、このときもルチニーコを離れられたにちがいない。

彼女はペチコートを穿いていなかった。ほほ笑みを浮かべた、ふっくらとした小さな顔は、化粧っ気がなかった。はだしで、ひざ下を半ばあらわにしていた。顔も足も脚も、私を興奮させることはなかった。テレジーナが露出させた顔も手足も、色は同じだった。それらはいずれも、空気に触れていた。空気にさらされたものに、悪いものはない。だからこそきっと、それらは私を興奮させなかったにちがいない。しかしながら、そこまで私が冷静でいられることが驚きだった。治療のあとで、私が興奮をおぼえるのに、ペチコートが必要になったのだろうか？

私がロバを少し休ませようと思って、なで始めた。それからまたテレジーナのほうを向き、その手になんと十クローネも握らせた。これが最初の悪だくみだった！　一年前は、彼女と弟たちに父親のような愛情を示すために、数セントしかその小さな手には握らせなかった。ところが今度は、明らかに父親の愛情を示すためではなかった。彼女は多額の贈り物に驚きの表情を見せた。そしてスカートを丁寧にもち上げて、どこかに隠れていたポケットに、貴重な紙幣を入れた。そのとき、さらに上まで脚が見えたが、その部分もまた褐色で、純潔さが感じられた。

私は再びロバに近づき、頭にキスをした。私の愛情表現にロバも答えた。鼻づらを上げて、甘えるように大きくいなないたのだ。私はそれを聞いて感銘を受けた。哀願するような、祈るようなその最初のいななきはずっと遠くまで響くが、繰り返されるうちに小さくなり、最後は絶望の鳴き声となってしまうものだ。ところが、ごく近くからそれを聞くと、鼓膜が破れるほどだった。

テレジーナが笑い、その笑顔に私は勇気づけられた。私はまた彼女のもとに行くと、その前腕をつかみ、その上に私の手を置いて、感覚を味わいながらゆっくりと肩までなであげた。ありがたいことに、私はまだ治っていなかったのだ！　タイミングよく治療を切り上げてよかった。

しかしテレジーナは、棒でロバを叩いて前に進ませると、自分もその後ろに従い、私を置き去りにした。

この田舎娘は私に関心がなかったとはいえ、私は幸せな気分になり、心の底から笑いながら彼女に言った。

「恋人はいるのかい？　きっといるんだろうな。それとも、かわいそうに、まだなのか！」

彼女はますます私から遠ざかりながら言った。

「もし私に恋人がいれば、あなたよりはきっと若い人だわ！」

私の幸福感は、この言葉によって損なわれることはなかった。テレジーナに説教してやろうと思い、ボッカッチョの話をなんとか思い出そうとした。「ボローニャのアルベルト医師が、ある女性に恋をし、彼女に恥をかかされそうになるが、みごとに言い返して彼女に恥をかかせる」という話だ（『デカメロン』第一日第十話）。しかし、アルベルト医師の理屈は効果がなかった。なぜなら、貴婦人のマルゲリータ・ディ・ギゾリエーリはこう答えたからである。「あなたの愛は、賢くすぐれたお方ならではの愛で、私にはかけがえのないものです。ですから、私の名誉を別にすれば、私のすべてをあなたの楽しみの道具としてかまいません」

私はもっとうまくことを運ぼうとした。

「きみはいつ老人の相手をしてくれるんだい、テレジーナ?」もうだいぶ離れてしまったテレジーナに聞こえるように、私は大声を出した。

「私も年をとったときよ」彼女は楽しそうに笑いながらも、立ち止まることなく叫んだ。

「でもそれなら、老人たちもきみなんか相手にしないよ。私の言うことを聞いてくれ! 年寄りのことならこっちは詳しいぞ!」

私の性欲からじかに湧き上がるユーモアを楽しみながら、私はどなった。

そのとき、空を覆う雲の一部が裂け、日光がテレジーナに降り注いだ。彼女はもう私から四十メートルほど離れ、十メートル以上も高い場所にいた。褐色の肌の小柄な彼女が輝いていた!

太陽は私を照らしてはいなかった! 老人は、たとえユーモアがあっても、日かげにとどまらざるをえないのだ。

一九一五年六月二十六日

戦争が私のところまでやって来た！　これまでは戦争の話を聞くと、まるで別の時代のできごとのようで、楽しい話題にこそなれ、心配するのはばかげていると思われた。ところが驚いたことに、私はいつのまにかその渦中にあった。と同時に、自分がいずれは巻きこまれるだろうともっと早く気づかなかったことにも愕然とする。私は、一階が火事で燃えている建物に、落ち着き払って暮らしていたのであった。いずれは建物全体が、炎に包まれて崩れ落ちるだろうと予想もせずに。

戦争は私を捕え、ぼろきれのように揺さぶった。私のもとから一挙に家族全員と管理人がいなくなった。その日から私はすっかり生まれ変わった。むしろ、もっと正確に言えば、私の二十四時間が完全に新しくなったのだ。昨日から私は少し気分が落ち着いている。ようやく、ひと月も待たされたのち、家族の最初の便りが届いたからである。再会の希望をすっかり失っていたところだったが、私の家族はトリーノで無事だった。

私は一日じゅう事務所で過ごさねばならない。何もすることはないが、イタリア市民のオリーヴィ父子はトリエステを離れ、わずか数人の私の優秀な従業員たちは、あちこちの戦線に送り出されていった。したがって、私が監視役として会社に残らねばならない。夕方、倉庫の大きな鍵の束をもって私は帰宅する。今日は気分がだいぶ落ち着いたので、暇をもてあますことがないように、この日記を事務所にもっていった。実際に、日記のおかげで貴重な十五分間を過ごせた。そしてこの世には、こんな気晴らしができるほどの静寂の時期があるのだと気づかされた。

私の以前の生活に一時間だけでも戻れるように半意識状態に陥ればどうかと本気で言う者がいれば、それもまたけっこう。そんな輩は、面と向かって笑ってやろう。まったく無意味なものを求めて、このような現在を放棄する者などいるだろうか？　私は今になってようやく、健康と病から最終的に決別できたように思う。私は今、私たちのみじめな町の通りを歩いている。戦争にも行かず、日々の食べ物にも困らない特権に恵まれたことを意識しながら。とくに家族の消息がわかってから、私はみんなに比べて幸せだと感じる。もし私の健康が申し分なければ、かえって神の怒りをかうようにさえ思われる。

戦争と私の出会いは突発的だったが、今はいささか滑稽に見える。

アウグスタと私はルチニーコに戻り、子供たちといっしょに聖霊降臨祭を過ごした。

五月二十三日、私は早く起きた。カルルス泉塩（チェコ西部カールスバートの鉱泉を結晶させた薬品）を飲みに行かねばならなかったのだが、ついでにコーヒー前の散歩がしたかった。ルチニーコでこの治療中に気づいたことがある。心臓は、絶食中のほうが、ほかの不調の修復により能動的に作用し、体全体に大きな効能を発揮する。この私の理論は、空腹に耐えることを強いられた結果、健康によい効果のあったこの日に証明される運命にあったのだ。

アウグスタは、すっかり白髪となった頭を枕から起こし、朝の挨拶をしてから、娘にバラを買う約束をしたことを忘れないようにと私に言った。わが家の庭にあった唯一のバラが散ったので、どこかで手に入れる必要があった。私の娘は美しく成長し、アーダに似ている。いつしか私は、娘にたいして気むずかしい教育者たることを忘れ、たとえ自分の娘であっても、その女性らしさを敬う騎士のようにふるまっていた。彼女はすぐに自らの力に気づいてそれを濫用し、私とアウグスタをとても愉快がらせた。娘がバラをほしいと言えば、それに従わざるをえなかったのである。

私は二時間ばかり歩こうかと思った。晴れていたし、帰宅するまで休みなく歩き続けるつもりだったので、上着も帽子ももっていかなかった。幸いにも、バラを買わねばならないことを思い出し、上着といっしょに財布まで家に置き忘れはしなかった。

まずはとなりの畑に行き、テレジーナの父親に、帰りに取りに寄るからバラを切っておくように頼もうと思った。崩れそうな壁で囲まれた大きな中庭に入ったが、そこには誰もいなかった。テレジーナの名前を大声で呼んだ。家のなかから出て来たのは末の男の子だった。六歳くらいだろうか。小さな手に数セントを握らせると、家族全員で朝早くからイゾンツォ川の対岸に行ったという。ジャガイモ畑の土地を一日がかりで耕やす必要があったのだ。

それは私にとっても好都合だった。私はその畑を知っており、およそ一時間でそこに着くこともわかっていた。二時間ほど歩くことに決めていたので、私の散歩に目的地を定めることができて幸いだった。これで、突然なまけ心に襲われて散歩を中断する心配もなくなったわけである。私は道路よりも高い平地を通っていったので、目に入るのは、道路の両端に並ぶ木々の花の冠だけだった。私の心は浮き立ち、上着も帽子も脱いで、じつに軽やかだった。私はすがすがしい空気を吸いこみ、歩きながら、しばらく前から習慣となったニーマイエル（ドイツ人医師の Felix von Niemeyer, 1820–1871. またはその祖父で教育学者・神学者の August Hermann Niemeyer, 1754–1828 か?）の肺の運動をした。これはドイツ人の友人から教わった体操で、家にこもりがちな生活をする人にとって、きわめて有効である。

私が畑に着くと、ちょうど道路側で作業をしているテレジーナが見えた。彼女に近づくと、父親といっしょにテレジーナの弟がふたり働いているのに気づいた。年齢ははっきりわからないが、十歳から十四歳くらいだろう。農作業で老人はへとへとになるかもしれないが、労働が刺激となって、何もしないでいるよりもずっと若々しく見えるものである。笑いながら私はテレジーナに近づいた。

「きみはまだ間に合うよ、テレジーナ。ぐずぐずしちゃだめだ」

テレジーナは私の言葉が理解できないようだったが、私は何も説明しなかった。その必要もなかったから。彼女はあのことをおぼえていないようだったから、私は昔ながらの父と娘のような関係に戻ることもできた。私は過去の経験を繰り返し、今回もまたよい結果を得られた。二言三言、彼女に言葉をかけて、目だけで彼女をなでたのである。テレジーナの父親とは、バラの件で容易に話がつき、好きなだけバラを切ってもよいと言ってくれた。そして値段についても難なく合意した。彼がすぐに仕事に戻りたがったので、私も帰路につこうとしたが、彼は思い直して私にかけ寄ってきた。私に追いつくと、声をひそめてこう尋ねた。

「何も聞いてはいませんか？　戦争が起きたという話ですよ」

「そのとおり！　みんな知ってるよ！　もう一年ほど経つ」と私は答えた。

「私が言ってるのは、そっちではなくて」と彼はいらだって言った。「私が言っているのはあっちの……」と言うと、向こう側のイタリア国境付近を指さした。「それについては、何もご存知ありませんか？」私を見ながら、心配そうに答を待った。

「いいかい」と自信満々に私は答えた。「私が何も知らないということは、ほんとうになんにもないということさ。私はトリエステから来たが、そこで最後に聞いた話では、戦争はまさしく最終的に回避されたということだ。ローマでは、戦争を望んだ内閣が打倒され、今はジョリッティ（Giovanni Giolitti, 1842–1928 イタリアの政治家。第一次世界大戦における中立論者）がいる」

彼はただちに安堵のため息をついた。

「ということは、いま私たちが土をかぶせているジャガイモは豊作が期待できそうですが、私たちのものになりますね！　この世には、つまらないおしゃべりをする輩が多すぎる！」彼は額をしたたる汗をシャツの袖でぬぐった。

私は彼がとてもうれしそうにしているのを見て、もっと喜ばせてやろうと考えた。幸せな人たちが大好きなのだ、私は。だからつい口を滑らせてしまった、ほんとうに思い出すのも恥ずかしいことを。私は断言したのだった。もし戦争が起こっても、このあたりは戦場にはならないだろうと。まずどこよりも先に戦いの場となるのは海である。それにヨーロッパは、戦争をしたがっている者にとって、戦場にはこと欠かない。たとえば、フランドル地方やフランスの複数の県がそうだ。それに私は聞いたことがある――誰からかはもうおぼえていないが――この世ではジャガイモの需要が急激に伸び、戦場でもさかんに収穫されていると。こんなことを私は長々と話した、小柄で華奢なテレジーナから目を離すことなく。彼女はうずくまり、鍬を入れる前に、地面に触れてその固さを確かめていた。

すっかり安心した農民は、自分の仕事に戻った。反対に私は、自分の落ち着きの一部を彼に譲り渡したために、だいぶ落ち着かなくなった。私たちのいたルチニーコが、国境にあまりにも近いことはたしかだった。アウグスタに相談しようかと思った。どうやらトリエステに戻るほうがよさそうだ。あるいは、そこからさらに遠ざかるか、または別の方角に行くべきだろうか。ジョリッティが再び権力の座に就いたのはたしかだが（実際には、ジョリッティは首相の座に返り咲いていない。参戦派のサランドラ首相が辞意を撤回し、参戦が決まった）、たとえそうだとしても、そこに別の人物がいたときと同じように彼がものごとを見続けるかどうかは定かではない。

ルチニーコに向かう途中、行進していた小隊に偶然出会ったとき、私はますます神経質になった。兵士たちはもう若くなく、軍服も装備も見るからにみすぼらしかった。彼らは腰に、ドゥルリンダーナ（『狂乱のオルランド』の主人公がもつ剣の名前）とトリエステで呼ばれる例の長い銃剣をぶらさげていた。一九一五年の夏に彼らがオーストリアの古い武器庫からもちだしたものにちがいない。

しばらく彼らのうしろを歩きながら、一刻も早く家に帰りたくなった。そのうち、彼らの放つ獣のような悪臭が鼻をつき、私は歩をゆるめた。私の不安と焦燥は、ばかげていた。農民の不安につきあったことで不安にかられるというのもばかばかしかった。遠くに私の別荘が見えてくると、小隊はもう路上にはいなかった。カフェラッテを早く飲みたくて、私は家路を急いだ。

ここからである、私の冒険が始まったのは。曲がり角で歩哨に呼び止められ、こうどなられた。

「ツーリュック！(戻れ！)」銃までかまえていた。ドイツ語でどなられたので私もドイツ語で返そうとしたが、彼はその言葉しかドイツ語を知らず、ますます威嚇的に同じ言葉を繰り返すばかりだった。

戻《ツーリュック》らねばならなかった。兵士が明瞭に意思を伝えるために発砲するのではないかとひやひやしながら、私はうしろをつねに振り返りつつ、引き返した。先を急ぐ気持ちは、兵士が見えなくなっても収まらなかった。

しかし、別荘に早く着きたいという望みをまだ捨てたわけではなかった。右側の丘を越えれば、あの恐ろしい歩哨のずっとうしろに出られるのではないかと思った。

丘を登るのには苦労しなかった。それはほかでもない、丈の高い草がなぎ倒されていたからである。私よりも前に、大勢の人がそこを通ったにちがいない。きっと道路の通行を禁じられ、そうせざるをえなかったのだ。歩きながら私は落ち着きをとりもどし、ルチニーコに着いたら、私の受けた仕打ちにたいして村長にすぐに抗議しようと思った。避暑滞在者がこのような扱いを受けることが許されるなら、ルチニーコに来る者はじきに誰もいなくなるだろう！

しかし丘の頂上に着くと、驚いたことになんとあの獣臭い兵士の小隊がそこを占拠しているではないか。多くの兵士が、小さな農家の木陰で休んでいた。この家の農民は私の古くからの知り合いで、この時間はみんな出はらっていた。三人が見張りに立っていたが、ルチニーコの方角は見ていなかった。ほかの数名はひとりの将校を半円形に囲み、将校は手にもった地図を指し示しながら、兵士たちに指示を与えていた。

帽子があればそれを振って挨拶ができたのに、私は帽子もかぶっていなかった。私は何度もおじぎをし、ありったけの笑顔を浮かべてこの将校に近づくと、彼は私を見て、兵士たちに話すのをやめ、じろじろと見つめた。彼をとり囲んでいた五名の兵隊どもも、私に全神経を集中させた。このような視線を浴びるなか、平坦ではない地面を歩くのはきわめて困難だった。将校が叫んだ。

「ヴァス・ヴィル・デア・ドゥンメ・ケルル・ヒア？（いったいこいつはなんの用だ？）」

私はいかなる挑発もしていないのにこのような侮辱を受けたことに驚き、毅然とした態度で言い返そうかと思ったものの、状況を考慮して進路を変え、ルチニーコに向かう斜面を降りようとした。将校がまたどなった。もし私が一歩でも動けば発砲する、と。私はすぐにおとなしく従った。その日からこれを書いている今日にいたるまで、私はずっと従順そのものである。こんな愚かな輩によるこのような扱いは蛮行でしかないが、同時に、彼が正確なドイツ語を話すという利点もあった。よく考えれば、この利点を活かし、彼ともっと穏やかに話すことができたはずだ。こんな野蛮なやつがドイツ語まで解さなかったとしたら最悪だった。私はいっかんの終わりだっただろう。

残念なことに、私はドイツ語をさほど流暢に話せなかった。もし話せたら、このぶあいそうな男を難なく笑わせることもできただろうに。ルチニーコではカフェラッテが私を待っているのに、あなたの小隊にじゃまされたのだ、と私は彼に言った。

彼は笑った。誓って言うが、彼は笑ったのだ。悪態をつきながらなおも笑い、私の話が終わるのを待つことなく、ルチニーコのカフェラッテは誰かがもう飲んでいるだろうと、ずけずけと言った。カフェラッテだけではなく私の妻も待っていると伝えると、彼は大声で言った。

「アオホ・イーレ・フラウ・ヴィルト・フォン・アンデレン・ゲゲッセン・ヴェルデ

ン（おたくの奥方ももう誰かに食べられてるんじゃないですかね）」

　彼はもはや私よりも上機嫌だった。しかし彼が私に言った言葉が、五名の愚かな兵隊がげらげらと笑ったことで誇張され、侮蔑的な響きをもちかねないと心配になったようだ。まじめな顔になり、数日間はルチニーコに戻るという希望を捨てるように私を諭したばかりか、これ以上の質問は私を危険にさらすことになるから控えるようにと親身になって私に忠告したのだった！

「ハーベン・ズィー・フェルシュタンデン？（おわかりかな？）」

　わかってはいたが、半キロも離れていないところにあるカフェラッテをなかなか諦める気にはなれなかった。だからこそ私は立ち去りがたかったのだ。その丘を降りれば、その日のうちに別荘にはたどり着けないことは明らかだったから。そこで時間稼ぎのために、穏やかな口調で将校に尋ねた。

「せめて上着と帽子を取りにルチニーコに戻りたいのですが、どなたに言えばよいでしょう？」

　将校が一刻も早く地図と部下に集中したがっていることに私は気づくべきだったが、それほどの怒りをかうとは予想していなかった。

　私の耳を聾するほどの大声で、二度と質問するなと言っただろうと彼はどなった。それから、どこにでもさっさと行きなさい（ヴォ・デア・トイフェル・ズィー・トラーゲン・ヴィル）と命令した。私はとても疲れていたので、どこかに行くという発想は悪くなかったが、まだためらっていた。しかしやがて将校は、叫んでいるうちにますます興奮し、脅すような口調で、彼を囲む五名の部下のひとりを呼びつけた。伍長殿と呼びかけながら、私を丘から降ろすように命令した。そして、ゴリツィア（トリエステの北北西約三十五キロに位置する都市。トリエステと同じくこの当時はオーストリア領。第一次世界大戦後にイタリア領となる）に向かう道で私の姿が見えなくなるまで見張り、もし私が少しでも命令に背くそぶりを見せれば発砲せよと言った。

それゆえ、私はむしろ喜んで丘の頂上から降りたのだった。

「ダンケ・シェーン」と私は言った。皮肉どころかそれが正直な気持ちだった。

伍長はスラブ人で、まずまずのイタリア語を話した。将校の前では、私を乱暴に扱うべきだと考えたのか、下り坂を降りるように私をうながしたときこう叫んだ。

「進め《マルシュ》！」しかし、しばらくしてふたりきりになると、彼はやさしく友好的になった。私が戦争の情報を何かもっているかどうか、イタリアの参戦が切迫しているかどうか尋ねた。心配そうに私の顔をうかがいながら私の返答を待っていた。

つまり、戦争をやっている者でさえ、戦争があるのかないのかわかっていないのだ！

私はできるだけ彼を喜ばせてやりたくて、テレジーナの父親から聞いた情報も伝えた。

その後、私が伝えたことが良心に重くのしかかった。恐ろしい嵐が起きたとき、おそらく私の安心させた人はみんな死んでいるかもしれない。死によって動きを止めた彼らの顔には、どんな驚きの表情が刻まれただろうか。私の楽観論は度を越していた。将校の言葉、あるいは言葉の響きに、私は戦争の気配を感じなかったのだろうか？

伍長はたいへん喜び、私に報いるつもりか、ルチニーコまで行こうなどとはもう考えるなと忠告した。私の情報を聞いた彼は、私の帰宅を阻む命令は翌日になれば撤回されるだろうと言った。だが、とりあえずはトリエステの司令部に行くように私に勧めた。きっと特別な許可がもらえるだろうという。

「トリエステまで？」私は驚いて訊き返した。「トリエステまで、上着も帽子もなく、カフェラッテも飲まずにですか？」

伍長が知るかぎりでは、こうして私たちが話しているあいだも、歩兵の密集部隊が非常線を張ってイタリアへの交通を閉鎖し、越えてはならない新しい国境ができつつあるという。優越感のにじむ笑顔で彼は断言した。ルチニーコへの最短の道は、彼の考えでは、トリエステを経由する道であると。

彼がそう言うからには、私は諦めた。そしてゴリツィアに向かい、正午の列車に乗ってトリエステに行こうと思った。私は動揺はしていたが、気分はとてもよかった。煙草もあまり吸っておらず、ほとんど食べていなかった。長らく感じたことがないような軽やかな気分を味わった。これからまだ歩くことも、まったくいやではなかった。両脚が少し痛かったが、ゴリツィアまではもちそうだった。呼吸は深く、軽やかだったからだ。快調なペースで進むうちに脚が温まり、歩くことがまったく苦にならなくなった。いつになく速く陽気なペースを刻むうちに心地よくなり、私はまたもや例のごとく楽観的になった。ここかしこで脅威は迫っているものの、戦争にはならないだろうと。こうしてゴリツィアに着くと、ホテルの部屋を取って一泊してから翌日ルチニーコに戻り、村長に異議申し立てをすべきかどうか迷った。

とりあえず私は郵便局まで急ぎ、アウグスタに電話をかけた。ところが私の別荘からは応答がなかった。

私が無言の電話に向かってどなりちらしているのを見て、まばらなあごひげを生やした小柄な郵便局員が――背が低くて堅くるしく、どこか滑稽で不自然だった。私が彼について記憶しているのはこのことだけである――私に近づいてきて言った。

「ルチニーコから応答がないのは、今日すでに四回目です」

私が彼のほうを向くと、悪意を含んだその目がじつにうれしそうに輝いた（前言撤回！　この事実も私はまだ記憶していた！）。そしてその光る眼で、私がどれほど驚き、怒っているかを見極めようとした。私が状況を理解するまでに、十分はかかった。もはや疑いの余地はなかった。ルチニーコは戦火のさなかにある。まだであれば、そうなるのは時間の問題である。彼の雄弁なまなざしを完璧に理解したとき、朝からずっと飲みたかった一杯のコーヒーを昼食前に求めて私はカフェに向かっていたのだが、すぐさま進む方向を変え、駅に行った。私は家族のできるだけそばにいたかったので——わが友、伍長の指示に従って——トリエステに向かった。

この短い旅の途中だった、戦争が勃発したのは。

なるべく早くトリエステに着きたくて、ゴリツィアの駅ではだいぶまだ時間があったのに、あれほど待ち望んでいた一杯のコーヒーすら飲まなかった。自分の車両に乗りこんでひとりきりになると、まったく奇妙ななりゆきで離れ離れにされた家族のことを思った。列車はモンファルコーネを過ぎるまで順調に走った。

戦争はまだそこまでは到達していないようだった。きっとルチニーコの状況も、国境のこちら側と変わりないだろうと考え、私は平静をとりもどした。今ごろアウグスタと子供たちは、イタリアの内陸に向かう旅に出たにちがいない。安心感と、あのとてつもない空腹とがあいまって、私は深い眠りに落ちた。

私が目覚めたのも、おそらく空腹のせいだろう。列車は、いわゆるトリエステのザクセン《サッソーニア》（石ころ《サッソ》だらけのカルソ地方の俗称）で停車した。すぐそばにあるはずの海は、うすい靄が視界をさえぎり、見えなかった。カルソの五月はこのうえなく美しい。ただし、その美しさは、ほかの田園の色彩と生命力にみなぎる春を見慣れている者にはわからない。ここでは、いたるところから突き出ている岩が淡い緑に囲まれている。この緑は淡くはあっても、みすぼらしくはない。じきに風景のなかで、存在感のきわだつ色彩となるのだから。

ほかの状況であれば、このような空腹をかかえながら食事ができないことに怒りを爆発させたことだろう。ところがその日は、私が立ち会うことになった歴史的事件の大きさゆえに、私は諦めざるをえなかった。煙草を何本かあげた車掌は、パンひときれも私にはくれなかった。午前中に経験したことを私は誰にも語らなかった。トリエステに着いたら、誰か親しい友人に打ち明けようかと思った。国境からは、いくら耳をすませても戦闘の気配はない。私たちはその場所で止まり、イタリア方面に旋回しながら下りてゆく列車を八本か九本通過させた。壊疽（オーストリアではイタリア戦線がすぐにそう命名された）の傷口が開き、戦争という膿みを大きくするための人材が必要だった。哀れな男たちが兵士として、涙を流して歌いながらそこに来ていた。すべての列車から同じように、歓喜と酩酊の叫びが聞こえた。

私がトリエステに着くと、町はすっかり夜の闇に包まれていた。

いたるところで火事の炎が上り、夜空が照らされていた。シャツ一枚で自宅に向かう私を見かけた友人が、こう叫んだ。

「きみも略奪に加わってきたのか？（一九一五年五月二十三日から二十四日にかけて、親オーストリア派がイタリア人の商店に火を放ち、略奪した事件を指す）」

私はようやく食べ物にありつき、すぐに横になった。底知れぬ疲労感に襲われて床についた。それは、私の頭のなかで希望と疑念がせめぎ合ったことから生じたものだろう。私の体調はあいかわらずよかった。精神分析によって私は夢のイメージを習得する練習を積んだが、夢を見るまでの短い時間のなかでおぼえているのは、子供じみた楽観的な考えで一日を終えたことである。国境ではまだ死者が出ていない、したがって平和を再構築することは可能である、そう考えたのだ。

家族が無事であることを知った今、私の生活に文句はない。さほどすることは多くないが、無為に過ごしているわけではない。商売をするときではない。取引は、平和になったときに始めよう。オリーヴィはスイスから私にアドヴァイスを送ってきた。すっかり変わってしまった環境において、彼の忠告がいかにそぐわないか、わかってほしいものだ！　とりあえず私は、当分のあいだ何もしない。

一九一六年三月二十四日

去年の六月から私は、この日記には触っていなかった。そこへS医師から手紙が届き、私が書いたものをまた送ってほしいと頼んできた。興味深い要求であるが、この日記も彼に送ることにかんしては反対する理由もない。私が彼やその治療についてどう考えているかがはっきりわかるだろう。彼はすでに私の全告白をもっているから、この日記も手元に置いてほしいし、彼の啓発のためなら、喜んで何かを書き足そう。私は仕事で日々忙しいのであまり時間がない。しかしS医師には、自分の意見を遠慮なく伝えたい。だいぶ思考を重ねてきたことだから、今や私の考えは明白である。

彼の方は、私の病気や弱点のさらなる告白が届くと信じているだろうが、実際に受け取るのは、年齢が高いわりにはすこぶる元気な、健康そのものである私の報告なのである。私は治ったのだ！　精神分析を受けたくないだけではなく、もうその必要がないのである。私が健康なのは、多くの人が苦しむなか自分が特権的な立場にあると感じているからではない。私が健康だと感じているのは、他人との比較によるものではない。絶対的に、私は健康なのだ。ずっと以前から、私の健康が私の確信以外の何ものでもないことを私は知っていた。健康かどうかはそう思いこむことでしかないのに、治療によって健康になろうとするのは、入眠時の夢のようにばかげた考えであることも。たしかに私には痛いところがあるが、健康全体から見れば、それらの痛みはとるにたらないものである。あちこちに膏薬を貼ればよい。だがそれだけではなく、体を動かし、戦わなくてはならない。けっして壊疽の患者のように、ぐずぐずと動かずにいてはならない。苦しみも恋も、つまり人生そのものも、いくら痛むからといって病だとみなすことはできない。

健康の確信をうるために、私の運命が変わる必要のあったことを認めよう。私の身体を、闘争ととりわけ勝利によって温めねばならなかったのだ。私を治したのは、私の仕事だったのであり、S医師にはそれをわかってほしい。

去年の八月の初めまで、私は驚きつつも無気力なまま、この混乱した世界を眺め続けた。そのときに私は「買い」始めた。「買う」という動詞を強調したいのは、この動詞が戦争前よりも大きな意味をもっているからである。ひとりの商人からすれば、当時は、彼がある特定の商品を買う用意があるという意味だった。しかし私にとっては、私に提供される商品なら何であれ、私がその買い手になることを意味した。すべての強者と同じく、私の頭にはたったひとつの考えしかなかった。私はそれを実践し、それが私の財産となった。オリーヴィはトリエステにはいなかったが、きっと私がこのような危険を冒すことを許さず、誰かほかの人にさせておいただろう。ところが私にとっては危険なことではなかった。私はそれが幸運な結果をもたらすことを確信していた。まず私は、戦時における昔ながらの習慣に従って、私の全財産を金に換え始めたのだが、金の売買には困難が伴った。金はいわば現金化しやすい流動的な商品だが、私はそれを買い占めた。ときおり売却することもあるが、購入のほうがつねに上回っている。なぜなら、絶好のタイミングで購入を始めたので、売るときに利益を生み、さらなる購入に必要な多額の資金となったからである。

それを思い出すたびにたいへん誇らしく思われる。私が最初に買った商品は、一見するとつまらないものだった。新しい自分の考えをすぐに実現したい一心だったのだ。それは、取引量は大きくなかったが、香料である。売り手が自慢げに言うには、すでに不足し始めていた樹脂の代替物として香料を使う可能性があるとのこと。しかし化学者として私は確信していた。香料は、樹脂とはまったく異なるものなので、その代わりを果たすことはけっしてありえないと。樹脂の代替物として香料を使わざるをえないほど、世界は困窮するのではないかと私は考えた。そこで私は買ったのだった！　数日前にそれを少量だけ売却して利益をあげ、在庫すべてを買い上げる資金としたのである。その収益金を手にしたとき、私は己の力と健康をからだ全体に感じ、胸を張った。

私の手記のこの最後の部分を医師が受け取ったら、あとで全部を返却させよう。私はそれを書き直して明確にしようと思う。この最後の時期を知らずに、私の人生を理解することなどできるだろうか？　きっと私は、この時期の準備のために、長い年月を生きてきたのかもしれない！

もちろん私は純朴ではないので、生そのものを病気の表明とみなす医師を批判したりはしない。生はいくらか病に似ている。危機的な状況とゆるやかな回復を繰り返し、日によってよかったり悪かったり。ほかの病気と異なり、生はつねに死にいたる。生は治療を受け入れない。私たちの体に開いている穴をケガとかん違いしてふさぐようなものである。そうなれば、私たちはすぐに息が詰まって死んでしまうだろう。

現代の生活は根本まで汚染されている。人類は、木々や獣たちの場所を奪い、空気を汚染し、自由な空間を包囲した。事態はさらに悪化するかもしれない。悲しくて活動的な動物である人間なら、ほかの力を発見し、それを自らのために使用できるかもしれない。この種の脅威があたりに漂っている。その結果、いちじるしく増えるのは……人間の数だろう。一平方メートルあたりひとりの人間がいることになりかねない。私たちの空気と空間の欠乏を誰が治すのだろうか？　考えただけでも息が詰まる。だがそれだけではない、それだけではないのである。

私たちを健康にするいかなる努力もむだなのだ。健康は、唯一の進歩、すなわち自らの身体の進化しか知らない獣だけに許されている。ツバメは、移動する以外に生存の方法がないことを理解して、翼を動かす筋肉を発達させ、それが体のなかで最も大きな器官となった。モグラは地下にもぐり、その必要に応じて全身を適合させた。馬は体を大きくし、足を変化させた。ほかの動物の進化について私たちは知らないが、進化はあったにちがいない。そうすることで、けっして健康を害さないようにしたはずだ。

しかしながら、眼鏡をかけた人間は反対に、身体の外側に装置を発明する。健康と高貴さは、装置を発明する者にはあったが、装置を使う者にはつねに欠けている。装置は、売買や窃盗の対象となり、人間はますますずる賢く、弱くなってゆく。むしろ、人間のずる賢さは、その弱さに比例して増大するともいえる。人間の最初の装置は腕の延長とみなされ、腕力がなければ効果を発揮できなかったが、もはや装置は腕とはなんの関係ももっていない。創造主である地球全体をつかさどる掟を捨てて病を作り出しているのは、装置なのである。強者の掟は姿を消し、私たちは健康の淘汰を失った。必要とされているのは、精神分析などではない。装置をいちばん多くもつ者の掟のもと、病と病人が繁栄するであろう。

おそらく、装置によって生み出される未曽有の大災害によって、私たちは健康に戻るのかもしれない。毒ガスがもはや充分ではなくなったとき、他と変わらないありふれたひとりの人間が、世界の秘密の一室で、現存する爆薬など児戯に類するような、比類なき爆薬を発明することになろう。そしてやはり、他となんら変わらない別の人間が、ただし他よりもやや病んでいる人間が、そのような爆薬を盗んで地球の中心までよじ上り、最大の効果を発揮できる場所にそれを据えつけることだろう。誰も耳にすることのない強大な爆発が起こり、星雲のかたちに戻った地球が、寄生虫も病もない天空をさまようことだろう。

下巻 訳者あとがき

ゼーノとフロイト

「上巻訳者あとがき」の末尾で触れたように、フロイト流の夢分析を『ゼーノの意識』にとりいれたズヴェーヴォではあったが、神経症の治療法としての精神分析については、交霊術と同じように懐疑的だったのではないだろうか。小説の主人公ゼーノも最後はS医師の治療に不信感をいだき、それを中断したのだから。

一九二七年の友人宛ての手紙にズヴェーヴォはこう書いている。「われらがフロイトは偉大ですが、小説家にとってであって、病人にとってではありません。私の親類に数年間その治療を受けて、かえって悪化した者がいます。十五年ほど前に私がフロイトの作品を読んだのは彼のためなのです」(ヴァレーリオ・ヤイエルへの手紙)。親類とは、深刻な神経症を病む義弟(妻リーヴィアの末弟)ブルーノ・ヴェネツィアーニのことである。彼の一件があったために、ズヴェーヴォ自身は、医師ぬきで単独でその治療を自らに行うようになり、その結果生まれたのがほかでもない『ゼーノの意識』なのだという。

しかし、フロイトの著作が創作の重要な材料を提供したのはたしかである。頻出する夢や主人公の靴へのフェティシズムなど、本書にフロイトの著作からの影響をたどるのは困難ではない。批評家のマリオ・ラヴァジェットが言うように、それはまず何よりも、父の死という主人公にとって人生最大のできごとが物語の発端に置かれていることからうかがえる。なぜならフロイトは、一九〇八年に出版された『夢解釈』第二版のまえがきにおいて、この本が「父の死という最も意味深い出来事、すなわち一人の男の人生における最も痛切な喪失に対する反応であることが分かってきた」(新宮一成訳)と述べているからである。ゼーノは、いまわの際の父親から、痛烈な平手打ちを食う。それが、この世における父親の最後の行動となった(上巻、九九―一〇一頁)。父の死後、彼の代役たちが次々とゼーノの前に立ちはだかる。義理の父親ジョヴァンニ・マルフェンティ、ゼーノの会社の実権を握るオリーヴィ、そしてさまざまな医師たち。父と息子の物語は、『ゼーノの意識』の続編を構成したであろう断片的作品群のなかにも世代を超えて引き継がれる。オリーヴィがインフルエンザ(スペイン風邪か?)で死んだあと、第一次世界大戦の戦場から戻ったその息子がゼーノの会社を牛耳り、奇妙な絵を描く画家となったゼーノの息子アルフィオは、経営から除外される。そこには、ゼーノが自分の父親のとき以上にアルフィオとの関係に悩むようすもまた描かれている。彼らとの対決をとおして、父親にたいする贖われることのない罪の意識が、ゼーノのなかでついえることなく更新されてゆくのである。

ゼーノの見る夢の記述にも、明らかに『夢解釈』におけるフロイトの夢を参照したと思われるものがある。バセドウ病にかんする夢がそれである。ゼーノは、アーダの病がバセドウ病だと聞いたあと、バセドウ病の徴候を示す老人が群衆に追われている夢を見るが(下巻、一八〇頁)、フロイトもまた、家庭医オットーがバセドウ病のいくつかの徴候をもって現れた自らの夢について分析しているのだ。それだけではない。フロイトは、バセドウが「医者の名前であるばかりでなく、有名な教育学者の名前でもあった気がする」と書いている。この一文と、「彼(グイード)は、病名の由来となった医師のバセドウが、ゲーテの友人のバセドウ氏だと思いこんでいた」(下巻、一七二頁)という本書の記述との相似性は明らかであろう。グイードは妻のアーダがバセドウ病と診断されたさい、ゼーノには妻への同情を口にする一方で、愛人のカルメンには幸せそうな顔を見せる。しかも、バセドウ病について得意げに解説するにもかかわらず、医師のバセドウ氏を同名の別人ととりちがえている。このエピソードには、グイードの軽薄さと薄情さがよくあらわれている。だが、フロイトをアリバイとするまでもなく、人間の記憶はえてして曖昧である。どんな人生の重大局面でさえ、むしろ状況が深刻であればあるほど、誤解や思いちがいを犯すことは、グイードにかぎらず、誰にでも起こりうるのかもしれない。

ゼーノという名前

ズヴェーヴォの小説世界には、イニシャルがAの登場人物が頻出する。マルフェンティ家の四姉妹は、アーダ、アウグスタ、アルベルタ、アンナ。ゼーノの子供は、アルフィオとアントーニア。『ある人生』の主人公はアルフォンソ、その恋人がアンネッタ。『老年』の主人公エミーリオの妹がアマーリア、彼の恋人がアンジョリーナだった。ゼーノの頭文字だけが、Aから最も遠いアルファベット最後の文字Z。ギリシア神話の最高神ゼウスZeusに由来するZenoという名前は、イタリアではあまり一般的ではない。すぐに思い浮かぶのは、ヴェローナの守護聖人サン・ゼーノくらいである。ゼーノは、妻のアウグスタとは、まさにアルファベットの配列さながらに、あらゆる意味で対照的である。健康で家庭的な信心深い妻と、自分は病だと信じ、何事にも懐疑的な、妻を裏切る夫。ゼーノはイニシャルがAの娘と結婚することについてこんな感想をもらす。「私の名前はゼーノだから、遠い国から妻を迎えるような感じがしたのだった」(上巻、一一六頁)。つまり、マルフェンティ家のよそ者でも賓客でもあったゼーノという名前には、「異邦人」と「客人」のふたつの相反する意味をもつギリシア語のxenosが隠されていることになる。

またゼーノは、一八四〇年に発表されたバルザックの中篇『Z・マルカス』の主人公をも想起させる。バルザックは、Zという文字の形について、「皆さんは、ぎこちない歩き方というようなものがあるのに気づきませんか？　その形は、波瀾に富む人生が描く、一か八かの、気まぐれなジグザグを表わしてはいないでしょうか？」と書いているが、ゼーノのたどった人生もまた偶然に左右されたジグザグ(zigzag)な道のりだったといえようか。ゼーノという名前の謎解きをめぐる研究において、必ずといっていいほど言及されるのが、バルザックの短篇『サラジーヌ』(一八三一年)について精緻な構造分析を行ったロラン・バルトの『S/Z』(一九七〇年)であり、なかでも、主人公サラジーヌと、彼が愛したカストラートのザンビネッラの名前をめぐる考察である。SとZが図形的に逆であり、鏡をはさんで向き合う関係にあるとすれば、一方はもう一方の投影ということになる。つまり、両者は左右が入れ替わった実像と鏡像である。ただし、Sは、Schmitz＝Svevoなのか、それともS医師なのか？　そしてはたして、SとZのうち、どちらが実像で、どちらが鏡像なのか？

意識なのか、良心なのか……

『ゼーノの意識』はしばしば、意識の流れ(stream of consciousness)を描写したジョイスの『ユリシーズ』に連なる作品と評される。それゆえ、本書原題 *La coscienza di Zeno* を『ゼーノの意識』とすることに訳者として当初はためらいはなかった。しかしよく考えれば、イタリア語の coscienza には「意識」と「良心」の両方の意味がある。英訳のタイトルが *Zeno's conscience* であることに気づき、少し不安になってきた。現代の英語では、conscience と consciousness を区別して、前者を「意識」の意味で使うことはまれだろう。ゼーノが、父親や妻にたいして、後ろめたさや良心の呵責をいだいているとすれば、タイトルは『ゼーノの良心』と訳すべきなのか。

弟のエリオの日記によれば、寄宿学校時代のズヴェーヴォは、『ハムレット』をそらんずるほど愛読していたらしい。『ハムレット』の次は『リア王』を読むはずだったが、校長に取り上げられてしまい、それはかなわなかった。「エットレは『リア王』は読まなかったが、『ハムレット』のことばかり考えて、何日も続けて眠らないことがあった。いつも、"Essere o non essere(To be, or not to be)"について考えていた」

第三幕第一場のハムレットの独白は、この「To be, or not to be: that is the question」の有名な台詞で始まる(小田島雄志訳は「このままでいいのか、いけないのか、それが問題だ」)。その結論とも考えられる台詞が同じ独白の最後にある。“thus conscience does make cowards of us all”である。当然、若きズヴェーヴォはこの台詞についても考えを巡らせたことだろう。小田島は、これを「このようにもの思う心がわれわれを臆病にする」と訳した。A・シュミットの『シェイクスピア・レキシコン』によれば、conscience はここでは、「良心」ではなく、thought, consideration の謂いだという。ゼーノの coscienza も、ハムレットのそれに近いのではないだろうか。

文学作品への言及が多いフロイトの『夢解釈』にもまた、『ハムレット』にかんする興味深い分析がある。なぜハムレットは、自らに課せられた仇討の責務をぐずぐずと引き延ばすのか？　父を殺して母の傍らの座をしめているあの男に復讐することだけがなぜできないのか？　その理由をフロイトは次のように説明する。「その男は、ハムレット自身の抑圧された幼年期欲望を体現しているからである。それゆえ、復讐へと彼を駆り立てるはずの忌み嫌う気持ちは、彼の中で自己批判ないし良心の呵責によって代替されてしまう」。ズヴェーヴォはこの一節をどのように解釈しただろうか。

ゼーノの場合、その意識は少なくともスムーズに流れることはない。あれやこれやともの思うその軌跡は、行きつ戻りつを繰り返しながら、ぎこちないジグザグの歩みをたどる。まさにハムレットのモノローグのように。やましさや背徳感、良心の疼きもひきずりながら。

偶然の連鎖

トリエステ旧市街に、ズヴェーヴォが足しげく通った市立図書館がある。その正面の広場に、作家の等身大の銅像がある。左手に帽子をもち、右小脇に書物をかかえ、両足をそろえて直立の姿勢で立っている。二〇〇四年に設置されたこのブロンズ像の製作者は、トリエステ出身の彫刻家ニーノ・スパニョーリ。やはりトリエステ市内に設置されたサーバとジョイスの像も彼が手がけている。一七九三年に創立されたトリエステ市立図書館は、十四世紀から十九世紀の外交文書などの市の歴史的資料を中心に所蔵する。現在は、一八七三年から半世紀にわたり館長を務めた文献学者のアッティリオ・オルテイスの名が冠されている。銀行に勤めていた頃のズヴェーヴォは、『自叙伝』によれば、仕事のあとよくこの図書館に立ち寄り、二時間ほど読書に没頭した。とくに、マキャヴェッリやボッカッチョの著作をとおしてイタリア文化を学んだという。

ズヴェーヴォの像のつま先の前には、石畳にプレートが埋めこまれ、以下の文字が刻まれている。

La vita non è né brutta né bella,
ma è originale!
"La coscienza di Zeno", cap. 7
ITALO SVEVO
1861–1928

『ゼーノの意識』第七章の一文「人生は醜くもなければ美しくもなく、ふかしぎだ！」がここに引用されているのだ。「ある商事会社の物語」と題された第七章では、グイードの経営者としての無能力さとその泥縄式の対応、アーダの病状とグイードの死が中心に語られる。会社の損失と妻との不和に頭を悩ますグイードは、ゼーノとの散歩中にふとこう心情をもらす。「なんと人生は不公平で、つらいものか！」これにたいするゼーノの返事が「人生は醜くもなければ美しくもなく、ふかしぎだ(originale)！」である(下巻、一九七頁)。ズヴェーヴォ研究者として名高いブルーノ・マイエルによれば、originaleは「独創的」というよりは、「風変り」「不条理な」「予測不可能な」「偶発的」といった意味だという。この主人公の言葉には、『ゼーノの意識』の主題のひとつ——予想外の値動きをする株や商品の相場のように、偶然に左右されて浮き沈みを繰り返し、誰も想像もしなかった皮肉な展開を見せる人間の生の滑稽さと悲しみ——が凝縮されているのかもしれない。

ゼーノの結婚までのいきさつや、グイードの死にいたる経緯を語る作者の筆致は淡々としてよどみない。マルフェンティ家四姉妹のうち、ゼーノは長女アーダの美しさに惹かれ好意を示すが、彼女はその思いに一向にこたえない。ゼーノは高校生の三女アルベルタにも相手にされず、結局は、初対面のときに驚くほど醜いとさえ思っていた次女アウグスタと、なりゆき上というか、ほとんど行き当たりばったりで結婚する。だがそのふたりは、おおむね平穏な結婚生活を営むことになる。一方、グイードを選んだアーダには、幸運がほほ笑まない。さまざまな試練が待ち受けている。病のせいで美貌を失い、夫の浮気に悩まされ、夫の死後は幼い双子を連れてアルゼンチンに移住するのだった。

大量に睡眠薬を飲んだグイードも、もしその日が豪雨でなければ命は助かったかもしれない。女中が膝まで水につかって歩くうちに、医師への伝言のメモをなくすこともなかったろうし、医師は胃の洗浄に必要なものをもって往診できたはずだから。天候のめぐりあわせ、ちょっとした不注意、わずかのすれ違いやとるにたらない誤解によって、悲劇にも喜劇にも転ずる人間の運命が、この小説にはみごとに描かれていないだろうか。二十世紀を代表するイタリアの詩人モンターレが、「われわれの日常生活を支配する灰色の偶然性の叙事詩」と評したゆえんである。

世界の終わり

秘密の一室で強大な威力をもつ爆薬がやがて発明され、その爆発の結果、「星雲のかたちに戻った地球が、寄生虫も病もない天空をさまようことだろう」。このような世界の終末の予言とともにこの小説は終わる。ズヴェーヴォとほぼ同時代の文学作品で、終末への予言や期待に言及された例はほかにもある。たとえば、ズヴェーヴォが『インディペンデンテ』紙に書評を書いたゾラの『生きる歓び』には、ペシミストのラザールについてのこんな記述がある。「彼はすっかり不吉な問題のとりことなり、彗星が到来してその尾が地球を砂粒のように一掃するという、ある空想力豊かな天文学者の記事に衝撃を受けた。世界の破局への期待をそこに認めない者がいるだろうか？　それは、やがて地球を朽ち果てた老船のように爆破する巨大な薬莢ではないか？」ズヴェーヴォが参考にしたかどうかは別にして、カミーユ・フラマリオンのSF小説『世界の終わり』(一八九四年)にも、彗星の衝突によって滅亡の危機に瀕する未来の地球が描かれていた。

しかし、終末思想そのものよりも、ズヴェーヴォにあってより重要なのは、人間の生が深く病み、地球環境を汚染させているという意識ではないか。人類の行動をいったんリセットしないかぎり、カタストロフィが避けられないことへの不安ではないか。ズヴェーヴォは書いている。「現代の生活は根本まで汚染されている。人類は、木々や獣たちの場所を奪い、空気を汚染し、自由な空間を包囲した。事態はさらに悪化するかもしれない」(下巻、三六八頁)。この一節がいま何よりも想起させるのは、新型コロナウイルスの感染爆発によって一変した世界の風景である。工場の操業停止などによって二酸化炭素の排出量が減り、世界じゅうの大都市の多くに青空が戻ったという。また、ふだんは観光客でごったがえすあのヴェネツィアからいっさいの人影が消え、いつもはよどんだ運河に、クラゲなどの生物が姿を現したというニュースも伝えられた。私たちは、皮肉なことに新型コロナウイルスのおかげで思いがけず、きれいな空気と水をとりもどしたのだった。

新たなパンデミックによる深刻な被害を受けたイタリアは、かつてたびたびペストの蔓延に苦しめられた。ボッカッチョの『デカメロン』と、マンゾーニの『いいなずけ』は、それぞれ十四世紀と十七世紀のペスト禍を克明に記録したイタリア文学の古典である。そこには、死者数が多すぎて通常どおり葬儀が営めなかったり、ゼロ号感染者を血眼になって探したりといった、今の世界と二重写しになる叙述があった。古典を読むとき、いまここで起きていることが、かつてすでに書かれていたことを発見して驚くことがある。

ゼーノとその家族の物語は、さらに書きつがれるはずであった。死後に発表された断片的な作品群がそれを証明している。ゼーノの子供たちが成長し、娘には男児（ゼーノの孫）が生まれ、アーダとグイードの息子はアルゼンチンを離れ、トリエステで医学を学んでいるのである。もしズヴェーヴォが自動車事故で急死することがなければ、ゼーノの物語はさらに大きな円環を形成したであろうと思うと、残念でならない。

いうまでもなく、ゼーノと家族の物語は、唯一無二のものである。しかしながら、彼らと時間と場所を共有することのない私たち読者もまた、彼らの生と苦しみに共感できるとすれば、本書もまた、世界の古典文学として、世代を超えて読みつがれてゆくのではないだろうか。

本書は、イタロ・ズヴェーヴォ『ゼーノの意識』（一九二三年）の全訳である。

翻訳にあたって次の版を主たる底本とした。

Italo Svevo, *La coscienza di Zeno*, a cura di Beatrice Stasi, Roma, Edizioni di storia e letteratura, 2008.

以下の刊本も適宜参照した。注釈と解説がたいへん参考になった。

Italo Svevo, *La coscienza di Zeno*, a cura di Bruno Maier, Milano, Mursia, 1986.

La coscienza di Zeno, in Id., *Romanzi e 《Continuazioni》*, edizione critica con apparato genetico e commento di Nunzia Palmieri e Fabio Vittorini. Saggio introduttivo e Cronologia di Mario Lavagetto, Milano, Mondadori, 2004.

La coscienza di Zeno, introduzione e cura di Luigi Martellini, Roma, Carocci, 2010.

既存の日本語版、英語版とフランス語版も参照させていただいた。

イタロ・ズヴェーヴォ『ゼーノの苦悶』清水三郎治訳（『世界の文学1 ジョイス／ズヴェーヴォ』所収、集英社、一九七八年）。

Italo Svevo, *Zeno's conscience*, translated with an introduction by William Weaver, Penguin Classics, 2002.

Italo Svevo, *La conscience de Zeno*, traduction, introduction et notes de Maryse Jeuland-Meynaud, Le Livre de Poche, 2012.

上巻・下巻の「訳者あとがき」で引用したテクストとおもな参考文献は以下のとおり。

Roland Barthes, *S/Z*, Torino, Einaudi, 1981.
Mario Lavagetto, *L'impiegato Schmitz e altri saggi su Svevo*, Torino, Einaudi, 1986.
Karl Marx, *The Maritime Commerce of Austria*, http://marxengels.public-archive.net/en/ME0988en.html#N169
Italo Svevo, *Tutte le opere*, edizione diretta da Mario Lavagetto, Milano, Mondadori, 3 vol., 2004.
Italo Svevo, *Epistolario*, a cura di Bruno Maier, Milano, dall'Oglio, 1966.
Italo Svevo e Eugenio Montale, *Carteggio con gli scritti di Montale su Svevo*, a cura di Giorgio Zampa, Milano, Mondadori, 1976.
Émile Zola, *La gioia di vivere*, traduzione a cura di Francesca Bartoli, Milano, Rusconi, 2017.
AA.VV., *Lettere a Svevo. Diario di Elio Schmitz*, a cura di Bruno Maier, Milano, dall'Oglio, 1973.
河島英昭『イタリア・ユダヤ人の風景』岩波書店、二〇〇四年。
ジョーゼフ・ケアリー『トリエステの亡霊——サーバ、ジョイス、ズヴェーヴォ』鈴木昭裕訳、みすず書房、二〇一七年。

ウィリアム・シェイクスピア『ハムレット』小田島雄志訳、白水社、二〇一九年。

オノレ・ド・バルザック『Z・マルカス』渡辺一夫・霧生和夫訳（『バルザック全集1』所収、東京創元社、一九七三年）。

ジークムント・フロイト『夢解釈1』新宮一成訳（『フロイト全集4』所収、岩波書店、二〇〇七年）。

ジークムント・フロイト「夢について」道籏泰三訳（『フロイト全集6』所収、岩波書店、二〇〇九年）。


岩波文庫編集長の永沼浩一さんには、訳文を丁寧に検討していただき、貴重なアドバイスを数多く授かった。岩波文庫前編集長の入谷芳孝さんには、企画のときからたいへんお世話になった。おふたりに心よりお礼申し上げる。

二〇二〇年秋

堤　康徳

ゼーノの意識《いしき》（下）〔全2冊〕 ズヴェーヴォ作

2021年2月16日 第1刷発行

訳 者 堤《つつみ》 康《やす》徳《のり》

発行者 岡本 厚

発行所 株式会社 岩波書店
〒101-8002 東京都千代田区一ツ橋 2-5-5
案内 03-5210-4000 営業部 03-5210-4111
文庫編集部 03-5210-4051
https://www.iwanami.co.jp/

印刷・理想社 カバー・精興社 製本・中永製本

ISBN 978-4-00-377010-8 Printed in Japan

読書子に寄す

——岩波文庫発刊に際して——

岩波茂雄

真理は万人によって求められることを自ら欲し、芸術は万人によって愛されることを自ら望む。かつては民を愚昧ならしめるために学芸が最も狭き堂宇に閉鎖されたことがあった。今や知識と美とを特権階級の独占より奪い返すことはつねに進取的なる民衆の切実なる要求である。岩波文庫はこの要求に応じそれに励まされて生まれた。それは生命ある不朽の書を少数者の書斎と研究室とより解放して街頭にくまなく立たしめ民衆に伍せしめるであろう。近時大量生産予約出版の流行を見る。その広告宣伝の狂態はしばらくおくも、後代にのこすと誇称する全集がその編集に万全の用意をなしたるか。千古の典籍の翻訳企図に敬虔の態度を欠かざりしか。さらに分売を許さず読者を繫縛して数十冊を強うるがごとき、はたしてその揚言する学芸解放のゆえんなりや。吾人は天下の名士の声に和してこれを推挙するに躊躇するものである。このときにあたって、岩波書店は自己の責務のいよいよ重大なるを思い、従来の方針の徹底を期するため、すでに十数年以前より志して来た計画を慎重審議この際断然実行することにした。吾人は範をかのレクラム文庫にとり、古今東西にわたって文芸・哲学・社会科学・自然科学等種類のいかんを問わず、いやしくも万人の必読すべき真に古典的価値ある書をきわめて簡易なる形式において逐次刊行し、あらゆる人間に須要なる生活向上の資料、生活批判の原理を提供せんと欲する。この文庫は予約出版の方法を排したるがゆえに、読者は自己の欲する時に自己の欲する書物を各個に自由に選択することができる。携帯に便にして価格の低きを最主とするがゆえに、外観を顧みざるも内容に至っては厳選最も力を尽くし、従来の岩波出版物の特色をますます発揮せしめようとする。この計画たるや世間の一時の投機的なるものと異なり、永遠の事業として吾人は微力を傾倒し、あらゆる犠牲を忍んで今後永久に継続発展せしめ、もって文庫の使命を遺憾なく果たさしめることを期する。芸術を愛し知識を求むる士の自ら進んでこの挙に参加し、希望と忠言とを寄せられることは吾人の熱望するところである。その性質上経済的には最も困難多きこの事業にあえて当たらんとする吾人の志を諒として、その達成のため世の読書子とのうるわしき共同を期待する。

昭和二年七月

《東洋文学》〔赤〕

- 王維詩集　小川環樹・都留春雄・入谷仙介 選訳
- 杜甫詩選　黒川洋一編
- 李白詩選　松浦友久編訳
- 李賀詩選　黒川洋一編
- 蘇東坡詩選　小川環樹・山本和義 選訳
- 陶淵明全集　全二冊　松枝茂夫・和田武司 訳注
- 唐詩選　全三冊　前野直彬注解
- 完訳 三国志　全八冊　小川環樹・金田純一郎 訳
- 完訳 水滸伝　全十冊　吉川幸次郎・清水茂 訳
- 西遊記　全十冊　中野美代子訳
- 菜根譚　洪自誠・今井宇三郎 訳注
- 浮生六記 ―浮生夢のごとし　沈復・松枝茂夫訳
- 阿Q正伝・狂人日記 他十二篇（吶喊）　魯迅・竹内好訳
- 魯迅評論集　竹内好編訳
- 家　全二冊　巴金・飯塚朗訳
- 寒い夜　巴金・立間祥介訳
- 新編 中国名詩選　全三冊　川合康三編訳
- 遊仙窟　張文成・今村与志雄訳
- 唐宋伝奇集　全二冊　今村与志雄訳
- 聊斎志異　全二冊　蒲松齢・立間祥介編訳
- 白楽天詩選　全二冊　川合康三訳注
- 文選　全六冊　川合康三・富永一登・釜谷武志・和田英信・浅見洋二・緑川英樹 訳注
- リグ・ヴェーダ讃歌　辻直四郎訳
- マハーバーラタ ナラ王物語 ―ダマヤンティー姫の数奇な生涯　鎧淳訳
- バガヴァッド・ギーター　上村勝彦訳
- 朝鮮民謡選　金素雲訳編
- 尹東柱詩集 空と風と星と詩　金時鐘編訳
- アイヌ神謡集　知里幸惠編訳
- アイヌ民譚集 付 えぞおばけ列伝　知里真志保編訳

《ギリシア・ラテン文学》〔赤〕

- ホメロス イリアス　全二冊　松平千秋訳
- ホメロス オデュッセイア　全二冊　松平千秋訳
- イソップ寓話集　中務哲郎訳
- ソポクレース アンティゴネー　中務哲郎訳
- ソポクレス オイディプス王　藤沢令夫訳
- エウリーピデース ヒッポリュトス ―パイドラーの恋　松平千秋訳
- エウリーピデース バッカイ ―バッコスに憑かれた女たち　逸身喜一郎訳
- ヘシオドス 神統記　廣川洋一訳
- アリストパネース 蜂　高津春繁訳
- アリストパネース 女の議会　村川堅太郎訳
- アポロドーロス ギリシア神話　高津春繁訳
- ギリシア・ローマ抒情詩選 ―花冠　呉茂一訳
- アープレーイユス 黄金の驢馬　呉茂一・国原吉之助訳
- オウィディウス 変身物語　全二冊　中村善也訳
- ギリシア・ローマ神話 付 インド・北欧神話　ブルフィンチ・野上弥生子訳
- ギリシア・ローマ名言集　柳沼重剛編
- ローマ諷刺詩集　ペルシウス・ユウェナーリス・国原吉之助訳
- 内乱 ―パルサリア　全二冊　ルーカーヌス・大西英文訳

《南北ヨーロッパ他文学》〔赤〕

ダンテ 新生	山川丙三郎訳
抜目のない未亡人	ゴルドーニ 平川祐弘訳
珈琲店・恋人たち	ゴルドーニ 平川祐弘訳
カヴァレリーア・ルスティカーナ 他十一篇	G・ヴェルガ 河島英昭訳
ルネッサンス巷談集	フランコ・サケッティ 杉浦明平訳
カルヴィーノ イタリア民話集 全二冊	河島英昭編訳
むずかしい愛	カルヴィーノ 和田忠彦訳
パロマー	カルヴィーノ 和田忠彦訳
カルヴィーノ アメリカ講義 —新たな千年紀のための六つのメモ	米川良夫 和田忠彦訳
まっぷたつの子爵	カルヴィーノ 河島英昭訳
魔法の庭・空を見上げる部族 他十四篇	カルヴィーノ 和田忠彦訳
愛神の戯れ —牧歌劇「アミンタ」	トルクァート・タッソ 鷲平京子訳
ペトラルカ ルネサンス書簡集	近藤恒一編訳
わが秘密	ペトラルカ 近藤恒一訳
ペトラルカ 無知について	近藤恒一訳
美しい夏	パヴェーゼ 河島英昭訳
流刑	パヴェーゼ 河島英昭訳
祭の夜	パヴェーゼ 河島英昭訳
月と篝火	パヴェーゼ 河島英昭訳
休戦	プリーモ・レーヴィ 竹山博英訳
ウンベルト・エーコ 小説の森散策	和田忠彦訳
バウドリーノ 全二冊	ウンベルト・エーコ 堤康徳訳
タタール人の砂漠	ブッツァーティ 脇功訳
七人の使者・神を見た犬 他十三篇	ブッツァーティ 脇功訳
ラサリーリョ・デ・トルメスの生涯	会田由訳
ドン・キホーテ 前篇 全三冊	セルバンテス 牛島信明訳
ドン・キホーテ 後篇 全三冊	セルバンテス 牛島信明訳
セルバンテス短篇集	牛島信明編訳
恐ろしき媒	ホセ・エチェガライ 永田寛定訳
エスピノーサ スペイン民話集	三原幸久編訳
三大悲劇集 血の婚礼 他二篇	ガルシーア・ロルカ 牛島信明訳
エル・シードの歌	長南実訳
娘たちの空返事 他一篇	モラティン 佐竹謙一訳
プラテーロとわたし	J・R・ヒメーネス 長南実訳
オルメードの騎士	ロペ・デ・ベガ 長南実訳
父の死に寄せる詩	ホルヘ・マンリーケ 佐竹謙一訳
サラマンカの学生 他六篇	エスプロンセーダ 佐竹謙一訳
セビーリャの色事師と石の招客 他一篇	ティルソ・デ・モリーナ 佐竹謙一訳
ティラン・ロ・ブラン 全四冊	J・マルトゥレイ M・J・ダ・ガルバ 田澤耕訳
ダイヤモンド広場	マルセー・ルドゥレダ 田澤耕訳
完訳アンデルセン童話集 全七冊	大畑末吉訳
即興詩人 全二冊	アンデルセン 大畑末吉訳
アンデルセン自伝	大畑末吉訳
ここに薔薇ありせば 他五篇	ヤコブセン 矢崎源九郎訳
ヴィクトリア	クヌート・ハムスン 冨原眞弓訳
フィンランド叙事詩 カレワラ 全二冊	リョンロット編 小泉保訳
イプセン 人形の家	原千代海訳
令嬢ユリェ	ストリントベルク 茅野蕭々訳
ポルトガリヤの皇帝さん	ラーゲルレーヴ イシガオサム訳
アミエルの日記 全四冊	河野与一訳

- クオ・ワディス 全三冊　シェンキェーヴィチ　木村彰一訳
- おばあさん　ニェムツォヴァー　栗栖継訳
- 山椒魚戦争　カレル・チャペック　栗栖継訳
- ロボット（R・U・R）　チャペック　千野栄一訳
- 牛乳屋テヴィエ　ショレム・アレイヘム　西成彦訳
- 完訳 千一夜物語 全十三冊　豊島与志雄・渡辺一夫・佐藤正彰・岡部正孝訳
- ルバイヤート　オマル・ハイヤーム　小川亮作訳
- ゴレスターン　サァディー　沢英三訳
- アブー・ヌワース アラブ飲酒詩選　塙治夫編訳
- 中世騎士物語　ブルフィンチ　野上弥生子訳
- コルタサル短篇集 悪魔の涎・追い求める男 他八篇　木村榮一訳
- 遊戯の終わり　コルタサル　木村榮一訳
- 秘密の武器　コルタサル　木村榮一訳
- ペドロ・パラモ　ファン・ルルフォ　杉山晃・増田義郎訳
- 燃える平原　ファン・ルルフォ　杉山晃訳
- 伝奇集　J・L・ボルヘス　鼓直訳
- 創造者　J・L・ボルヘス　鼓直訳

- 続審問　J・L・ボルヘス　中村健二訳
- 七つの夜　J・L・ボルヘス　野谷文昭訳
- 詩という仕事について　J・L・ボルヘス　鼓直訳
- 汚辱の世界史　J・L・ボルヘス　中村健二訳
- ブロディーの報告書　J・L・ボルヘス　鼓直訳
- アレフ　J・L・ボルヘス　鼓直訳
- 語るボルヘス —書物・不死性・時間ほか　J・L・ボルヘス　木村榮一訳
- 20世紀ラテンアメリカ短篇選　野谷文昭編訳
- フエンテス短篇集 アウラ・純な魂 他四篇　木村榮一訳
- アルテミオ・クルスの死　フエンテス　木村榮一訳
- グアテマラ伝説集　M・A・アストゥリアス　牛島信明訳
- 緑の家 全二冊　バルガス＝リョサ　木村榮一訳
- 密林の語り部　バルガス＝リョサ　西村英一郎訳
- ラ・カテドラルでの対話　バルガス＝リョサ　旦敬介訳
- 弓と竪琴　オクタビオ・パス　牛島信明訳
- 失われた足跡　カルペンティエル　牛島信明訳
- ラテンアメリカ民話集　三原幸久編訳

- やし酒飲み　エイモス・チュツオーラ　土屋哲訳
- 薬草まじない　エイモス・チュツオーラ　土屋哲訳
- ジャンプ 他十一篇　ナディン・ゴーディマ　柳沢由実子訳
- マイケル・K　J・M・クッツェー　くぼたのぞみ訳
- ミゲル・ストリート　V・S・ナイポール　小野正嗣・小沢自然訳
- キリストはエボリで止まった　カルロ・レーヴィ　竹山博英訳
- クァジーモド全詩集　河島英昭訳
- ウンガレッティ全詩集　河島英昭訳
- クオーレ　デ・アミーチス　和田忠彦訳
- 冗談　ミラン・クンデラ　西永良成訳
- 小説の技法　ミラン・クンデラ　西永良成訳
- 世界イディッシュ短篇選　西成彦編訳

《ロシア文学》〔赤〕

オネーギン　プーシキン　池田健太郎訳

スペードの女王・ベールキン物語　プーシキン　神西清訳

狂人日記 他二篇　ゴーゴリ　横田瑞穂訳

外套・鼻　ゴーゴリ　平井肇訳

イワーン・イワーノヰッチとイワーン・ニキーフォロヰッチとが喧嘩をした話　ゴーゴリ　原久一郎訳

日本渡航記 —フレガート「パルラダ」号より　ゴンチャロフ　井上満訳

平凡物語 全二冊　ゴンチャロフ　井上満訳

ルーヂン　ツルゲーネフ　中村融訳

ツルゲーネフ散文詩　神西清・池田健太郎訳

オブローモフ主義とは何か？ 他一篇　ドブロリューボフ　金子幸彦訳

貧しき人々　ドストイェフスキイ　原久一郎訳

二重人格　ドストエフスキー　小沼文彦訳

罪と罰 全三冊　ドストエフスキー　江川卓訳

白痴 全二冊　ドストエーフスキイ　米川正夫訳

カラマーゾフの兄弟 全四冊　ドストエーフスキイ　米川正夫訳

アンナ・カレーニナ 全三冊　トルストイ　中村融訳

幼年時代　トルストイ　藤沼貴訳

戦争と平和 全六冊　トルストイ　藤沼貴訳

トルストイ民話集 人はなんで生きるか 他四篇　中村白葉訳

トルストイ民話集 イワンのばか 他八篇　中村白葉訳

イワン・イリッチの死　トルストイ　米川正夫訳

光あるうちに光の中を歩め　トルストイ　米川正夫訳

クロイツェル・ソナタ　トルストイ　米川正夫訳

復活 全二冊　トルストイ　藤沼貴訳

人生論　トルストイ　中村融訳

かもめ　チェーホフ　浦雅春訳

桜の園　チェーホフ　小野理子訳

六号病棟・退屈な話 他五篇　チェーホフ　松下裕訳

シベリヤの旅 他三篇　チェーホフ　神西清訳

チェーホフ 妻への手紙 全二冊　湯浅芳子訳

ともしび・谷間 他七篇　チェーホフ　松下裕訳

サーニン 全二冊　アルツィバーシェフ　中村白葉訳

ゴーリキー短篇集　上田進・横田瑞穂訳編

どん底　ゴーリキイ　中村白葉訳

魅せられた旅人　レスコーフ　木村彰一訳

かくれんぼ・毒の園 他五篇　ソログープ　中山省三郎・昇曙夢訳

ベリンスキー ロシヤ文学評論集 全二冊　除村吉太郎訳

巨匠とマルガリータ 全二冊　ブルガーコフ　水野忠夫訳

《ドイツ文学》〔赤〕

- ニーベルンゲンの歌 全二冊　相良守峯訳
- 若きウェルテルの悩み　ゲーテ　竹山道雄訳
- ヴィルヘルム・マイスターの修業時代 全三冊　ゲーテ　山崎章甫訳
- イタリア紀行 全三冊　ゲーテ　相良守峯訳
- ファウスト 全二冊　ゲーテ　相良守峯訳
- ゲーテとの対話 全三冊　エッカーマン　山下肇訳
- スペインの太子 ドン・カルロス　シルレル　佐藤通次訳
- 改訳 オルレアンの少女　シルレル　佐藤通次訳
- ヒュペーリオン —希臘の世捨人　ヘルデルリーン　渡辺格司訳
- 青い花　ノヴァーリス　青山隆夫訳
- 夜の讃歌・サイスの弟子たち 他一篇　ノヴァーリス　今泉文子訳
- 完訳 グリム童話集 全五冊　金田鬼一訳
- ホフマン短篇集　池内紀編訳
- 水妖記（ウンディーネ）　フーケー　柴田治三郎訳
- O侯爵夫人 他六篇　クライスト　相良守峯訳
- 影をなくした男　シャミッソー　池内紀訳

- 流刑の神々・精霊物語　ハイネ　小沢俊夫訳
- 冬物語 —ドイツ　ハイネ　井汲越次訳
- ユーディット 他一篇　ヘッベル　吹田順助訳
- 芸術と革命 他四篇　ワーグナー　北村義男訳
- ブリギッタ・森の泉 他一篇　シュティフター　宇多五郎・高安国世訳
- みずうみ 他四篇　シュトルム　関泰祐訳
- 村のロメオとユリア　ケラー　草間平作訳
- 沈鐘　ハウプトマン　阿部六郎訳
- 地霊・パンドラの箱 ルル二部作　F・ヴェデキント　岩淵達治訳
- 春のめざめ　F・ヴェデキント　酒寄進一訳
- ゲオルゲ詩集　手塚富雄訳
- 花・死人に口なし 他七篇　シュニッツラー　番匠谷英一・山本有三訳
- リルケ詩集　高安国世訳
- ドゥイノの悲歌　リルケ　手塚富雄訳
- ブッデンブローク家の人びと 全三冊　トーマス・マン　望月市恵訳
- トオマス・マン短篇集　実吉捷郎訳
- 魔の山 全二冊　トーマス・マン　関泰祐・望月市恵訳

- トニオ・クレエゲル　トオマス・マン　実吉捷郎訳
- ヴェニスに死す　トオマス・マン　実吉捷郎訳
- 車輪の下　ヘルマン・ヘッセ　実吉捷郎訳
- 漂泊《クヌルプ》の魂　ヘルマン・ヘッセ　相良守峯訳
- デミアン　ヘルマン・ヘッセ　実吉捷郎訳
- シッダルタ　ヘッセ　手塚富雄訳
- ルーマニア日記　カロッサ　高橋健二訳
- 美しき惑いの年　カロッサ　手塚富雄訳
- 若き日の変転　カロッサ　斎藤栄治訳
- 幼年時代　カロッサ　斎藤栄治訳
- 指導と信従　カロッサ　国松孝二訳
- ジョゼフ・フーシェ —ある政治的人間の肖像　シュテファン・ツワイク　高橋禎二・秋山英夫訳
- 変身・断食芸人　カフカ　山下肇・山下萬里訳
- 審判　カフカ　辻瑆訳
- カフカ短篇集　池内紀編訳
- カフカ寓話集　池内紀編訳
- 三文オペラ　ブレヒト　岩淵達治訳

肝っ玉おっ母とその子どもたち　ブレヒト　岩淵達治訳
ドイツ炉辺ばなし集　—カレンダーゲシヒテン　ヘーベル　木下康光編訳
憂愁夫人　ズーデルマン　相良守峯訳
悪童物語　ルウドキヒ・トオマ　実吉捷郎訳
ウィーン世紀末文学選　池内紀編訳
ティル・オイレンシュピーゲルの愉快ないたずら　阿部謹也訳
大理石像・デュランデ城悲歌　アイヒェンドルフ　関泰祐訳
改訳 愉しき放浪児　アイヒェンドルフ　関泰祐訳
チャンドス卿の手紙 他十篇　ホフマンスタール　檜山哲彦訳
ホフマンスタール詩集　川村二郎訳
陽気なヴッツ先生 他一篇　ジャン・パウル　岩田行一訳
インド紀行 全二冊　ボンゼルス　実吉捷郎訳
ドイツ名詩選　生野幸吉　檜山哲彦編
蝶の生活　シュナック　岡田朝雄訳
聖なる酔っぱらいの伝説 他四篇　ヨーゼフ・ロート　池内紀訳
ラデツキー行進曲 全二冊　ヨーゼフ・ロート　平田達治訳
ジャクリーヌと日本人　ヤーコプ　相良守峯訳

人生処方詩集　エーリヒ・ケストナー　小松太郎訳
三十歳　インゲボルク・バッハマン　松永美穂訳
第七の十字架 全二冊　アンナ・ゼーガース　山下肇　新村浩訳

《フランス文学》〔赤〕

ロランの歌　有永弘人訳
ラブレー第一之書 ガルガンチュワ物語　渡辺一夫訳
ラブレー第二之書 パンタグリュエル物語　渡辺一夫訳
ラブレー第三之書 パンタグリュエル物語　渡辺一夫訳
ラブレー第四之書 パンタグリュエル物語　渡辺一夫訳
ラブレー第五之書 パンタグリュエル物語　渡辺一夫訳
ピエール・パトラン先生　渡辺一夫訳
日月両世界旅行記　シラノ・ド・ベルジュラック　赤木昭三訳
ロンサール詩集　ロンサール　井上究一郎訳
エセー 全六冊　モンテーニュ　原二郎訳
ラ・ロシュフコー箴言集　二宮フサ訳
ブリタニキュス ベレニス　ラシーヌ　渡辺守章訳
ドン・ジュアン　—石像の宴　モリエール　鈴木力衛訳

完訳 ペロー童話集　新倉朗子訳
偽りの告白　マリヴォー　鈴木力衛訳
贋の侍女・愛の勝利　マリヴォー　佐藤実枝　井村順一訳
カンディード 他五篇　ヴォルテール　植田祐次訳
哲学書簡　ヴォルテール　林達夫訳
孤独な散歩者の夢想　ルソー　今野一雄訳
フィガロの結婚　ボオマルシェ　辰野隆訳
危険な関係 全二冊　ラクロ　伊吹武彦訳
美味礼讃 全二冊　ブリア＝サヴァラン　関根秀雄　戸部松実訳
アドルフ　コンスタン　大塚幸男訳
近代人の自由と古代人の自由・征服の精神と簒奪 他一篇　コンスタン　堤林剣　堤林恵訳
恋愛論 全二冊　スタンダール　杉本圭子訳
赤と黒 全二冊　スタンダール　桑原武夫　生島遼一訳
ゴプセック・毬打つ猫の店　バルザック　芳川泰久訳
艶笑滑稽譚 全三冊　バルザック　石井晴一訳
レ・ミゼラブル 全四冊　ユーゴー　豊島与志雄訳
死刑囚最後の日　ユーゴー　豊島与志雄訳

ライン河幻想紀行　ユゴー　榊原晃三編訳
ノートル＝ダム・ド・パリ　全二冊　ユゴー　辻昶・松下和則訳
モンテ・クリスト伯　全七冊　アレクサンドル・デュマ　山内義雄訳
三銃士　全二冊　デュマ　生島遼一訳
エトルリヤの壺　他五篇　メリメ　杉捷夫訳
カルメン　メリメ　杉捷夫訳
愛の妖精（プチット・ファデット）　ジョルジュ・サンド　宮崎嶺雄訳
ボヴァリー夫人　全二冊　フローベール　伊吹武彦訳
感情教育　全二冊　フローベール　生島遼一訳
紋切型辞典　フローベール　小倉孝誠訳
サラムボー　全二冊　フローベール　中條屋進訳
未来のイヴ　全二冊　ヴィリエ・ド・リラダン　渡辺一夫訳
風車小屋だより　ドーデー　桜田佐訳
月曜物語　ドーデー　桜田佐訳
サフォ　パリ風俗　ドーデー　朝倉季雄訳
プチ・ショーズ　—ある少年の物語　ドーデ　原千代海訳
少年少女　アナトール・フランス　三好達治訳

神々は渇く　アナトール・フランス　大塚幸男訳
テレーズ・ラカン　全二冊　エミール・ゾラ　小林正訳
ジェルミナール　全三冊　エミール・ゾラ　安士正夫訳
獣人　全二冊　エミール・ゾラ　川口篤訳
制作　全二冊　エミール・ゾラ　清水正和訳
水車小屋攻撃　他七篇　エミール・ゾラ　朝比奈弘治訳
氷島の漁夫　ピエール・ロチ　吉氷清訳
マラルメ詩集　渡辺守章訳
脂肪のかたまり　モーパッサン　高山鉄男訳
メゾンテリエ　他三篇　モーパッサン　河盛好蔵訳
モーパッサン短篇選　高山鉄男編訳
わたしたちの心　モーパッサン　笠間直穂子訳
地獄の季節　ランボオ　小林秀雄訳
にんじん　ルナアル　岸田国士訳
ぶどう畑のぶどう作り　ルナアル　岸田国士訳
博物誌　ルナール　辻昶訳
ジャン・クリストフ　全四冊　ロマン・ローラン　豊島与志雄訳

トルストイの生涯　ロマン・ロラン　蛯原徳夫訳
ベートーヴェンの生涯　ロマン・ロラン　片山敏彦訳
ミケランジェロの生涯　ロマン・ロラン　高田博厚訳
フランシス・ジャム詩集　手塚伸一訳
三人の乙女たち　フランシス・ジャム　手塚伸一訳
背徳者　アンドレ・ジイド　川口篤訳
法王庁の抜け穴　アンドレ・ジイド　石川淳訳
続コンゴ紀行　—チャド湖より還る　アンドレ・ジイド　杉捷夫訳
ヴァレリー詩集　ポール・ヴァレリー　鈴木信太郎訳
精神の危機　他十五篇　ポール・ヴァレリー　恒川邦夫訳
若き日の手紙　フィリップ　外山楢夫訳
朝のコント　フィリップ　淀野隆三訳
シラノ・ド・ベルジュラック　ロスタン　辰野隆・鈴木信太郎訳
海の沈黙・星への歩み　ヴェルコール　河野与一・加藤周一訳
地底旅行　ジュール・ヴェルヌ　朝比奈弘治訳
八十日間世界一周　ジュール・ヴェルヌ　鈴木啓二訳
海底二万里　全二冊　ジュール・ヴェルヌ　朝比奈美知子訳

- プロヴァンスの少女（ミレイユ）　ミストラル　杉冨士雄訳
- 結婚十五の歓び　新倉俊一訳
- 死霊の恋・ポンペイ夜話 他三篇　ゴーチエ　田辺貞之助訳
- 火の娘たち　ネルヴァル　野崎歓訳
- パリの夜 ―革命下の民衆　レチフ・ド・ラ・ブルトンヌ　植田祐次編訳
- 牝猫（めすねこ）　コレット　工藤庸子訳
- シェリ　コレット　工藤庸子訳
- シェリの最後　コレット　工藤庸子訳
- 生きている過去　レニエ　窪田般彌訳
- ノディエ幻想短篇集　ノディエ　篠田知和基編訳
- フランス短篇傑作選　山田稔編訳
- シュルレアリスム宣言・溶ける魚　アンドレ・ブルトン　巖谷國士訳
- ナジャ　アンドレ・ブルトン　巖谷國士訳
- 不遇なる一天才の手記　ヴォーヴナルグ　関根秀雄訳
- ヂェルミニィ・ラセルトゥウ　ゴンクウル兄弟　大西克和訳
- フランス名詩選　安藤元雄　入沢康夫　渋沢孝輔編
- 繻子の靴 全二冊　ポール・クローデル　渡辺守章訳

- A・O・バルナブース全集 全二冊　ヴァレリー・ラルボー　岩崎力訳
- 悪魔祓い　ル・クレジオ　高山鉄男訳
- 楽しみと日々　プルースト　岩崎力訳
- 失われた時を求めて 全十四冊　プルースト　吉川一義訳
- 丘　ジャン・ジオノ　山本省訳
- 子ども 全二冊　ジュール・ヴァレス　朝比奈弘治訳
- シルトの岸辺　ジュリアン・グラック　安藤元雄訳
- 星の王子さま　サン＝テグジュペリ　内藤濯訳
- プレヴェール詩集　小笠原豊樹訳

《哲学・教育・宗教》〔青〕

ソクラテスの弁明・クリトン　プラトン　久保勉訳
ゴルギアス　プラトン　加来彰俊訳
饗宴　プラトン　久保勉訳
テアイテトス　プラトン　田中美知太郎訳
パイドロス　プラトン　藤沢令夫訳
メノン　プラトン　藤沢令夫訳
国家　全二冊　プラトン　藤沢令夫訳
プロタゴラス —ソフィストたち　プラトン　藤沢令夫訳
パイドン —魂の不死について　プラトン　岩田靖夫訳
アナバシス —敵中横断六〇〇〇キロ　クセノポン　松平千秋訳
アリストテレス ニコマコス倫理学　全二冊　高田三郎訳
アリストテレス 形而上学　全二冊　出隆訳
アリストテレス 弁論術　戸塚七郎訳
アリストテレース詩学・ホラーティウス詩論　松本仁助・岡道男訳
物の本質について　ルクレーティウス　樋口勝彦訳
エピクロス —教説と手紙　出隆・岩崎允胤訳

生の短さについて 他二篇　セネカ　大西英文訳
怒りについて 他二篇　セネカ　兼利琢也訳
マルクス・アウレーリウス 自省録　神谷美恵子訳
老年について　キケロー　中務哲郎訳
友情について　キケロー　中務哲郎訳
弁論家について　全二冊　キケロー　大西英文訳
キケロー書簡集　高橋宏幸編
方法序説　デカルト　谷川多佳子訳
哲学原理　デカルト　桂寿一訳
精神指導の規則　デカルト　野田又夫訳
情念論　デカルト　谷川多佳子訳
パンセ　全三冊　パスカル　塩川徹也訳
知性改善論　スピノザ　畠中尚志訳
スピノザ エチカ（倫理学）　全二冊　畠中尚志訳
モナドロジー 他二篇　ライプニッツ　谷川多佳子・岡部英男訳
学問の進歩　ベーコン　服部英次郎・多田英次訳
ニュー・アトランティス　ベーコン　川西進訳

ハイラスとフィロナスの三つの対話　バークリ　戸田剛文訳
自然宗教をめぐる対話　ヒューム　犬塚元訳
人間機械論　ド・ラ・メトリ　杉捷夫訳
聖トマス 形而上学叙説 —有と本質とに就いて　高桑純夫訳
エミール　全三冊　ルソー　今野一雄訳
ルソー 告白　全三冊　桑原武夫訳
孤独な散歩者の夢想　ルソー　今野一雄訳
人間不平等起原論　ルソー　本田喜代治・平岡昇訳
ルソー 社会契約論　桑原武夫・前川貞次郎訳
政治経済論　ルソー　河野健二訳
学問芸術論　ルソー　前川貞次郎訳
演劇について —ダランベールへの手紙　ルソー　今野一雄訳
言語起源論 —旋律と音楽的模倣について　ルソー　増田真訳
ディドロ、ダランベール編 百科全書 —序論および代表項目　桑原武夫訳編
道徳形而上学原論　カント　篠田英雄訳
啓蒙とは何か 他四篇　カント　篠田英雄訳
純粋理性批判　全三冊　カント　篠田英雄訳

カント 実践理性批判　波多野精一・宮本和吉・篠田英雄訳
判断力批判 全二冊　カント　篠田英雄訳
永遠平和のために　カント　宇都宮芳明訳
プロレゴメナ　カント　篠田英雄訳
人間の使命　フィヒテ　宮崎洋三訳
学者の使命・学者の本質　フィヒテ　宮崎洋三訳
ヘーゲル 政治論文集 全二冊　金子武蔵訳
歴史哲学講義 全二冊　ヘーゲル　長谷川宏訳
人間的自由の本質　シェリング　西谷啓治訳
自殺について 他四篇　ショウペンハウエル　斎藤信治訳
読書について 他二篇　ショウペンハウエル　斎藤忍随訳
知性について 他四篇　ショーペンハウエル　細谷貞雄訳
将来の哲学の根本命題 他二篇　フォイエルバッハ　松村一人・和田楽訳
反復　キルケゴール　桝田啓三郎訳
不安の概念　キェルケゴール　斎藤信治訳
死に至る病　キェルケゴール　斎藤信治訳
体験と創作 全二冊　ディルタイ　柴田治三郎・小牧健夫訳

眠られぬ夜のために 全二冊　ヒルティ　草間平作・大和邦太郎訳
幸福論 全三冊　ヒルティ　草間平作・大和邦太郎訳
悲劇の誕生　ニーチェ　秋山英夫訳
ツァラトゥストラはこう言った 全二冊　ニーチェ　氷上英廣訳
道徳の系譜　ニーチェ　木場深定訳
善悪の彼岸　ニーチェ　木場深定訳
この人を見よ　ニーチェ　手塚富雄訳
プラグマティズム　W・ジェイムズ　桝田啓三郎訳
宗教的経験の諸相 全二冊　W・ジェイムズ　桝田啓三郎訳
純粋現象学及現象学的哲学考案 全二冊　フッセル　池上鎌三訳
デカルト的省察　フッサール　浜渦辰二訳
愛の断想・日々の断想　ジンメル　清水幾太郎訳
笑い　ベルクソン　林達夫訳
物質と記憶　ベルクソン　熊野純彦訳
時間と自由　ベルクソン　中村文郎訳
ラッセル教育論　安藤貞雄訳
ラッセル幸福論　安藤貞雄訳

ラッセル結婚論　安藤貞雄訳
存在と時間 全四冊　ハイデガー　熊野純彦訳
学校と社会　デューイ　宮原誠一訳
民主主義と教育 全二冊　デューイ　松野安男訳
我と汝・対話　マルティン・ブーバー　植田重雄訳
歴史と自然科学・道徳の原理に就て・聖 『プレルーディエン』より　ヴィンデルバント　篠田英雄訳
アラン 幸福論　神谷幹夫訳
アラン 定義集　神谷幹夫訳
英語発達小史　H・ブラッドリ　寺澤芳雄訳
日本の弓術　オイゲン・ヘリゲル述　柴田治三郎訳
饒舌について 他五篇　プルタルコス　柳沼重剛訳
ことばのロマンス ―英語の語源　ウィークリー　寺澤芳雄・出淵博訳
天才・悪　ブレンターノ　篠田英雄訳
比較言語学入門　高津春繁
人間の頭脳活動の本質 他一篇　ディーツゲン　小松摂郎訳
ハリネズミと狐 ―『戦争と平和』の歴史哲学　バーリン　河合秀和訳
言語 ―ことばの研究序説　エドワード・サピア　安藤貞雄訳

岩波文庫の最新刊